大学问

始于问而终于明

十扇窗

伟大的诗歌如何改变世界

TEN WINDOWS

HOW GREAT POEMS TRANSFORM THE WORLD

[美] 简·赫斯菲尔德 —— 著
杨东伟 —— 译
王家新 —— 校

广西师范大学出版社
· 桂林 ·

十扇窗：伟大的诗歌如何改变世界
SHISHANCHUANG: WEIDA DE SHIGE RUHE GAIBIAN SHIJIE

著作权合同登记号桂图登字：20-2021-229 号

图书在版编目（CIP）数据

十扇窗：伟大的诗歌如何改变世界 /（美）简·赫斯菲尔德著；杨东伟译. --桂林：广西师范大学出版社，2022.4（2024.9 重印）

书名原文：Ten windows:how great poems transform the world

ISBN 978-7-5598-4123-0

Ⅰ．①十… Ⅱ．①简… ②杨… Ⅲ．①诗歌评论—世界 Ⅳ．①I106.2

中国版本图书馆 CIP 数据核字（2022）第 029363 号

广西师范大学出版社出版发行

（广西桂林市五里店路 9 号　邮政编码：541004）
（网址：http://www.bbtpress.com）
出版人：黄轩庄
全国新华书店经销
广西民族印刷包装集团有限公司印刷
（南宁市高新区高新三路 1 号　邮政编码：530007）
开本：880 mm ×1 240 mm　1/32
印张：12　　　字数：266 千
2022 年 4 月第 1 版　　2024 年 9 月第 6 次印刷
印数：15 001~17 000 册　定价：78.00 元

如发现印装质量问题，影响阅读，请与出版社发行部门联系调换。

推荐序
简·赫斯菲尔德：一个优异的诗歌心灵

王家新

最初知道简·赫斯菲尔德，是通过我的译者朋友、美国诗人乔治·欧康奈尔（中文名字"乔直"）和史春波。读到这位美国女诗人的诗，是通过史春波的翻译：

> 我想要的，我以为，只有少许，
> 两茶匙的寂静——
> 一勺代替糖，
> 一勺搅动潮湿。

> 不。
> 我要一整个开罗的寂静，
> 一整个京都。
> 每一座悬空的花园里
> 青苔和水。

> 寂静的方向：

北,西,南,过去,未来。

它钻进任何一扇窗户
那一寸的缝隙,
像斜落的雨。

悲痛挪移,
仿佛一匹吃草的马,
交替着腿蹄。

马睡着时
腿全都上了锁。

——《我只要少许》

  一位杰出的、令人喜爱的诗人出现在我的面前。我也理解了诺贝尔文学奖获得者波兰诗人辛波斯卡为什么会说"这是一位非常贴近我内心的诗人",美国著名诗人罗伯特·品斯基为什么会称简·赫斯菲尔德为"一个依然让人惊讶的大师"。

  正因为这种认同和喜爱,我在跟乔直和史春波交流时,常提起简·赫斯菲尔德。乔直说我还应读读她的诗论集《九重门:进入诗的心灵》(*Nine Gates: Entering the Mind of Poetry*),说那都是些"伟大的散文"(我还很少从乔直那里听到他对一位美国同行有这么高的评价）。不仅如此，乔直还从他的住地香港给我复印了一本《九重门》寄来。结果这本诗论集成了我们的研究生课程的重点阅读文献之一。的确，阅读这些"伟大的散文"，是引领学生"进入诗的心灵"的最佳途径。那里面的大部分篇章，我都组织学生们翻译过并在课堂上讨论过。其中我们译的《秘密二种：论诗歌的内视与外视》(*Two Secrets: On Poetry's Inward and Outward*)发表在微信公众号和各大诗歌网站后，也引起了许多诗人、读者和出版人的关注。

也许，这就是人们所说的"缘分"。2015年夏天，简·赫斯菲尔德由美方推荐来中国参加一个环境和生态保护的国际性会议，住在王府井饭店，我和诗人蓝蓝与她相约在王府井见面。虽是第一次见面，却"一见如故"。简掩抑不住她的兴奋，但又带着几分尴尬（作为一个修道者和质朴的人，却被安排住在如此豪华的饭店）。没想到的是，她还为我带来了厚厚一沓（四份）新出版的《美国诗歌评论》(*American Poetry Review*)，因为上面刊有一个由乔直和史春波翻译的我的诗歌小辑，还有美国著名诗人罗伯特·哈斯（简和他也是朋友）对我的诗作的评论。我很感动，仿佛"看到了"行前她是怎样匆匆去书店购买并把它作为一份礼物的情景！

更珍贵的礼物，是她送我的她在当年新出版的诗集《美》以及印有她的《平凡的雨。每一片叶子是湿润的》一诗的诗歌明信片。回到家后，我很快就把这首诗译出来了：

一朵丢勒蚀刻的

草丛中的蒲公英

它的花冠

完成于最初的绽放

尚未进入第二次

这些也会最终弯曲向大地

漂泊

写着家信

被友好的马和驴子送过山脊

    这样的诗真让人不胜喜爱。它单纯（并非简单）、清新，满怀着谦卑和爱，意象如蚀刻般醒目，字里行间又有很大的跳跃，并留下了回味空间。它写于人生的漂泊途中，但又寄期望于某种生命的对话。它的结尾尤其令人感到亲切，甚至使我想起了陆游的诗句："此身合是诗人未？细雨骑驴入剑门。"

    我不知道简是否读过陆游这首诗，但我多少已了解她。她这首诗，是一首向丢勒这样的艺术家致敬的诗，也是向她所热爱的中国和日本古典诗歌致敬的诗。正因为这样的艺术存在，她自己内心中"每一片叶子是湿润的"，她在风雨漂泊中坚守着人类之爱。

这也成了简·赫斯菲尔德在美国诗坛的一个特殊标记：因为她早年在普林斯顿大学毕业后前往旧金山专心修习禅宗多年的经历，因为她的诗所融入的这方面因素，因为她的身体力行和知行合一，她在美国往往被视为一个佛教徒诗人。"一位杰出的诗人和一位被授命的佛教徒"("a splendid poet and an ordained Buddhist")，"此外还是持久耐读的散文、有影响力的文集的作者和译者"("in addition the author of enduring essays and influential translations and anthologies")，这些，就是散见于美国报刊上对她的评介。

简的朋友、波兰诗人、诺贝尔文学奖获得者米沃什同样赞赏简的禅宗修为，不过他并没有把她标签化："对所有受苦生灵深切的同情心……这正是我要赞美简·赫斯菲尔德诗歌的一点。她的诗歌主题是我们与他者的平凡生活，以及我们与地球带给我们的一切事物——树木、花朵、动物和鸟类——持续不断地相遇。这在很大程度上取决于我们是否能以这种方式珍视每一刻，以及我们是否能像友好地对待人类那样同等对待猫、狗和马。她的诗歌以高度敏感的细节阐释了佛教徒的正念美德……她是我们加州诗人同盟中最杰出的一位。"

米沃什是对的。简·赫斯菲尔德的创作深受禅宗和中国、日本古典诗学的影响，而又融入了最敏感复杂的现代心智，或者说贯通了西方传统的内省和启示性。她的诗，扎根于她自己的生命经验，正如她自己所说："感性在蜂巢一般复杂而精致的意识结构下榨出它的汁液，如同橡树连带着那攫住石头的树根、枝叶、橡实和雪的重量，从而生长成为它自身。"（《秘密二种：论诗歌的内视与外视》）

不管怎么看，简·赫斯菲尔德身上和创作上的中国和日本元素仍让我感到亲切。这就是为什么当我带的博士生杨东伟在康奈尔大学访学期间译出这部《十扇窗：伟大的诗歌如何改变世界》(*Ten Windows: How Great Poems Transform the World*)初稿后，我首先校阅和修订的，就是第三章《通过语言观看：论松尾芭蕉、俳句及意象之柔韧》。我们知道庞德等人对中国古诗的翻译，刷新和激活了我们对自身传统的理解。简自己译有日本俳句集《俳句之心》(*The Heart of Haiku*)，那么，她是以怎样一副眼光来看芭蕉，她又是怎样来翻译的呢？

芭蕉最广为人知的俳句为："古池塘，/青蛙跃入，/水声响。"诗人好像从宇宙的无限寂寞中醒来，替我们听到了这一声绝响。表现类似主题的还有："静寂，/蝉声，/入岩石。"不过，如果芭蕉的俳句仅止于表达如此的内容和意境，也不免单调了一些。再说，像王维的"泉声咽危石"，不是更具有语言难度，也更绝妙吗？

好在在简的倾心翻译和热情介绍中，我们读到：

鱼店前，
鲷鱼之齿龈，
让人寒冷。

老矣：
海苔中的砂粒
磕坏了牙齿。

暮晚，海边
野鸭声，
微白。

即使在京都，
听到布谷的叫声，
我也思念京都。

我深感喜悦，一种发现的喜悦。芭蕉这样的创作，正如简为我们所指出的那样："他将这种简短轻快的诗歌形式转变成能够承载情感、心理和精神启示的容器，让俳句能抒写动人、广阔、复杂和全新的经验。""即使是最简短的诗歌形式，也能拥有无限宽广的翼展。……都跨越了广阔、多变与精确的心灵地形和现实地形。……它们革新、扩展和强化了经验与语言的边界。"

的确如此,简的译解,不仅译出了芭蕉俳句的"现代质感"或生命本身的质地,而且在禅宗式的"顿悟"背后,还译出了诗人的同情、悲悯和时间经验。这里如实说,我自己曾有一段时间对禅宗非常着迷,但后来就有点厌倦了,因为许多禅宗公案在我看来有点类似于人们所说的"脑筋急转弯",脱离了生存本身的难度和真切体验,成了某种"智力竞赛"了。但是在芭蕉的"出位之思"背后,却是诗人多年的修为和体悟,或者说,是诗人叶芝所说的"随时间而来的智慧":

年终之思:
一个夜晚,
有贼来访。

读到这首我更惊异了。这才是真正的大师,或者说,只有在这样的大师的晚年才会"有贼来访"!

松尾芭蕉的俳句,这些年我也陆续读过一些,而简的这篇诗论,在我看来是关于芭蕉最好的一篇。她不仅揭示了芭蕉创作的精华,而且结合其人生和精神经历,为我们勾勒出一个真切的、可感而又可叹的诗人形象。芭蕉一生贫困,也安于贫困,当学生为穷困潦倒的他送来大米后,他写下了这样一首俳句:

我很富裕：
五升旧米
过新年。

简注意到芭蕉一生都在修改他的俳句，并敏锐地指出："他的写作常常朝向一种自我的减缩。"后来修改这首俳句时，芭蕉改变了第一人称的开头，变为：

春始：
五升旧米
过新年。

这种修改以及简的提示都很重要，因为它显现了一种朝向"无我"或自我牺牲的人生历程。其实，这也正是简自己一生的修为要朝向的方向。耐人寻味的是，简还特意介绍了芭蕉在这之后的另一首俳句，"他似乎又想起了厨房那只装米的葫芦，不过这葫芦似乎已经空了"：

我唯一的财产：
世界，
变轻的葫芦。

什么是得救？也许这就是。正如简所指出的，这样的诗指向了一种"存在的自由与轻盈"。

这样的译介和阐述，正可以使我们从中洞见简的诗歌观。她不会只从诗歌审美、写作技艺的角度来介绍芭蕉这样的诗人，因为她自己的写作就是一种和她自身的深切存在与生命探求须臾不能脱离的艺术。1973年，在初次发表作品并展露才华后，她的一个惊人选择即是放下诗歌创作和人世浮华，独自驱车从东海岸到加州卡梅尔山谷一座荒野中的禅院入住修行。她后来的解释是："如果我不能更多地理解做人的意义，我在诗歌上也不会有太多作为。"

这就是简·赫斯菲尔德让我、也让很多人肃然起敬的一点。

有趣的，还在于翻译。也许，像波德莱尔、庞德等诗人一样，简生来就把一个译者身份携带在了自己身上（这也是我特别赞赏的一点）。更值得留意的是，不同于一般译者，这是一位"作为诗人的译者"。作为诗人的译者并不简单意味着比学者译者或职业译者译得更"大胆"、更富有"创造性"。这里面有着更多也更深刻的东西，甚至可以从诗歌存在本体论的层面上来探讨。

在《秘密二种：论诗歌的内视与外视》中，简已列举了美国诗人译者萨姆·哈米尔（Sam Hamill）对李白《山中问答》（"问余何意栖碧山，笑而不答心自闲。桃花流水窅然去，别有天地非人间。"）的英译：

I make my home in the mountains

You ask why I live in the mountain forest,

And I smile, and am silent,

And even my soul remains quiet:

It lives in the other world

Which no one owns.

The peach trees blossom.

The water flows.

我住在山间

你问我为何生活在山林间,

我微笑,并且沉默,

而我的灵魂也闭口不答:

那是一个无人能拥有的

另一个世界。

桃花开了。

水在流。

对照原诗,我们可以明显感到其差异和变化,其西方视野的融入(我与"我的灵魂"),其对重心点的强调("桃花开了。水在流"),等等。也许有人会从"忠实"的角度挑刺,但是,这首英语诗歌中的李白不是同样很潇洒吗?"那是一个无人能拥有的/另一个世界",这样的译解不是更耐人寻味吗?

美国著名诗人译者,曾翻译过王维诗歌的艾略特·温伯格在一次访谈中指出:"一种翻译既有来处也有去处。大多数学者翻译的问题是译者知道原文的所有涵义,却不知道译文要去哪里——也就是目标语言的当代文学语境。"

这就是问题所在。对于庞德的翻译所引起的争议,诗人帕斯曾这样评价:"庞德的译诗是否忠实于原作?这是一个毫无意义的问题——正如艾略特所说,庞德'发明'了'英语的汉语诗歌'。从中国古诗出发,一位伟大的诗人复活并更新了它们,其结果是不同的诗歌。不同的——却又正是相同的(Others: the same)。"

简也走在庞德当年所开创的道路上。她举出了哈米尔对李白的翻译,她显然很赞赏。她自己所翻译的芭蕉等人的俳句,在翻译过程中,我们都对照其他一些从日文中直接翻译的译文看了,的确有很大差异。

对此,我们且看简翻译的小林一茶的那首著名俳句《在这人世间》。我本人最早注意到这首俳句,是在米沃什的一首诗《读日本诗人一茶》中:"在这人世间/我们走在地狱的屋顶上/凝望着花朵。"(In this world/we walk on the roof of Hell/gazing at flowers.)后来,我又读到周作人的译文:"我们在世上，/边看繁花/边朝地狱行去。"这里的"诗眼"都为"凝望"或"看"，两种译文各有侧重，但它们都保有了原诗中那种带着诗人内心战栗的观看。

我们来看简的译文（见该书第九章《诗歌、变形与泪柱》）：

> We wander
> the roof of hell,
> choosing blossoms.

> 我们漫游在
> 地狱的屋顶上，
> 挑拣着花朵。

看到这里，我颇感意外，但又兴奋，因为这打开了另一种读解，甚至可以说从原诗中产生了另一首诗。我们来看简自己是怎样读解的：

> 美解开了痛苦身上的盔甲。如我们所见，出人意料的震惊打开了心灵的壁垒。……任何能感动我们的艺术，其内部某处都蕴藏着关于勇气和眼泪的知识。这些润滑剂般的知识可能隐藏极深，储存在地下洞穴中，就像伊斯坦布尔的巴西利卡蓄水池。……它的336根地下梁柱是从早期罗马庙

宇中抢救而来；其中一根由于其表面雕刻的图案被称为泪柱（Column of Tears），据说触摸它会带来好运。一首诗中蕴藏"眼泪"（lacrimae rerum）的部分可能并不显眼，却尤为重要且不可或缺。它可能是数百种元素中唯一的支撑性元素，可能是声音中的一个音符或是小如逗点的裂隙。但它就在那里，立在隐藏的水中，同时支撑着世界的穹顶，而我们就栖居在这世界之中，并能在其中自由穿行。

这样的阐述和隐喻的运用极其精彩。简曾称芭蕉的"碗""一直敞开着"，她也从一茶这首俳句中发现了那支撑着它的隐藏的"泪柱"；因为她找到了这样的内在支撑，她的翻译也可以"在其中自由穿行"了。或者如她在第五章《除不尽的余数：诗歌与不确定性》中所说，召唤出那"除不尽的余数"（Uncarryable Remainders）："即使在地狱中，这首诗也能通过它那混合着荒谬、痛苦和脆弱的卓别林式步态向前推进。""正是弯腰挑拣花朵这一意外而柔美姿势的加入，唤起了一种潮润的怜悯，同时将铁环般的陈述转化成了一首可辨认的音乐之诗。"

无论是创作还是翻译，能触摸到这样的"泪柱"是幸运的。一首诗获得了它的支撑，也获得了它真实感人的生命。我自己十年前创作的《塔可夫斯基的树》一诗的最后几节是：

> 一棵孤单的树
>
> 连它的影子也会背弃它
>
> 除非有一个孩子每天提着一桶
>
> 比他本身还要重的水来
>
> 除非它生根于
>
> 泪水的播种期

说实话，当全诗这样结束时，我自己也有点激动，好像它出乎意料地触及了生命和艺术最古老、内在的奥秘。是的，一切伟大的艺术，无不"生根于泪水的播种期"，仅仅靠那些修辞性的"人工降雨"是不行的。这只能是爱和痛苦的燃烧，是泪水的播种和锻打。

这也是我最认同简·赫斯菲尔德的地方，虽然她的写作，又以女诗人中少见的精确和克制见称。在该书第二章《语言在清晨醒来：论诗的言说》中，她就引述了维吉尔引导但丁在地狱中穿行时的告诫："如果想要看得真切，就不允许怜悯。"

现在，让我简要介绍一下简·赫斯菲尔德的这部诗论集。在《九重门》"论翻译"的章前小引中，她曾引用了钦定版《圣经》前言中著名的一句话："翻译是这样一门艺术：可以打开窗让光线进入，可以打破外壳，使我们可以吃到果仁。"而她的这部诗论随笔集，正具有"打开窗让光线进入"的效应。它再次展示了简·赫斯菲尔德令人钦佩的深广的视野、敏感的心智，以及从更多角度对诗歌进行阐述和引导的非凡能力。

在《九重门》中，简分别探讨了诗歌与专注的心智、诗歌的"原创性"问题、诗歌的内视与外视、诗歌与记忆、诗歌心智的"迂回性"、诗歌的翻译、诗歌所创造的阈限（或临界）生命状态、诗歌中的阴影与光明，以及诗歌的语言等问题，通过这"九重门"，引导读者进入诗的心灵（也即中国传统文论所说的"文心"），进入诗歌创造的内在奥秘和起源。

而在这部《十扇窗：伟大的诗歌如何改变世界》中，简从诗的眼光、诗的言说、日本大师的俳句、诗歌与隐藏、诗歌与不确定性、文本细读、诗与惊奇、美国现代诗歌中的美国性、诗歌的变形与"泪柱"、诗的奇异延伸与悖论等角度出发，重在考察伟大的诗歌如何"改变"（transform）世界，或者说我们如何通过阅读诗歌和创作诗歌，来认识自己并实现我们生命的可能性。

首先我要说，"诗人论诗"在英美已是一种传统，但一位女诗人在这方面如此投入，并创建出一个如此完备、迷人，甚至为我们一时所难以穷尽的诗歌认知世界，这实属罕见。

在这两部诗论集中，简把诗人的热情和敏感，与学者的见识和严谨结合于一身。诗人罗莎娜·沃伦（她是著名诗人、新批评派代表性人物罗伯特·佩恩·沃伦的女儿）代表美国诗人学院授予简"2004年杰出成就奖"，其授奖辞同样适合用来评价简的随笔写作："赫斯菲尔德阐述了一种感性的哲学性艺术"，"她的诗看似简单，但并非如此。她的语言纯净透亮，构成了一种静谧的形而上学的自然谜语。赫斯菲尔德的诗歌以逐字逐句的、意象性的语言，同时带来神秘和日常，为反应和变化清理了空间。它们引起了道德意识，并建立了微妙的平衡"。

的确，如同简自己的诗，她的诗论随笔也属于一种"感性的哲学性艺术"。它们大都由诗人对诗歌听众或大学写作班的讲稿整理而成。它们有娓娓道来的亲切，有具体透彻的分析，当然，还不时给人带来智力的挑战和提升。它们从切身感受出发，文字中跳动着火焰和冰块，洋溢着一种探究精神，但它们却远远有别于一般学者的学术探讨，甚至，它们不仅更感性，也更睿智，更能给我们带来启示。在第五章《除不尽的余数：诗歌与不确定性》中，她就引证并阐述了惠特曼的这样一首诗：

当我听那位博学的天文学家的讲座时

当我听那位博学的天文学家的讲座时，

> 当那些证明、数据一栏一栏地排列在我眼前时，
> 当那些表格、图解展现在我眼前要我去加、去减、去测定时，
> 当我坐在报告厅听着那位天文学家演讲，一阵阵热烈的掌声响起时，
> 很快地我竟莫名其妙地厌倦起来，
> 于是我站起来，悄悄溜了出去，
> 在神秘而潮湿的夜风中，一次又一次，
> 静静地仰望星空。

而她自己要做的，就是在借助前人的经验和知识的同时又能打破那些呆滞、乏味的体系，引导读者"出去"，像惠特曼那样"在神秘而潮湿的夜风中，一次又一次，静静地仰望星空"。在本书的"写在前面"中，她这样对读者说：

> 这也是一种视野的改变。进入一首好诗，一个人的感觉、味觉、听觉、思维和视觉都会发生改变。如果我们不能被艺术的存在和它的神秘之手改变和拓展，那为什么还要求艺术进入生活呢？我们内心渴望更多的事物——更宽广，更深奥，更丰富的感觉；更多的联想自由，更多的美；更多的困惑和更多的利益摩擦；更多形形色色的悲伤，更多无法抑制的喜悦，更多渴望，更多黑暗。在认识自我存在和他者存在时，我们需要更多的浸润和渗透，更令人惊讶的能力。如

果没有艺术我们也能存活，那么艺术的存在就扩展了我们生命的总和。通过逐一改变自我，艺术也改变了自我所创造和分享的外部世界。

多年前，当我还是一个大学生时，我从《罗丹艺术论》中抄下了这样的话："要点是感动，是爱，是希望、战栗、生活。在做艺术家之前，先要做一个人！"今天，当我读简的这部诗论集，我又想起了这样的话。

此外，我还想说，除了值得信赖的眼光、心智、感受力、判断力，简让我多少有些惊异的，是她那广博、敏锐而又贯通的视野和阅历。她对欧洲传统和欧洲现代诗歌，对自惠特曼、狄金森以来的"美国家谱"，对东亚古典诗歌和文化，似乎都有一种如数家珍之感。她不像一般的美国诗人，她完全超越了地方性和某一种传统限定，而以歌德所说的"世界文学"作为自己的背景。比如，在她的《九重门》中我们读到东德诗人、剧作家布莱希特的《我，幸存者》：

> 我当然知道：这纯粹是运气
> 在那么多朋友中我活了下来。但昨夜在梦中
> 我听到有人这样谈论我："适者生存"
> 于是我痛恨起我自己。

以及保罗·策兰的诗：

你曾是我的死亡:

你,我可以握住

当一切从我这里失去的时候。

她能关注到这样的诗人和诗,让我在瞬间感到我们之间又近了一步。在《十扇窗》中,除了济慈、霍普金斯、庞德、奥登、拉金、默温、斯奈德、毕肖普、希尼、吉尔伯特等现当代英语诗人,她还多次谈到米沃什、卡瓦菲斯、佩索阿、辛波斯卡、阿米亥、斯维尔等人的诗。日本古典诗歌,除了芭蕉、一茶,她还特意列举并阐述了日本平安时期的女诗人和泉式部(987—1048)的一首短歌(见第五章《除不尽的余数:诗歌与不确定性》):

这里的风虽然

刮得猛烈——

但月光

也从这间破房子

屋顶的木板间漏下

记得布罗茨基当年的朋友、诗人耐曼在回忆录中曾称布罗茨基"以一种独特的方式形成了自己的独一无二性",他"就像他歌颂过的猛禽一样,知道该往哪儿瞧才能找到猎物"。简·赫斯菲尔德也正是这样一只高度敏感的诗歌猛禽。这是一个优秀诗人必不可少的重要品质。他/她正是以此不断打破原有视野,刷新和拓展自己,进入到济慈所说的"人类的无穷"之中。

同样重要的,是简在"广阔、多变与精确的心灵地形和现实地形"之间相互打通和转化的能力,比如她在济慈的"反天才"(anti-talent)、"消极能力"(Negative Capability)与禅宗修行和东方诗学之间所建立的联系。而这也正是简最看重的方法论:"重要的是,当我们以诗的方式言说和观看时,事物就会以相互联系和扩展的方式被言说和被观看。"

岂止是方法,简就是这样的人。多少年的修为,在她身上我起码看到这相互联系的几点:超凡的佛学冥想(同时结合了形而上之思),对他者的深切关注,对世上一切生灵发自生命内里的"体认"和同情心(如前文所引述,这是米沃什在她的诗歌中最看重的一点),跳出自我进入万物、化身万物的诗性能力。简就是这样一位把自己"准备"好了的诗人。在阐述和泉式部那首诗时,她就这样指出:"和泉式部的诗提醒读者:只有内外通达、万事俱备,月光之美和佛教徒式的觉醒才会降临到一个人身上。渗透必须持久而非暂时。如果坚固的自我防卫之家被攻破,我们不会知道将会有什么进入。""重要的就是从傲慢中退出,站在乐于接纳和倾听的角度,获得一个既脆弱又裸露的位置。"

这也就是济慈的"消极能力"、艾略特的"非个人化"

诗学、中国古典诗学的"无我"以及相关的"静故了群动，空故纳万境"吧。而简·赫斯菲尔德不仅把它们融入了自己的生活和创作，也赋予了它们以艺术伦理的维度。

也正是读了这样的"伟大的散文"，我们再次感到了"伟大的诗歌"之于我们的意义。我们为什么写诗读诗？因为这对我们是一种更深层的唤醒。通过习诗，我们不仅认识自我，还得以"转化"我们自己，以朝向更有意义的生命，还得以投入到"天地造化"之中，领受到那种"恩典般"（这是简在谈霍普金斯时用到的一个词）降临的时刻。简言之，成为一个为天地万物和人类文明所祝福的生命：

> 去年秋天经霜的浆果还结在一棵树上，
> 春天已在另一棵树上温柔地开了花，充满希望。
> 从这扇窗子望出去的风景
> 几乎和十年前一样，甚至十五年前。
> 但今天早晨却像是
> 一幅更清晰更幽暗的自画像，
> 仿佛当我睡着的时候，某个伦勃朗或勃鲁盖尔
> 曾穿过花园，神情坚毅。

这是简·赫斯菲尔德自己的一首诗《火棘与李子》（舒丹丹译）。梦与醒，内与外，有形与无形，自我与他者，长时间的准备和领受，自然万物和伟大的艺术对我们的"渗透

性"(Permeability，这是简的一个关键词，在这部诗论集中她多次运用)……这首诗我已多次阅读，每次读都像是第一次站在了一个美好得像谜一样的窗前！

是的，简·赫斯菲尔德就是这样一个开窗者（然后她会隐去自身，不会让她自己挡住那些珍贵的光线），是一个"伟大诗歌"的领受者、翻译者、转化者、赞颂者。这都是她身上最重要的品质。她永远是谦卑的、满怀敬畏的。她把一个艺术学徒永远带在自己身上。我想，对她自己来说，这本书与其说是一部诗论集，不如说是一部学艺录，因而在本书"写在前面"的最后她会这样说："三十年来对这个问题的持续关注和探索也让我获得了快乐，也给予了我一种更接近目的地之感，然而我也深知这个目的地的中心地带永远无法被描绘和抵达。"

而这，也使我再次想起了《九重门》中《秘密二种：论诗歌的内视与外视》最后那个动人的结尾："一首好诗开始于更清晰的视野与更多元的写作技巧，但另一部分真正的诗感只能从越来越放弃的自我和越来越多的世界中获得。我不知道有任何处方来指导我们这样做。或许这正是世界为我们所做的，对我们所做的，而无论一个作家怎样抵抗或是挣扎。从婴儿般的将自我视为世界全体的稚嫩篇章，到少数一些作家和艺术家晚期作品所显现的成熟，无论是欢笑、悲伤、平凡或浓烈，生活始终指引着我们。我们无数次地在那些伟大的作品中听到这样的低语：看啊——奇迹，奇迹……而后，即便是这低语，也淹没在更大的协奏中。"

是的，"真正的诗感只能从越来越放弃的自我和越来越多的世界中获得"。

是的，"即便是这低语，也淹没在更大的协奏中……"

2020.8.21，北京望京慧谷阳光

中文版序

这本书中的思想、句子和所引用的诗歌将以一种我自己不懂的语言出现，而这种语言的文学却改变了作为"人"的我和作为作家的我，这是一种奇异而深刻的愉悦。

和我这一代的许多美国诗人一样，我也是在阅读世界各国作家作品的英语译本中成长起来的。我阅读过苏东坡、巴勃罗·聂鲁达、萨福、切斯瓦夫·米沃什、安娜·阿赫玛托娃、豪尔赫·路易斯·博尔赫斯、贺拉斯、扬尼斯·里索斯、王维、荷马和小野小町等人的诗歌，它们以地壳构造和火山喷发的方式，通过诗的音乐、观念、情感、气质和形而上的思考，改变了世界的图景和语言的图景，也改变了我自己的生命体验。文化在一定程度上都是由故事编织而成——通常是用语言叙述他者生命之见证，讲述世代相传的他者之目睹。而世界文学在很大程度上成了我自己的文化。

正是在阅读那些我无法准确了解原作韵律、选词和形式的译本之时，心灵和思想的转变发生了。这如何可能？

意大利著名谚语"Traduttore，traditore"的英语译文保留了词语原有的头韵："Translator，traitor."（译者即叛逆者。）

我不知道汉语中这两个名词是否会维持某种回声式的复现。每一种语言和写作传统中都有自己独特的无法被翻译的笑话和联系。然而，我必须相信，当我们用两种语言写出这个句子，读到它的你们一定会明白它的含义（意大利语和英语发音接近，使这个句子变得既令人难忘又有点滑稽），因为我的中文译者会竭力寻找一些解决方案，让译文不完全（或者至少不仅仅是）与原文一致。如果一个译者必须背叛，那也是去做出改变，一种服务于共同的初始目标的改变。正如墨西哥诺贝尔文学奖得主、诗人奥克塔维奥·帕斯所描述的那样，译者试图"用不同的手段传达同样的效果"。

诗歌的对话当下已然发生，也在不断变形和改变。即使在原作的语言中，诗歌所能提供的经验和理解也不能完全被字词所容纳和承载，只能被语言不断地释放出来。无论翻译过程中丢失了多少，总有一些东西会到来。我们必须满怀希望。因此，在这里我要感谢本书的译者杨东伟，我为他设置了一道道亟需跨越的障碍，而我永远也无法了解他的翻译工作究竟会有多精细和深广。他不仅为你们带来了我写下的这些充满弹性的、偶尔扭结的、有时并不太标准的英语，也为你们带来了回荡着多种不同声音的诗歌，其中一些是已经被翻译成英文的其他语种的诗歌，现在它们会被二次转译。我还要感谢本书的出版商——广西师范大学出版社，因为他们坚信，中国读者会在这些文本细读、思索和探寻中发现于己有益的价值。最后，我要感谢我的朋友诗人王家新,感谢他对我的作品所给予的深刻、专注与细致的品鉴,感谢他向中国读者介绍我散文集中的一些主题和思想,它们探讨了诗歌独特的表达方式和独特的认知方式。

全球新冠病毒肺炎疫情暴发一周年之际,我写下了上述这些文字,也是在写下一种跨越生命、语言和边界的共同经历。我希望这本书的读者能在书中找到一些段落,无论它们多么微小,都能支撑我们继续活下去。诗歌携带着许多承诺,其中最重要的一个是:我们所看到的一切,都可以用新的语言,从新的理解角度,以新的眼光来看待。因此,当世界上的苦难和美被带入艺术中,它就变成了一个能重新塑造与重新校准人类与我们生活的形态、事件和理解的机会。艺术创作是一种亲密、孤独和秘密的行为,也是一种参与行为,一种与所有活着的人相联系,并与之共情的行为。诗歌是一些"小东西",可以放在口袋里,也可以存放在心灵之中。然而,路过的旅行者的"渺小"却能唤醒并改变他们周围山脉的"广大"。

简·赫斯菲尔德

加利福尼亚州,米尔谷

2021年3月17日

目 录

写在前面   1

第一章
着火的翠鸟：以诗的眼光看   3

第二章
语言在清晨醒来：论诗的言说   27

第三章
通过语言观看：论松尾芭蕉、俳句及意象之柔韧 57

第四章
梭罗的猎犬：诗与隐藏   103

第五章
除不尽的余数：诗歌与不确定性   135

第六章
文本细读：诗的视窗   169

第七章
诗与惊奇　　　　　　　　　　　　　　205

第八章
何谓美国现代诗歌中的美国性：简要的诗歌入门　　　　　　　　　　　　　　239

第九章
诗歌、变形与泪柱　　　　　　　　275

第十章
奇异的延伸、不可能性和隐秘的巨大抽屉：
诗歌与悖论　　　　　　　　　　　309

致　谢　　　　　　　　　　　　343
译后记　　　　　　　　　　　　345

写在前面

好的艺术是一种视觉矫正，就像锯子在锯子铺里被修整和矫正之后，变得更加锋利，更利于切割。这也是一种视野的改变。进入一首好诗，一个人的感觉、味觉、听觉、思维和视觉都会发生改变。如果我们不能被艺术的存在和它的神秘之手改变和拓展，那为什么还要要求艺术进入生活呢？我们内心渴望更多的事物——更宽广，更深奥，更丰富的感觉；更多的联想自由，更多的美；更多的困惑和更多的利益摩擦；更多形形色色的悲伤，更多无法抑制的喜悦，更多渴望，更多黑暗。在认识自我存在和他者存在时，我们需要更多的浸润和渗透，更令人惊讶的能力。如果没有艺术我们也能存活，那么艺术的存在就扩展了我们生命的总和。通过逐一改变自我，艺术也改变了自我所创造和分享的外部世界。

这本书将继续探索早在《九重门：进入诗的心灵》一书中就涉及的诸多问题。诗歌本身所追寻的问题是驳杂的、局部的、无限的。不过，这两本书从根本上讲也只探讨了一个问题：诗歌或艺术如何作用于这个世界？在这个问题之下，不可避免会有另一个问题伴随出现：我们该怎么办？在错综复杂的语言、音乐、事件和生活中，是什么允许并邀请我们去感受和了解，继而增加我们的感受和认知？这样的问题无法回答。因为"我们"彼此各不相同，甚至每时每刻也与自己不同。"艺术"也是一个看似单一却具有迷惑性的词。尽管如此，三十年来对这个问题的持续关注和探索让我获得了快乐，也给予了我一种更接近目的地之感，然而我也深知这个目的地的中心地带永远无法被描绘和抵达。

*
第一章

着火的翠鸟:以诗的眼光看

任何一首好诗的深处都潜藏着一种神秘的生命力——它千变万化，难以捉摸，充满活力。"创造性"（creative）与"生物"（creature）共享相同的词源，并携带着相似的呼吸般的活力，相似的活跃度、精准度以及多元创造的能力。创造性植根于发展和上升之中，植根于全新而自主的存在之中。当一首好诗睁开眼睛，我们会感到有什么东西在搅动，在颤抖，在游向这个世界。诗歌作品不仅是对内在或外在感知的记录，而且能够通过词语和音乐创造新的感知的可能性。当我们用诗的眼光去观看与聆听，一些独特的领域就会展现在我们面前。这些领域显然是必要的，因为没有一种人类文化能缺少音乐与诗歌。

我们赞美艺术作品的一种方式是称它拥有了"视力"，好的诗歌与独具慧眼的"观看"总是同时出现。然而，在艺术最具洞穿力的"眼睛"获得我们所谓另一种"视力"之前，变形（transfiguration）是必不可少的。眼睛和耳朵必须学会放弃功能性的习惯，取而代之的是为了自我之目的而享受参与的愉悦。艺术作品不是从树枝上摘下的果实，而是艺术家、接受者和世界的成熟合作。

画家通过画笔和色彩表现感知到的愉悦。诗人热爱着世间的存在之物，用抽象的、近似无形的语言抒写身体与感官的愉悦。举个例子，想想杰拉德·曼利·霍普金斯诗中那通过语言"观看"到和"聆听"到的激情与感性吧。即使在散文中，霍普金斯也如饥似渴地关注存在的形态和形式，它们栖息于独特的词语中间，这些词语经过了精确的打磨和最精密的校准，并被注入了"跨界"带来的喜悦。下面是他写于1873年2月24日的一篇日记：

> 在雪中，平顶的山丘和山脊的边缘起伏如波浪，隆起的纹路上下排列，像极了树木的年轮，也似地图的投影。风所造就的这些，我想，当然是雪堆，但事实上它们是雪浪。雪堆锋锐的脖颈有时被倾斜的凹槽或沟渠折断。我想这准是因为风在吹积出雪堆后改变方向，将雪浪又抛洒到雪浪的身体上。整个世界一片空明自在（inscape），自由行动之机缘落入了秩序和目的之中：从我的窗口向外望去时，只见扫帚随意扫出的杂乱雪块和碎雪堆。在通向霍德林地（Hodder）的原野上，脚步在深及脚踝的雪地上趟出一条沟壑，而穿过树林，我们就能看见河流。

这种叙述既亲密，又有着身体的参与感；既唤醒了感官，也唤醒了心灵。想想"雪堆锋锐的脖颈"吧！——这个词的选择是多么的温柔而让人惊讶，仿佛霍普金斯伸手去触摸雪,发现雪竟有着人类的温暖。"脚步……趟出沟壑"中有着同样的身体触感,我们不仅看到而且能听到人类的脚步走过雪地时如何重塑了雪的形状。山脊、木纹、地图、雪浪——每一种都与一种"看见"自己成为主宰而非奴隶的兴奋感交织在一起。

此外,我们会进一步审视这场雪,探究它能产生怎样的影响。在这个片段中霍普金斯的洞察力具有惊人的当代性。"自由行动之机缘落入了秩序和目的之中"——甚至当前的理论家们可能都会同意这个句子极具复杂性。霍普金斯的思想从冰天雪地的燧石上迸出抽象的火花,又像诗人的思想一样:返回事物的领域,接受考验与确认。诗人回到了雪的样子,像被扫帚从前门扫过:这个意象的视觉呈现与诗人在自然界中发现的理念相吻合,也因此得到了验证。这个片段,正如霍普金斯日记中的其他描述和记录一样,只可能出自一位热爱仔细观察的作家之手,只可能出自一位用全部身体、情感和心灵去"观看"的人。

但接下来:

> 如翠鸟着火,蜻蜓点燃火焰;
> 像石头越过井沿落入圆井
> 发出鸣响;如每一根拨动之弦的诉说,每座悬钟

弧形的摆荡，都会开口讲话，奋力抛掷自己的名字；[1]

以及这首：

今晨，我撞见清晨的宠儿，

日光之国的王储，斑斓的黎明引导着的猎鹰，

翱翔于稳固的气旋之上……

还有这首：

热切的，悬空的，平等的，和谐的，| 穹隆似的，巨大的，……惊人的

傍晚竭力想成为时间辽阔的，| 万物之子宫，万物之家园，万物之灵车的夜晚。

她喜爱的黄色角光缠绕着西方，| 她狂野而空洞的灰白光悬在高处，

衰退；她最早的星辰，伯爵之星 | 主星，弯向我们，

火焰般的天穹。

霍普金斯日记的音调和诗歌音调之间的差距，不仅仅是粗略的日记随笔与已完成的作品之间的差别，也不是散

---

[1] 原书中引用的诗歌和散文，除特别标注为使用国内已有译本，其他均为译者自译。——译者注

文与诗歌之间的差距,而是"诗人的观看"与"诗的观看"、"诗人的聆听"与"诗的聆听"、"诗人的言说"与"诗的言说"之间的差异。在这些对位中,一方可以帮助另一方使其成为可能,但它们在性质或意图上并不相同。这种差异之所以存在,是因为在我们心中,诗歌既像一件能弹奏出美妙音乐的乐器,也像一个独特的感知器官,并能探测它自己的知识形态和发现模式。诗歌不仅仅是简单的表达,它们还创造、发现和聆听那些用其他方式无法发现的事物。"星辰""日光之国的王储",甚至是"圆井"这些看似简单的描述——每一个都是新创的音符,栖居在能把握其全部存在的琴键上。

霍普金斯的作品拓展了我们对诗歌准确性的认知,是一个伟大的范例。他诗歌中视觉和听觉的独特结合开启了英语诗歌的形式;从文字跃向音乐的激情中迸发出的领悟,在某种程度上正是他天才的精髓所在。霍普金斯对观看"源泉"充满渴望,这使他的心灵、舌头和耳朵都摆脱了陈规的束缚。由此所产生的对万物的渗透,支撑着他最黑暗的作品中所散发出的强劲生命力。透过诗的眼光观看,用诗的耳朵聆听,我们将逐渐认识到自己比过去更克制,更自由,并与一个更广阔的世界相连——如果你愿意,你将会进入这个世界。

不,我不要,我不要享受绝望,这腐尸的安慰;

不要解开——它们也许松弛——这些人类最后的绳索，我的内心，疲倦得已哭不出来。我能；

能做什么，希望，希望那日子到来时，不会选择不活下去。

霍普金斯的《腐尸的安慰》中平静的、陈述性的"我能"携带着一个承诺：对完整经验的承诺是一种灌注剂和灵丹妙药，它能抵抗任何削弱灵魂的事物，甚至是绝望。氧气随时可用，只要诗人在讲话，氧气就能被他吸入。

※※※

除了我们熟悉的视觉、听觉、味觉、嗅觉和触觉之外，还有许多其他的感知方式。鱼有一种名为"侧线"的器官，贯穿整个身体，鱼通过它不仅能敏锐地感知到水中的振动，还能感知到水的深度、流向和温度；信鸽利用视觉导航，即使被抛入空中，它们仍会跟随地球磁场的电流找到回家的路；豆科植物没有神经系统，也没有眼睛和指尖，却一直朝向太阳转动；一株被忽视十年的铁线莲，如果给它一个可供攀爬的棚架，它在三周内就会窜出五英尺[1]高。

鲨鱼接近猎物的最后一刻会闭上内眼睑以保护自己，大

---

[1] 1英尺约等于0.3米。

多数感官此时也会关闭，只有一个器官仍然活跃：它下颚上的生物电流感应机制，一个专为应对撞击而生的导航系统。写作中的诗人有点像这种鲨鱼，他们以独特的方式感知那即将来临的被接通的时刻。

诗歌似乎往往诞生于观看外部世界的过程中：作家转向世界上的种种事物，看见翠鸟和猎鹰，听到教堂的钟声和羊的咩叫，这些外部现象像释放热辐射一样释放出意义。当然，这种热量存在于我们体内，而不是事物之中。写作时，某个想法到来的那一刻，普通的观看之眼关闭，诗会因某种神秘的内心冲动而涌向世界，这冲动是诗人观看、倾听以及锻造日常语言的基石。这种状况具有繁殖力，因为它渴望那些无法通过其他方式了解的事物。所有作家都会意识到这股力量的涌动；在它的辐射下，世界上的存在之物会被刷新；通过想象力、音乐性、追寻世界和锻造文字的心灵，作家们创造的作品也改变了这些存在之物。

这种被改变的视力是诗歌和诗人的秘密幸福。就好像一首诗与这个世界相遇，并在这世界之中发现了一种隐藏的语言，一种布莱叶盲文[1]——只有觉醒的富有想象力的心灵才能读懂它们。霍普金斯笔下的翠鸟既是一只真实的翠鸟，又不仅仅是一只翠鸟，它的鸣叫声能同时穿过心灵和耳朵的隧道。内在的生命会溢出，并渗透到物质性存在、香味和声

---

[1] 路易斯·布莱叶（Louis Braille）是世界通用盲文符号创始人，因此西方世界通常将盲文称为"布莱叶"。——译者注

音之中，正如物质性存在、香味和声音会相互渗透和进入一样。这种"双重生命"存在于日本传统的俳句中，存在于澳大利亚土著的圣歌之中，存在于纳瓦特尔语的"花歌"[1]之中，也存在于21世纪美国实验抒情诗之中，并在其间发挥着重要作用。当我们发现自己置身于诗的感知领域时，我们就回到了这个词最初的含义：诗是一种*创造*（poïesis as making）。

坦率地说，一首诗不是它表面所描述的外部事件或现象，也不是它试图揭示和唤起的情感或洞察力，一首诗可能同时包含了这两者。但更为复杂的是，它是对全新理解的活生生的虚构（fabrication）——"虚构"既包含了"撒谎"和"虚假"，也包含了更简单和更根本的对任何事物的创造和制作：将一些新鲜之物引向存在。无论是物质性的还是精神性的"织物"，都是一种交错编织的发明：通过经线和纬线的结合，某些物质，如丝绸或棉花、羊毛或图案，都会变得比它本身更结实、更强大。当一件艺术作品与自我、语言、文化、情感、感官和心灵拥有多重交叉体验并充分交融时，它就承载了我们的生活。

音乐赋予了诗歌这种"编织之线"和发现的张力。就拿霍普金斯的一行诗来说，如果纯粹关注诗的声音，你可以

---

[1] 纳瓦特尔语/纳瓦特语，指犹他-阿兹特克语系（Uto-Aztecan）中阿兹特克分支之下的一些语言。在纳瓦特尔语中"in xochitl in cuicatl"字面意思是"花与歌"（flower and song），隐喻着"诗歌"或"艺术"。——译者注

清楚地看到，正是编织和音乐性创造将它的各部分引入了一个更大的、扩展的整体之中。"如翠鸟着火，蜻蜓点燃火焰"（As kingfishers catch fire, dragonflies draw flame），这行诗闪耀着一种共栖之美。在它的上半句中，"翠鸟"（kingfishers）一词中的字母"k"在"着"（catch）中以相似的发音字母"c"重复，同时它的中间字母"f"在"火"（fire）中得以回归。与此相同的模式出现在下面的诗句中，它们既像手工打结，也像渔夫装上鱼饵："蜻蜓"（dragonflies）开头的辅音在"点燃"（draw）中被重复，中间的双元音在"火焰"（flame）中回归。元音也证实了复现的强化："翠鸟"（kingfishers）中的字母"i"在"火"（fire）中被重复，"蜻蜓"（dragonflies）中的字母"a"在"火焰"（flame）中复现，每一个元音的发音都由短变长。我们并不能总是知道这样复杂的"声音艺术"是诗人有意为之，还是不那么刻意的、更直观的创造。重要的是，当我们以诗的方式言说和观看时，事物就会以相互联系和扩展的方式被言说和被观看。

因此，诗歌的原动力（generative power）不在于它的"信息"或"意义"，也不在于它自身本质之外的任何事物的简单记录，而是栖息在它自身所嵌入的世界之中，并与存在交织缠绕。诗歌以一种混合的、不受束缚的感知方式所创造出的语言来言说，以能引导作者和读者的语法和神韵来言说，以诗歌自身特有的感觉和术语来表达如何观看、聆听、感受和言说。这些术语既包括内容、技艺与形式的交流要素，也包含了某种趋向——诗歌倾向于提升意义、情感和存在。

但作家和诗人如何满足自己内心这种"增长"的渴望？当然，他（她）不仅为文本带来了已知的事物，还带来了一种有渗透意图的复调动力（the contrapuntal impulse of a permeable intention）。诗歌创作必须既被视为一种沉思实践，也被看作一种交流实践。在每一种传统的沉思方式中，重塑意图（intention）是转变发生的基础。13世纪的日本禅师道元[1]曾说，随着意图的成熟，河流中的白色牛奶变得芳香甜美。这种表述只有被唤醒的耳朵和心灵才能理解，只有诗歌的转换性语言才能领悟。意图与其说是通过努力，不如说是通过消除心灵陈旧的习惯、姿态与形式，来迎接新事物。它是对尚未存在的事物发出邀约。

我在这里所谈论的意图并非法庭上所谓"意图"：沉思的意图对于那些存在于自我之外的事物是半透明的。意志和选择可能会发挥作用，但创造性意图被强化的言说需要同样被强化的倾听，就像小提琴手要想演奏得出色，就必须倾听管弦乐队、小提琴和他或她自己的身体。聆听小提琴的声音和琴弓在琴弦上的拉奏同样重要。当一个人沉浸在诗歌的意图中时，类似的转变也会发生。诗歌对我们生命的增补发

---

[1] 道元（1200—1253），全名希玄道元，日本佛教曹洞宗创始人，也是日本佛教史上最富哲理的思想家，著有《正法眼藏》《永平清规》等作品多卷。——译者注

生在边界处，在那里，内与外，现实与可能，经验与想象，听见与沉默，会同时相遇。诗歌的天赋在于，它所"观看"到的并非我们平常所见，它的"聆听"并非我们平常所闻，它的"洞察"也并非我们平常所知，它的"意志"也不同于我们平常的意志。在一首诗中，一切事物同时既向内又向外运动。

打坐是道元法师禅修的一种方式。打坐者的眼睛既没有完全闭上，也没有完全睁开：它们处于一种"中间态"。天主教的修道者们将相似的凝视——虽目光低垂，但依然存在——称为"眼睛之看护"（keeping custody of the eyes）。这种注意力方向的谨慎平衡既非逃逸与无视，也非回避，却都反映了人们对所追寻的事物的一种改变的期望。僧侣和神秘主义者的渴望与艺术家的渴望并无不同：不是通过改变世界，而是通过改变他们的观看之眼，来感知平凡中的非凡。在一种被召唤的混合意识中，内部伸出手去改变外部，而外部伸回触手来改变观看之人。14世纪的锡耶纳的凯瑟琳[1]曾写道，"所有通往天堂的道路就是天堂"；第一次世界大战开始后的第三年，马塞尔·杜尚向一个艺术展提交了一个瓷制小便器，并将其命名为"喷泉"（Fountain）。二者都表明：形成新意识的意图就是去转化和被转化。

---

[1] 锡耶纳的凯瑟琳（Catherine of Siena，1347—1380），意大利文艺复兴时期著名的女圣徒。——译者注

※※※

能否说诗歌的视力既与生俱来，又能后天习得？即使是我们与生俱来的视力也是后天习得的。从对先天性失明的研究中我们认识到了这一点：手术后，视觉能力得以提高，但认知能力以及从感官数据中解析图像的能力仍然滞后。20世纪初，一个八岁的男孩完成了白内障手术，当他的绷带被取下，被问到能看到什么时，他回答道："我不知道。"外科医生把手移到男孩面前，但他仍然什么也"看"不见。直到男孩用自己的手碰了碰那只移动的手之后，他才开始意识到眼前光明和黑暗的变化规律。

因此，我们最简单的感知行为依赖于经验性和实验性的知识。感知不是被动地给予我们，它是一种不断扩大的与世界的互动和参与，包括精神上和身体上的接触。婴儿甚至在出生之前就能敏锐地注意到和感受到声音、温度和运动，这种齿和轮的对话一直持续到死亡的那一刻。艺术创作也会经历类似的过程。作家或画家在每一件艺术作品中所做的都是一种实验，而他们所期望的结果都是认知的扩展。每一种姿态，每一次试图用语言、颜色和纸张去创造一种经验的尝试（无论失败或尚未失败），都是想象力向外延伸，以过滤这个世界。打造一件真正的艺术品，或者是完全领悟一件艺术品，就相当于在渔夫错综复杂的渔网上再系一个结。

然而更多的是：似乎知觉之鱼（the fish of perception）

在被捕获之前并不存在。物理学家亚瑟·扎乔克[1]曾经设计过一个他称之为"光之盒"的装置。在这个装置中，一个投影仪将明亮的光线投射到一个看不见物体或表面的空间中。当观众往里看时，所看到的似乎是一片绝对的漆黑。然后我们向这个人展示如何移动盒子侧面的把手，去控制一根可移动的小棒——一旦一个物体被带到这个空间中，很明显，一道光线就从一个方向落在了它上面，而另一边则处于阴影中。正如实验的目的所要表明的：光只有在接触到世界上的物体时才能被感知。或者，更准确地说，只有当三种元素同时出现时，我们才能感知到它：当观看的心灵捕捉到缠绕着事物之网的光时。

想想"理解"（apprehend）、"领悟"（comprehend）和"把握"（prehensile）这三个词吧。人类认知（knowing）过程的深处存在着一种必要而积极的延展——理解就是领会和吸纳。古希腊的哲学家认为，视力是从眼睛里射出的光束，就像从灯笼里射出的光一样。正如那个看不见手的小男孩儿，直到他自己触摸到医生的手，"看见"才会发生。心灵在进入新的感知之前，首先需要以有形的方式将自身拓展至实在之物。诗的想象力不仅肌肉发达、手脚灵活，而且动觉灵敏。诗的舌头、耳朵、眼睛和敏感的皮肤都缠绕着世界，它们因这世界而生，为这世界而生，也都是这世界的组成部分。

---

[1] 亚瑟·扎乔克（Arthur Zajonc，1949— ），美国物理学家，曾任阿默斯特学院名誉教授，代表著作有《捕捉光：光与心灵交织的历史》等。——译者注

诗歌在其音乐、对象、言说、思想和情感的策略中，攥住了经验自我与一切存在之间的联系。在诗歌的语言中，生命召唤着生命，充满着必然与愉悦，正如鸟儿召唤着鸟儿、鲸呼唤着鲸、蛙呼唤着蛙。它们隔着夜空、隔着海洋、隔着池塘相互倾听，彼此认出对方，并被这种认识所温暖。

※※※

除了举例，没有任何其他办法能传达这种令人着魔的想象和它所能企及的边界，而霍普金斯的作品中充满了这种相互关联的热能。除他之外，还有一些当代诗人也在他们的作品中注入了富有想象力的移情：

> 这些鱼令人不快。大多数日子，
> 它们在黎明时被带上山，美丽，
> 陌异，来自海底黑夜的寒冷，
> 壮丽的空间从它们呆滞的眼睛里消退。
> 柔滑的黑暗机器，那个男人想，
> 正冲洗着它们。
>
> ——杰克·吉尔伯特[1]《误入歧途》

---

[1] 杰克·吉尔伯特（Jack Gilbert，1925—2012），美国当代著名诗人，著有诗集《大火》《拒绝天堂》等，曾获耶鲁青年诗人奖和美国图书批评奖等多种诗歌奖项。——译者注

一匹是来自琵卓河的深棕色的马,另一匹是被洗刷过的帕洛米诺马,

它们都站在畜栏旁,逐渐衰老。

每次毫不费力地甩动尾巴,苍蝇就飞起来,然后又聚拢,

围绕着它们的眼睛、口鼻和鬐甲。

它们的门牙已经变黄,像古董钢琴的琴键,歪斜着,
像周围迷宫般的棚屋和谷仓上覆盖着的木瓦的倾角;它们皱巴巴的
下巴圆而黑,像冻伤的橘子,未被摘下,整个冬天
都挂在树枝上,像冬天自己对万物的评语,
万物都曾走向冬天,复又渐渐找到出路。

在时间的缓慢中,黑色时间变成白色,果皮变为花朵。
神在细节中,而我们是细节中的细节,我们渴望

从自我中分离出来。成为他们所有人。

——拉里·李维斯[1]《挽歌手拿缰绳》

---

[1] 拉里·李维斯(Larry Patrick Levis,1946—1996),美国诗人。——译者注

婚姻之痛；

大腿和舌头，亲爱的

因它而沉重，

牙齿上抽痛阵阵。

——丹妮斯·莱维托芙[1]《婚姻之痛》

将这些词语安放在

你的思想面前，如岩石。

　　牢牢放好，用双手

选好位置，放在

心灵的身躯前

　　放在时间和空间里：

树皮、树叶、墙那样坚实，

　　事物的嵌砌：

银河的卵石，

　　迷失的行星

——加里·斯奈德《砌石》

后面，在我们背后，

---

[1] 丹妮斯·莱维托芙（Denise Levertov，1923—1997），美国诗人，代表作品有《重影》《此时此地》等。——译者注

庄严高大的冷杉开始倒退。

一百万棵淡蓝色圣诞树伫立在那里,

与自己的影子相连,

等候着圣诞。海水似乎高悬在

灰而深蓝的圆石之上。

我一次又一次看到,同一片海,相同的海,

在岩石上轻轻地、漫不经心地荡着秋千。

冰冷的自由,在石头之上,

在石头之上,继而在这世界之上。

如果你将手伸入水中,

你的手腕会立即疼痛,

你的骨头会开始疼痛,而你的手会燃烧

仿佛水是火的一次变容,

以石为食,燃起深灰色火焰。

——伊丽莎白·毕肖普《在渔屋》

亚里士多德在他的《修辞学》中称赞了他所说的"活隐喻"(active metaphor)能让读者的心灵获得加速。他特别注意到荷马如何赋予无生命体以生命,例如荷马曾这样描述长矛——"牢牢站立在大地上,渴望以肉为食。"亚里士多德广泛地使用"隐喻"一词来表示任何属性的迁移;当下的语法学可能会将亚里士多德所举的例证命名为"拟人化"或称之为罗斯金[1]所谓的"情感谬误"（pathetic fallacy）——赋予物体以感觉。但一个基本事实是：诗学感知存在于一个充满移情联系的生机勃勃的世界中。人或动物的特质诞生于那些看似冷漠的物体中。一种存在之物的属性能在另一种存在之物内部绽放出无限光芒。变形（shape-shifting）、质变（metamorphosis）和嬗变（transmutation）都是思想的酵母和催化剂，它们的加入会使面粉和水变成香甜的面包。

隐喻式变形并不是诗学想象力的唯一手段——还有纯粹用声音技巧完成的大提琴演奏，内容饱满和情节环环相扣的叙事，抽象论述的关键环节，身披光芒的觉醒之人的脚步声，等等。但瞬息万变的心灵——无论是绚丽夺目还是微妙不察的——都预指着诗人主动向更新的感知迈进。霍普金斯以及这里呈现的每一位作家的作品，都迸发着一种柔韧、百转千回、令人神往的生命活力，都拥有猎鹰俯冲掠食时的头脑与贪婪，既精准又自由。尽管诗人们各不相同，但每一个人都拥有着许多完全不受束缚的品质。你能感到，他们能在自由而富有创意的观看中说出任何事物。

想想杰克·吉尔伯特笔下的"鱼"吧，它呆滞的眼睛容纳着壮丽的、消退的空间（在这里，我会停顿下来想象亚里

---

[1] 约翰·罗斯金（John Ruskin，1819—1900），英国维多利亚时代著名的艺术批评家，曾提出过"情感谬误"理论——艺术家常常在强烈的情感作用下，将无生命的物体看作具有人的情感、思想和感觉的东西，罗斯金将这种艺术家情感的"误置"称为"情感谬误"。——译者注

士多德能从现在分词"fading"的积极运动中获得愉悦)。发现这些如此令人惊讶的空间(在这里复数也很重要,作者用了"rooms"),消失在鱼的眼睛里,则会将作者和读者投入到他或她自己对可能性的多空间感知之中。通过室内通道和门后之门,我们追逐那个逐渐消失远去的形象。吉尔伯特称这个结构为"柔滑的黑暗机器",并进一步放大了鱼——在这句诗中,三种完全不同的意象系统(触感的柔软、视觉和内在的黑暗、机器的技艺之光)悄悄聚合在一起,伴随着上锁的玻璃杯在解开锁栓之前轻微的、几乎是无声的咔嚓声。在整首诗展开的过程中,这些鱼会变成一种转喻:桌子上被掏空了内脏和去了骨的鱼,象征着诗人所吃的食物,就像他继续写道的那样,里面包含着"可怕的污秽之物"。这些鱼也是诗歌的粮食和养料,它们的血肉和错综复杂的机器支撑着吉尔伯特和我们继续向前,在他所选择的简朴生活中得到了充分的滋养。

在拉里·李维斯这个诗片段中,自由转换与时间相关,因为它通过一系列不断变化的事物被追踪:时间依靠尾巴摆动的节拍来计算;时间让牙齿变黄,如同旧钢琴的琴键;时间尝起来像是被冻坏的、未被摘下的橘子。每一个全新的意象都干净利落地步入诗的弧线和方舟。每一种意象都如此恰切与完美,你甚至会感到它们无可替代。然而,在李维斯之前,谁曾在老马的下颚上看到过冻坏的橘子呢?然后,就像一片万花齐放的田野最终浓缩成了八分之一盎司的精油，在这首诗讲述逝去的爱人之前，逆转时间的语言就出现了："在时间的缓慢中，黑色时间变成白色，果皮变为花朵。"

在丹妮斯·莱维托芙的诗中，意象的空间转移如同身体遭遇猛击一般强烈，它体现在"婚姻在牙齿上抽痛"。——这首诗表明，经由仪式创造出来的事物（即婚姻）一定潜藏在身体的深处，盘踞在身体的各个部位：所有人在亲吻时都会下意识地剧烈地摩擦下巴。

从早期的《砌石》到最近的作品，加里·斯奈德一直都是劳作想象（manual imagination）的实践者。其他人可能也曾铺过路，伐过木，修过发动机，研究过岩石，但正是斯奈德向美国诗人们展示了如何让这些活动被看见。只有曾和石头打过交道的诗人才能创造出"银河的卵石"这样的结合词。

最后，还有伊丽莎白·毕肖普，经她思想浸润过的对象都不断转变为新的生命。尊严、耐心的期待、漠不关心——所有这些人类的属性都以一种无缝的、不带感情的轻松，被赋予冷杉树和海洋。在诗人的凝视下，物体和元素彼此转换，同样轻松。在这些诗行中，这种转变正是通过中介"人类"而明确地发生——只有将手浸入冰冷的水中，海水才会变成火。

我曾将这种存在之物的变形称为诗歌与诗人的秘密幸福：之所以成为一种秘密，是因为绝少被提及；也是因为即使是诗人自己也常常辨认不出他们写作中喜悦的来源；甚至当笔尖跳跃，流泻成文字时，诗人们也察觉不出这种愉悦之存在。诗人在写作时，无论主题有多艰难，都不受悲伤的束缚，他们的灵魂是自由的。而解开这些秘密将是贯穿本书的主题。

奥维德的《变形记》对变化的"灵魂之爱"有着许多明确的叙述。任何优秀的艺术作品都以微妙的方式显现为它自己独有的形式，而非其他的形式。一首乐曲中音调的变动；皮耶罗·德拉·弗朗西斯卡[1]的《分娩时的圣母》(Madonna del Parto)中向下和向内的凝视——我们只需观看，就能发现其中的转向之感。

最后，还是霍普金斯的一首诗，不过这次是一首完整的诗：

月出，1876年6月19日

我在不能称之为夜的仲夏夜醒来，| 在清晨的白茫茫与走动中醒来；

月亮缩小，瘦成伸向蜡烛的 | 一个指甲尖缘，

或瘦成伊甸园之果削下的果皮，| 迷人的亏缺，却无光泽，

从黑暗的迈纳法山的高凳上走下，| 从山丘上退出；

---

[1] 皮耶罗·德拉·弗朗西斯卡(Piero della Francesca, 1416—1492)，意大利文艺复兴初期的著名画家，将严谨的数学运算运用于透视画法，让画面具有照片一样的空间感，代表画作《妇人与孩子》。——译者注

一个山尖仍在抓着他,一个锚爪还在咬着他,| 缠着他,还未完全放弃。

这是珍贵的、令人神往的景象,| 无需寻求,就轻易出现,将我一叶一叶分开,将我分裂,| 像拉开沉睡中的片片眼睑。

在霍普金斯的诸多作品中,人们可能会将这首诗视为一个草稿,一个不押韵的、有些不成熟的,甚至很可能是被废弃的开头。然而,它却拥有着相当惊人的密度,正如"诗之眼"所看到的那样。月亮被称作从"伊甸园之果削下的果皮",那是一轮想象中的"芬芳之月"。"清晨的白茫茫与走动"是一个不可拆解的短语,它让颜色(white)与行动(walk)完美地押着头韵。这首诗也提出了一种思想,而我越来越坚信它正确无疑:在诗歌中,好的描述绝不是纯粹的描述,它是一种存在状态的写照,一种灵魂的写照。

然而,对于我来说,这首诗的最后两行是最珍贵的财富。首先是因为我们知道,当我们活跃的意识沉睡时,神示的奖赏就如恩典般不期而至;其次是因为它明亮的内外交织:"将我一叶一叶分开,将我分裂,| 像拉开沉睡中的片片眼睑。"无论我阅读多少遍这些词语,我都会感到一种不确定性,感到语言被重新拼写,感到自己置身于一个幼童奇妙的睡梦之中:究竟是诗人被这纤瘦的山间残月唤醒,还是枝繁叶茂的世界本身在诗中被如月般睁开的眼睛所唤醒?

第二章

语言在清晨醒来:论诗的言说

语言在清晨醒来,它尚未洗脸、刷牙、梳头,也不记得夜里是否有梦闯入。窗户面北而开,日光虽稀松平常,却足以让人看见周围的一切。

语言走向挂在墙上的高镜,站在镜前,没有化妆,没穿拖鞋,也没穿上长袍。在同样的情况下,我们可能最先看见自己的双眼,继而追忆起它们的询问。接着向下,可以瞥见镜中站立的双腿。镜子里,语言看到的是双重影像——也是两种基础力量:意象(image)与陈述(statement)。意象占据着原始而无言的现实世界,这个世界堆积着石英岩、羽毛、钢桁架、棒球、遥远的飞机和一些大声抱怨的牛,它们从各方涌来,进入自我的内在意识。陈述是我们人类的回答,由内向外返回这个世界——我们的故事,我们的理论,我们的判断,我们的叙事诗、抒情诗和劳动号子,我们的出生证明和墓志铭,报纸文章和婚礼请柬,诸如此类,无限绵延。所有能被说出的事物都始于这两种模式和它们丰饶的衍生物。也就是说,始于具体的经验性存在以及我们给予这个世界的所有回应。

英文词"意象"(image)源自拉丁词"imago",意指一幅"图画"或某种"相像"。尽管原始世界是意象的起源，但意象却并非原始世界。意象一旦进入脑海，我们就以它为框架和基础来认识这个世界。这种认知方式一旦形成，黄昏中的乌鸦、商场的店面、一支铅笔、装有重型捣碎机的车间都会以意象的方式留在想象力的仓库里；或者意象会以绘画、石头或词语的形式回到外部世界。

一些意象通过触觉进入心灵，另外一些通过听觉和视觉进入。一些意象简单，另一些复杂。这里就有一个简单的意象：一条小鱼在小溪里徘徊，鱼的身体和它身下被海藻覆盖着的岩石的颜色和彩斑完全一样。一瞬间，旁观者只会注意到这一点。但心灵的本性并非仅仅停留在它最初所看到的事物之上。心灵会继续观察披着斑驳的条纹伪装的鱼——这条年轻的鳟鱼似乎本身就是一块石头，但不知何故是一块漂浮着的有些透明的石头。如果一块岩石能够梦想自己活着，那么它看起来就像是活着的样子。接着，心灵也许会想起以前曾见过这一幕。一代又一代的鳟鱼在河床的同一深处安家，那里因万年冬雨的冲刷而变得陡峭，观察者会回忆说，他曾见过几条这样的鱼；而心灵会想得更远，它会喃喃低语道："这些鱼足够美餐一顿，如果我真的饿了，就大吃两口吧。"

人类的注意力任何时刻都能以多种方式参与原始世界——感知、辨认、比较、联想漂移、记忆、被"恐惧与欲望"吸引或拒斥，以及捕食者在面对猎物时惯用的评估习惯。在这些方式中间的某个地方，意象思维变成了陈述思维——纯粹存在的岩石从世界河床的系泊之处挣脱出来，游走了：它们柔软轻盈，肌肉健壮，渴望世界的味道，渴望得到它所能依傍之物，渴望玩耍，渴望伴侣。生命之力的小碎片在寻找着事情做，因为那是它的本性。

就像马吃草或梨树结梨一样，我们发表陈述。它们以不同的形式出现，有些是命题，有些是假设，有些是叙述；有些是明喻、食谱和设问。所有这些都能让我们更充分地穿越存在，投身到与擦亮的、变形的外部世界的交互作用之中。从"陈述"自身的语言历史来看，一份陈述就是我们如何宣告我们在世界上的位置。"statement"一词的印欧语系词根可以追溯到"站立"（stand）——在大地之上挺直身体。站立是人类身体的姿势，陈述则是人类心灵的姿势，它拥有许多颇具启发性的同源词。这些同源词的核心都是希腊词"stasis"，意为停顿：一种完全停下来且需要从身体或精神上加以衡量的状态。例如，凝视需要主体和客体都保持静止：我们必须能够深远而长久地注视事物。这个词根也有"展示"（display）之意——我们在雕像之下设置的看台；剧院中升起并被点亮的舞台。将站立之物按顺序排列起来进行考察，这在晚期拉丁语中成了系统性的概念。"诗节"（stanza）最初是指"住所"（dwelling），后来演变成独立又相邻的空间，诗歌的各部分居于其间。英文词"静止"（stationary）意味着不动，"文具"（stationery）是能写下文字——可以是"远行"

这个词——的纸张。这两个词发音虽相同，指涉的却是两个迥异的事物，但它们都能穿过历史的烟尘，被带回到一个交叉点——古罗马的一个书摊。

最后，动词"陈述"（to state）最初是指将思想或事物固定在它具体的特殊性中，以表达其最终的存在"状态"。所有这些词源都指向深思熟虑过的语言与沉思的停顿之间的密切联系，而意义随着时间的累积从急促的经验中挣脱出来。

但心灵从不将自己困于任何一种陈述之中，它总是不断地从一种状态转移到另一种状态。沉思是完成这项任务的方式——这并非偶然，"沉思"这个词被用来描述思想如何发生更具流动性的转变。"沉思"意味着进入一种闲适的状态，意味着走出成年人的责任范畴：嬉戏是自娱的、沉思的心灵的标志。它举起一件东西，将它翻转过来，轻轻掠过它，看它是否移动；它以一种既抛开简单的先入之见又放弃严格目标指向性的方式进行探索。词源学也揭示了这一点。"沉思"（muse）源于拉丁词"mussare"，意为首先"保持沉默"，然后"在沉默和不确定性中冥想"，最后才"轻声低语"。沉思似乎最易发生在寂静的环境之中。在关注对象之前，沉思得体而不武断，不被迫目睹事物，而是自觉承担见证。它静静地思考，而当它最终开口说话时，会使用尊重其他存在的声音，一种我们在图书馆、教堂或博物馆里讲话时发出的声音——也就是当我们与比自己更重要的人在一起时所用的声音。沉思的心灵谦逊而不执拗，能渗透进超出我们理解之外的事物之中，服从于分寸感和喜剧性。傲慢只留给那些更加自我的人。

当然，"缪斯"（muse）一词中还住着希腊神话中的九位人物：依蕾托（Erato）、欧忒耳珀（Euterpe）、忒耳普西科瑞（Terpsichore）、波吕许谟尼亚（Polyhymnia）、克利俄（Clio）、卡利俄珀（Calliope）、墨尔波墨涅（Melpomene）、塔里亚（Thalia）和乌拉尼亚（Urania）。赫西俄德称她们为大地和空气的女儿；另一些人则说，她们在宙斯与记忆女神摩涅墨辛共度九晚之后出生。在缪斯众神之间，人类的情感和好奇被哼唱：历史叙事和史诗般的漫游故事，讲述爱欲、情感和风景的诗歌，音乐、舞蹈和笑声无法简化的愉悦，悲剧的警示，我们对众神的回答，我们怀着对闪耀群星的敬畏而提出的问题。

缪斯的九位姐妹通常被描绘成纯真的年轻少女。也许她们的年轻承载着"mussare"原初意义上的沉默和怀疑。幼小动物的学习过程会从观察、倾听、测试和接纳开始，然后用它们的身体、舌头和欲望去尝试。它们既不自觉也不克制，甚至还不知道何为童贞，所以保持敞开的心态。这些缪斯女神们身躯纤瘦，尚未被开发；不可思议的是，她们也未被穿过她们生命的巨大的创造洪流所浸湿。一部史诗、一部悲剧、一部协奏曲已经结束，而下一部必须这样开始：从史前的寂静，从万物尚未存在的状态开始——那时还未出现第一个词,第一个音符,第一个音调、节奏、手势或主题。那里只有一个标准,或者可能更少:一种倾向(proclivity)——这就是缪斯女神永葆年轻的原因。只有在人类世界里,尘世的存在才能让知识改变身体。

瑞典诗人、小说家拉尔斯·古斯塔夫松的一首诗捕捉到了世界尚未被缪斯们的工作改变时的状况——一个纯粹的意象世界。在这个世界里,由心灵所创造的陈述领域几乎不存在:

巴赫到来之前世界寂静无声

《D小调三重奏鸣曲》存在以前
一定还有一个世界,
一个《A小调帕蒂塔》之前的世界,
但那是怎样的世界?
空旷寂寥的欧洲,没有一丝回响,
到处都是乐器,等待着被唤醒,
在那里,《音乐的奉献》和《十二平均律曲》
尚未流过琴键。
孤零零的教堂里
《受难曲》的高音声部
还未无望地爱上
长笛轻柔的乐章,

在广袤柔软的风景中

没有什么能打破这寂静

除了老樵夫的斧头,

强壮的狗在冬天里健康地吠叫

如一声铃铛,溜冰鞋咬住新鲜的冰;

燕子在夏日的空气中盘旋,

贝壳在孩子耳畔轻轻奏鸣

哪里都无巴赫,哪里都无巴赫,

巴赫到来之前,世界在溜冰者的寂静中。

——拉尔斯·古斯塔夫松

(英译者:Philip Martin)

古斯塔夫松的"前巴赫世界"是一个尚未被艺术打破和重构的世界,一个充满童年和童话般纯真的国度,一个复杂的成人知识尚未形成的世界。原型尚未被自己的出现所印证。记忆女神的女儿们——缪斯女神们记住了形式,记住了模式,记住了觉醒的弧线和随之而来的沉睡,但所有的内容——甚至像巴赫的音乐那样具有变革性的内容——都穿过她们而未留下任何痕迹。她们的目光总是转向尚未被想象的事物。

※※※

让我们回到清晨的卧室，回到语言醒来的那一刻，向外看看，再向内看看，随后提出疑问："我能说些什么？"当答案通过缪斯女神之门到达，以我们所认为的艺术的形式到达，这又意味着什么？

思想、颜色和声音都是它们自身，但当一种与形态、运动和意图相协调的次级意识进入时，思想、颜色和声音就都变成了能被识别的艺术。我们所体验到的"艺术"形式，在静态熟悉的既有知识与流动的创造性思维之间取得了平衡。"艺术"的语言根源于最简单的"技巧"：标志着以某种特殊而有效的方式完成的任务。字典里与之邻近的词都与它自身相关，犹如小巧、精妙、可移动的配件：这些词常常用来表示身体的物理关节，或压缩的概念，或物体紧紧挤在一起但仍保持各自独特性的状态。因此，从词源学上讲，"能言善辩"的人能以化整为零的方式言说，同时也必须意识到观点的论证要像上好的时钟装置一样精确。"人造"之物是那些被灵巧之人的手巧妙地操控和改变过的事物。艺术家一开始就将一件事物放进另一件事物里——杯子之于手臂，盖子之于箱子，颜色之于图画，故事之于文化境遇和个人境遇。它们一旦被放入这个世界之中，杯子就会被拿起来使用，盖子会在小黄铜铰链上旋转，故事也会随着情节的变化而转变。

然而，一首好诗超越了它自身精巧的技艺。即使在静态的绘画和雕塑中，也存在着我们在诗歌中所发现的铰链转动之感，我们经常会用音乐术语来命名它——节奏或音调的改变，这种改变也能引起理解和情绪的变化。音乐本身几乎无法定义，语言学家通过将音乐与"噪音"（即缺乏结构、意图和意义的声音）而非沉默进行对比来解释它。音乐自我意识的"再秩序化"将体验带出了随机性，让体验进入塑形的弧线，进入形式的交叉地带。通过模式化的离去和返回，通过戏剧性的选择，通过对抑扬顿挫转换的认识、对重音的认识以及对和声与不协和和弦的理解，这些转变得以实现——所有音韵和音变的渐进式展开都与美、与情感完美融合。语言以同样的方式进入艺术。但与噪音不同的是，语言已经包含了结构、目的与意义。因此，语言进入艺术的一个标志就是它将音乐意识的强化和音乐广泛而迷人的意图囊括进来。诗歌、小说、戏剧的句子经营音乐性正如树木滋养树叶：音乐高度能动，活力充沛，形式多样，看似可被舍弃，实则仍然是诗歌赖以生存的源泉。

如果给"艺术"这个词加一个否定前缀，就能看出任何艺术形式中运动和变化的中心地位：艺术的反面是惰性。生物的本性在于运动——有些生物就如溪流中的鳟鱼一样敏锐，当一只昆虫惊扰水面时，它就会迅速移动；有些生物则像加州沼松那样，围绕着两千年历史的心材，虽饱受挤压，但仍缓缓生出最窄的年轮。生命的某一部分被提炼成必不可少的、拥有自我意识的姿态，艺术在创造和效果上同样活跃而动人。当一件艺术作品由于构思上的失败或创作过程中的草草了事,或是由于我们远离它们的创作起源以至于无法理解它们对感官、思维和心灵的要求,从而无法打动我们时,那么这件作品本身就会变得迟钝和嘈杂,对意义和感情充耳不闻。

那些能保存热量和呼吸的艺术就如一次重击般迅捷而生动。想想济慈晚期潦草的诗歌片段所包蕴的力量吧!虽然它未完成,未成形,未显露出个性,但仍在济慈最著名的诗歌中占有一席之地:

> 这只活生生的手,如今还温热,
> 还能热忱地紧握。但如果它冷却,
> 在坟墓冰冷的寂静中,
> 如此萦绕着你的白昼,封冻你做梦的夜晚,
> 而你也愿你自己的心血流尽,
> 因此在我的血管中生命将重新流动,
> 你要保持良心平静。看,它就在这里——
> 我将它伸向你。
>
> ——约翰·济慈

在这首诗中,生命的炽热与死亡的冰冷并存。从某种意义上说,诗中的要求和隐含的威胁令人震惊,但读者的伦理反应取决于这首诗在他或她心灵中的位置。这些诗句究竟是活着的人对他心爱之人所说,还是从坟墓中升起的亡灵之

声？诗的语法和创作事实告诉我们，必须将它理解为前者；然而，这首诗的结尾句只能通过第二种方式被听到——这些话语从裹尸布下向我们传来。想象死后的状态，预期死后的行为，以这种方式来阅读这首诗，我们可以原谅诗中人物所提出的绝望的交换：说出这些话的人知道这不可能发生。尽管如此，我们不应该认为这些诗句不如现实残酷，也不应该在发现真相令人心碎时选择轻描淡写地忽视这一事实。这首诗说："我想活下去，如果可以，我愿取走你的生命之血。"它揭示了艺术家如何不露痕迹地占据他人的心灵。艺术渴望生活的直接性，它贪婪地逃避人类无常的法则。

正如我们在阅读杰拉德·曼利·霍普金斯时所看到的那样，艺术的优美形态不仅吸引了时间，也吸引了思考本身。任何不流于表面的艺术作品都不仅仅是一种程式化的外在信号，它有图案，有音乐，能意识到自己的声音，既能压缩也能增强。艺术的愿望不是要传达已经确立的事物，而是要改变在其存在范围内发生的生活。当某些植物在傍晚的暖意中更加芳香四溢时，或者一只被琥珀包裹的蚂蚁不再只是一只古老昆虫的遗迹时，理解的共振就会发生并被放大。蚂蚁既活跃又静止，一直保持着那一刻的姿势：一只脚抬起，想要逃跑。在它突然而完整的封闭中，"鲜活生命"与"形态保存"之间的张力显露无遗。在某些中国卷轴和文艺复兴时期的雕塑中，观看者也能感受到同样的张力，甚至四万年前的拉斯科野牛在火把的照耀下似乎也在洞穴墙壁上走动。无论是寄寓某地还是身在故园,被艺术所捕获的事物都会变得稠密起来:进入一件艺术作品,就等于走进了一片丛林。艺术会攫住它自己,然后攫住我们,随后又同时松开我们和它自己。

※※※

将一片叶子丢进水中,它很容易就会被水流带走,在岩石间迅速滑动,然后消失。但溪流中那条活的小鱼却能自由地游过急流,并能抵抗水流。正是如此,一件艺术作品在抵抗时间的同时,也能将自身塑造成某种独特的形式,以驾驭和应对时间的持续压力。韵律节奏的交替与回归是诗歌将运动与静谧相结合,以战胜时间的最明显的外在手段,而自由诗更为精妙的结构也达到了同样的目的。我们可以看到,被诗歌结构所捕获的时间能跨越几个世纪,从而完成审美可能性的转变。想想罗伯特·赫立克[1]的爱情诗《朱莉亚的衣裙》(*On Julia's Clothes*)的开头三行:

> 身披丝绸,我的朱莉亚走动起来,
> 那么,然后,我想,多么美妙的流动,
> 她溶液般的衣服。

---

[1] 罗伯特·赫立克(Robert Herrick,1591—1674),英国资产阶级革命时期和复辟时期的骑士派诗人。——译者注

现在来看看诗人露易丝·格吕克[1]的近作《不成文法》(*Unwritten Law*):

> 有趣的是我们如何陷入爱情:
> 我的情况是完全陷入。完全地,并且,唉——
> 年轻时我常常就是这样。

两首诗在措辞、手法、情感和声音上的差异巨大。然而,每首诗都以非标准的形式呈现,都以一种可被听见的、既活泼又清晰的优美形态,将自己深深地刻在读者的脑海之中。

一首好诗所包蕴和保存的愉悦很大程度上来自于对时间的抵抗、改变和记忆。愉悦总会存在,时而微妙,时而潜隐,时而又形于色。你可以从刚才所引用的诗歌片段中听到:每首诗如何在语言的嘴巴里生动起来。赫立克将诗中的辅音和元音织成了簌簌作响的衣裙,格吕克的心灵和音乐中都充满了肌肉般的智慧,这些都是他们的诗享受语言乐趣的手段。这持续的欢乐暗流是一剂灵丹妙药,好的艺术作品通过它让我们复活,并滋润着我们的观看、聆听和思

---

[1] 露易丝·格吕克(Louise Glück, 1943—),美国当代著名女诗人,2003—2004年度美国桂冠诗人,曾获普利策奖、美国国家图书奖和波林根奖等奖项,2020年获诺贝尔文学奖,著有《野鸢尾》等诗集多部。——译者注

想中干涸的领地。

艺术既能深入黑暗，又能在光明中展开，两者所产生的愉悦感同样强烈；简单艺术与复杂艺术所激发的愉悦感也同样如此。为什么平淡有时闪烁着光芒，有时又晦暗无趣？视觉领域也是如此——有些颜色丰富多彩，引人注目，而另一些颜色则在我们面前蒙上了脸，我们继而看向别处。我们通过辨别振动台和橱柜在我们眼中的位置来识别它们，艺术将自己定义为"存在"。我们被它唤醒，被它感动，被它改变，被它搅动。艺术能让人觉得我们什么都没做过，只是赋予了我们一点时间和空间让我们去观看和注视；我们习惯专注于狭隘的自我目的，然而正是在那些被我们忽略的领域里，一些细如发丝的裂缝被打开了，那里有艺术，美就在那里。艺术的结果就如情欲般不可抗拒，就像人行道上的裂缝里新长出的绿色野草般贪婪。艺术的无限在我们心中唤醒了心灵无限的空间感。我们的内心世界就像这样不断延展和更新。

※※※

迄今为止，是什么在我们心灵的褶皱深处汇聚？首先是充满意象的外部世界，它斑驳的形状和气味，它的鹿角和密集的雄蕊，它的花蜜和汗水分泌物；我们对这个世界的回应：复杂或简单的陈述；缪斯的情感和状态，她们的嬉戏、沉默、停顿和怀疑；必要的音乐形态及其与时间强有力的、充满弹性的合作；运动；与审美相遇时战栗的喜悦。

接下来，也许是经验和知识。缪斯可能纯洁无瑕，未经触碰，但完成一件作品既需要技巧，也需要素材。读者必须找到"诗的碎片"（词语、诗行、概念，等等），将它们重新组合在一起，才能真正理解诗歌所发现的未知。因此，好的诗歌也渴望鲜活而阅历充沛的读者——一个"综合生命"。我们生活、接触和学习的一切都是创造性的时刻所带来的知识——情感体验、伦理、渴望、听见鸟鸣、品尝面包，这些都是知识的宝库。诗人需要了解内燃机的组成部分，布宜诺斯艾利斯和乌克兰的历史，粒子物理学的轨迹图，南印度、葡萄牙和伊朗的诗歌。他或她需要知道酿制威士忌和蜂蜜的炼金术般的过程，母亲与年轻儿子之间的秘密眼神，狭窄的修辞小道，以及失败和成功所引发的不同

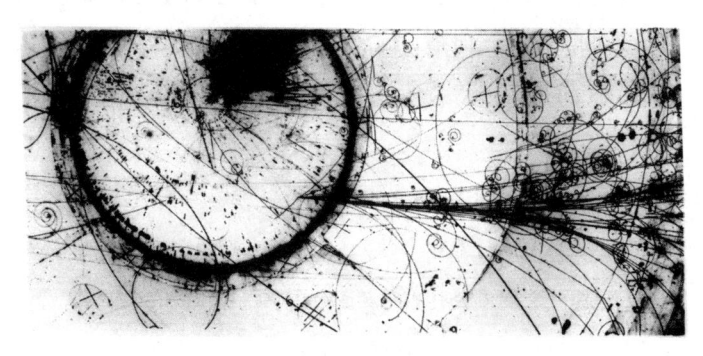

气泡室里的中微子事件

早期1英寸气泡室事件的详细视图

疲劳。在任何时刻,我们都无法预先知道我们知识中的哪些部分是我们所需。因此,亨利·詹姆斯的表述很贴切:作家必须是一个什么都不会失去的人。

从艺术本身的观点来看,艺术家的生命不是诗歌、绘画、戏剧的源泉,而是它们的仆人。想想米沃什的《我忠实的母语》的开头:

> 忠实的母语,
> 我一直在侍奉你。
> 每晚,我都会将各种颜色的小碗摆在你面前,
> 所以你就有了你的白桦、你的蟋蟀和你的鸟雀,

都保存在我的记忆里。

但一首好诗里没有什么是简单的,诗人继续写道:

这种侍奉持续了很多年。
你曾是我的故国,我再无其他。
我相信你也会成为一个信使,
在我和一些好人之间,
即使他们很少,仅有二十个,十个,
或者至今尚未出生。

现在,我坦诚我的怀疑。
时不时地,当我似乎已浪费了一生。
因为你是堕落者的语言,
不讲理之人的语言,憎恨他们自己
甚至超过了憎恨其他的民族。
是告密者的语言,
迷惑者的语言,
因自己的无知而犯病。

但是,没有你,我又是谁?
不过是遥远国度的一位学究,
一个成功的、没有恐惧和屈辱的人。

是的，没有你，我又是谁？

只是一个哲学家，和任何其他人一样。

我明白，这是指我的教育：

个性的光辉被攫夺。

命运女神铺开了一块红地毯，

在一出道德剧的罪人面前。

而在夏亚麻布的背景上，一盏魔灯

投下了人类和众神受难的图像。

忠实的母语，

也许终究是我必须设法拯救你。

因此我将继续在你面前摆上各种颜色的小碗，

尽可能使它们明亮而纯粹，

因为不幸中仍需要一点秩序和美。

——切斯瓦夫·米沃什

（英译者：Czesław Miłosz & Robert Pinsky）

    这首关于波兰语和流亡的诗也可以被解读为在讲述诗歌本身在米沃什生命中的位置。诗歌对于米沃什而言是一门母语和一种教育。从他的写作中可以清楚地看到：他认为诗歌在他有生之年曾遭遇贬抑，沦为愚蠢、自私和自娱自乐的工具，或以更具破坏性的方式被错误对待。一瞬间，诗的幕布之后显现出某种融合：毫无疑问，如果没有诗歌，至少和没有波兰语一样，米沃什将仅仅"只是一个哲学家，和任何其他人一样"——只不过是本世纪另一个审视自我命运的流离失所之人。然而，对于一个曾先后在法国和美国流亡数十年，并用波兰语写诗的诗人而言，波兰语和诗歌是如此彻底地纠缠在一起，最终合二为一。无论是语言救赎诗人，还是诗人拯救语言，米沃什所需要做的都一样——终生携带着纯粹的色彩之碗，它们既是艺术创造所需的材料，也是不容置疑的现实碎片。

每一件优秀的艺术作品都包含着一些在它存在之前不为人知的内容。这些知识有时是直接探究所得，就像米沃什的抒情诗一样。有时它极其微妙，几乎难以觉察。有些诗歌、绘画和思想似乎在长久的沉默中歇息着，就像一只乌龟停歇在河边的岩石上，一动不动，却伸直了脖子。很难判断它的眼睛是睁开还是紧闭着，直到你移动到合适的角度，阳光立刻在它身上闪耀。接着，也许你就能看到：乌龟也在看着你，以它自身独特的生命和存在机警地盯视着你。这样的知识无穷无尽，就像世界本身无穷无尽一样——作家只需向外看，就能看到回望之景。D. H. 劳伦斯的《白马》(*The White Horse*)就是这样一首诗。它是一株"三色紫罗兰"，而劳伦斯自己称它为《沉思录》的诗歌版本，他认为这是"一种思想，而非一个论点……当情绪和环境改变时，这种真实的思想既真实，也无关紧要"。

白马

年轻人走近白马,为它套上缰绳,

马静静地凝视着他。

他们如此静默,他们在另一个世界。

——D.H. 劳伦斯

这首诗里几乎什么也没发生,但仍以奇异的力量深深打动我们。两个生命之间连接的时刻首先发生在外部,接着也许也在内部发生。一个简单的意象和动作伴随着一句陈述。这首诗所描绘的内容似乎和梦境一样难以理解和把握,但符合劳伦斯对"思想之诗"的要求——当我们进入诗的语言时,会感到一扇门被打开,一阵真实的微风吹过读者。我们带着年轻人和马走进了一个与众不同的世界。正是进入了一种看似客观的真实,这样的诗歌才被赋予了生命的重量,无论它们在不经意的一瞥中显得多么微不足道——就像那只被岩石温暖的乌龟,因自身存在而拥有了切实的重量,也变得真正至关重要。

※※※

在艺术领域,知识始终带有一种不可避免的味道——艺术家的个性浸润在作品中，就像陶工的双手，无论多光滑，都会伸进陶土里。所有的知识都是如此，即使是科学计算也携带着人类和社会语境的标记。但在艺术作品中，个体感性（sensibility）是我们孜孜不倦的追求：这是经由仔细观察而获得的法医鉴证般的乐趣，我们能通过判别尸体双手的奇特姿势，以及女人前额的奇特宽大和额外的高度，将一位匿名的古代大师与其他人区分开来。

诗歌或绘画中的感性反映了个体回归到更大的原型、客观形式、外部环境和潮流所在的世界。那些塑造、感动、浸透艺术家的事物在某种程度上比意识或意志更深刻地进入了诗歌，就像金属印刷机的边缘切入纸张，它是现实与现实的相遇：一种特殊性的咬合。近几十年来，纯粹的"感性美学"已经呈现出明显上升的趋势，感性已经成为形而上学、心灵、政治和情感内容的主导手段，以至于一些艺术家和作家试图反过来彻底消除它。然而，一种清晰可辨的视觉风格和创作风格几乎不可避免，这在伦勃朗[1]的自画像、邓恩的十四行诗和小林一茶的俳句中清晰可见，就像在让-米

---

[1] 伦勃朗·哈尔曼松·凡·莱因（Rembrandt Harmenszoon van Rijn，1606—1669），欧洲17世纪最伟大的画家之一，代表作有《参孙被弄瞎眼睛》《尼古拉·特尔普教授的解剖课》等。——译者注

歇尔·巴斯奎特[1]、维斯瓦娃·辛波斯卡或约翰·阿什贝利[2]的作品中显而易见一样。在最经典的艺术形式中，独特的个人签名大都写在显见之处，能被人们轻而易举地辨认出来；在现代美学自由中，"视力"（vision）和气质（temperament）成了柯勒律治所说的"有机形式"的来源。

感性既不是简单的句法问题，也不是典型的情感反应问题——莎士比亚在他笔下的人物面前表现出的平和冷静完全是一种感性，和其他任何感性一样。济慈将莎士比亚的天才描述为一种"消极能力"，而非"积极能力"，这让我们想起维吉尔在地狱旅行时对但丁的警告：如果想要看得真切，就不允许怜悯。想要看到完整的人性，眼睛必须不被眼泪所遮蔽，甚至不被忠诚所遮蔽。[3]威廉·布莱克[4]也曾写道：怜悯使灵魂分裂。

对于一个艺术家而言，所有的兴趣和教导都能派上用场。如果我们想要品味特定艺术的全部内涵，我们会陶醉于莎士比亚的冷静，也会陶醉于偏见和"片面天才"的作品：

---

[1] 让-米歇尔·巴斯奎特（Jean-Michel Basquiat，1960—1988），二战后美国涂鸦艺术家，新艺术的代表人物。——译者注
[2] 约翰·阿什贝利（John Ashbery，1927—2017），美国当代最有影响的诗人之一，美国纽约诗派代表人物，诗集《凸面镜中的自画像》曾获美国国家图书奖和普利策诗歌奖。——译者注
[3] 出自但丁所著《神曲》。——译者注
[4] 威廉·布莱克（William Blake，1757—1827），英国著名浪漫主义诗人，主要诗集有《纯真之歌》《经验之歌》等。——译者注

陶醉于拉金[1]尖锐的眼神，普拉斯[2]的愤怒，詹姆斯·赖特[3]或聂鲁达的慷慨激昂，以及他们更具悲悯之心的抒情诗。艺术承载着人类所有的味道和气味。感性最根本的要求是我们能反过来回应我们所感知到的一切。当强烈的情感引发外部事件时，也引发了艺术。

希腊诸神似乎乐于激起令人不安的激情，随后发生的事情会让他们感到趣味无穷。这也使他们能够参与到人类情感的范畴和氛围中去，这会比他们自己永恒不变地重复程式化的愚蠢和宴会更加有趣。在人类世界，我们如何看待自己的感情尤为重要：它有重量，有呼吸，能创造出不可逆转的命运。因此，安提戈涅千年以来的困境仍会感动我们，俄耳甫斯失去欧律狄克的故事既是一个令人心碎的屈服于人类软弱的故事，也是一个线索——真正的音乐家是在"第二次失去"之后继续歌唱的人。即使音乐无能为力，即使音乐中充满了无尽的失败、羞愧和悲伤，他仍要歌唱；当他感到难以承受时，他就要歌唱；在他濒死之时，他仍要歌唱。这就引出了我们最后一部分要讲的内容。

---

[1] 菲利普·拉金（Philip Larkin，1922—1985），英国当代著名诗人，代表诗集《高窗》等。——译者注
[2] 西尔维娅·普拉斯（Sylvia Plath，1932—1963），美国著名女诗人、小说家，美国自白派诗歌代表人物，曾获普利策诗歌奖，主要诗集有《爱丽尔》《冬树》和《普拉斯诗全集》等。——译者注
[3] 詹姆斯·赖特（James Wright，1927—1980），美国当代著名诗人，深度意象派主将之一，曾获普利策诗歌奖，代表诗集有《树枝不会折断》等。——译者注

现在，语言已经起床一段时间了。它冲了个澡，煮了一大壶咖啡，喝完了第一杯水。在倒另一杯水之前的间歇，它已经穿上了一些衣服。由于没有紧要的事务急需处理，它几乎已经准备好走到书桌前，去迎接清晨可能为它送来的任何工作。然而，在一切就绪之前，还有一件事——如果没有这个要求，语言可能永远也不会出现在那把笨拙、直立、没有胳膊的三轮椅上；相反，它可能会躺在沙发上，编一个有趣的谜语来自娱自乐，也可能走到花园去除草，因为天气已经转晴，逐渐暖和起来。在一天的工作开始之前，语言必须知道的最后一件事是"不适的刺痛"。

"Dukka"，这个梵文词是佛法四圣谛中的第一谛，常被译为"苦"，其原意更接近"不满"。"生命就是不满"——从对这第一圣谛的观察和讲述开始，其余的佛法之路就绵延向前。没有不满和苦难，就没有佛法之路，那么佛法之路也没有存在之必要。因此，在希腊悲剧中，在魔法故事中，在早期的史诗和当代小说中，在东西方的宗教传统中，苦难被认为是"高贵的"，而不是一个可以逃避或遗忘的问题。正是因为苦难的存在，我们才知道我们有许多问题亟须解决。如果没有不安或无法逃避的不满，为什么一个人要用尽一生的时间在白纸上写下这个词而非另一个词？

当然，一首诗的作者绝非一个闲适而纯粹超然的观察者。作家是被驱动，被激励，被追逐的。里尔克给妻子的一封信清晰地表明了他的"极端感"。他写道，一件艺术品是"处于危险之中"的结果。对于里尔克和其他许多诗人而言,"核心刺激"(the central goad)转瞬即逝,需要寻找某种方式来理解和驾驭"生命将会终结"这一令人无法承受的认知。在另一封给他的波兰语译者的信中,他写道:"我们的使命就是将这个短暂而易逝的大地深深地、痛苦地、热情地铭刻在我们内心,并让它的本质在我们内心'不可见地'重新升起。""我们是无形的蜜蜂,疯狂地掠夺有形之物的蜂蜜,将它们储存到无形之物巨大的金色蜂巢中去。"

这里的"辉煌"和"渴望"被保存在"大地"这个意象中,然而里尔克的话却提出了一种根本性的柏拉图式的世界观:"不可见之物"才永恒长久,而"大地"的本质是为转变性的掠夺而存在。这种描述既不可抗拒,又无比动人——它以人类为中心,朝向卓越。然而,为"现代理解"这项使命而殚精竭虑的艺术创造者,即使不完全赞同里尔克理想化的世界观,又有谁不怀着同情来阅读它呢?只有藏族僧侣和美洲霍皮族的长老们会创造"快乐的"撒沙艺术。[1]而余下的人类,这些不擅长应对短暂无常的我们,会像牡蛎一样回应痛苦,回应这"尖锐的外来异物"——不

---

[1] 根据赫斯菲尔德的说法,藏传佛教的僧侣们时常用彩沙创造复杂的曼陀罗图案,这些彩沙艺术一旦完成,沙子就会立即被涂抹掉,被冲走。这样做的目的不仅在于创作出美丽的曼陀罗沙画,更重要的是为了破除执念——创作者耗费心力与时间,全神贯注完成的沙画,轻易就被破坏了,而绘制它们的人并不觉得可惜。所以,创作沙画对这些僧侣们而言是"快乐的"。美国本土霍皮族的长老们也会进行类似的沙画创作。——译者注

是摧毁它们，而是将其包裹起来，就像沙子进入牡蛎之后，牡蛎会用分泌物将这"刺激之物"层层缠裹，经年累月，终成珍珠。

短暂无常只是激发诗歌创作的可能因素之一。"刺激性开端"（the irritant beginning）可以在霍普金斯的绝望或宗教热情中找到，也可能潜藏在萨福诗歌的欲望之中，这欲望摇撼着萨福的生命，如风摇撼着橡树。"刺激性开端"也许是鲁凯泽[1]或惠特曼所代表的那些受强权压迫之人的愤怒；它可能会像策兰、希克梅特[2]、阿赫玛托娃或奥维德一样，发现自己深陷在这种压迫之中。它可能是形而上学的混乱，神学的困惑或科学的敬畏。这也许就是哲学家伯特兰·罗素所描述的："反复无常的不幸如此巨大，以至于如果艺术家不能从他的工作中获得快乐，他将会走向自杀的道路。"这"不适"绝少是一种放肆的喜悦，或一种要求释放表达的喷涌的快乐。无论艺术家的"不适"出现在哪个领域，它都会撕开心灵和宇宙，留下一个洞，然后让创造冲动返回身去修补。艺术家对此无能为力，就像一只蛛网被撕碎的蜘蛛；他或她会意识到：生命已岌岌可危。

---

[1] 穆里尔·鲁凯泽（Muriel Rukeyser，1913—1980），美国诗人和政治活动家，因写作关于平等、女权主义、社会正义和犹太教的诗歌而闻名，最有影响力的作品是《死者之书》。——译者注
[2] 纳齐姆·希克梅特（Nazim Hikmet，1902—1963），土耳其著名诗人，他的诗歌引入了自由诗体和口语，极大地革新了土耳其诗歌，代表作《吾国人景》《饥饿之瞳》等。——译者注

这种破坏与修复的循环，不仅是作家的绝望与救赎，也是作家最深切的愿望。正如叶芝在《疯女简与主教的对话》(*Crazy Jane Talks with the Bishop*)中所描述的那样："凡事若要完美，都必先被撕破。"参与世界的创造性更新，就如同我们触摸到存在最初的黎明——在那一刻，艺术家既非人类也非上帝，既非速朽也非永恒，既非善也非恶。在那一刻，当语言苏醒，在晨光中落座，开始试探，重新开始曾被否定多次的探索，或滔滔不绝地倾吐时，艺术家甚至不是他或她自己。艺术家、语言和纸页都只专注于一件事——或者更确切地说，它们并非各行其是，而是融为一个不可分割

河中的鳟鱼

的整体：它们放弃了名词的状态，完全变成了动词。它们正在为诗而工作，而这项工作是一个完整而不可分割的生命体的创作，也是作家的语言、头脑和心灵真正的、唯一的渴望。只要那条鳟鱼还在河床里游动，那么在水的上方，那张漂浮在水面并散发着一抹微弱而好奇的光芒的注视之脸就与我们同在。

*
第三章

通过语言观看:论松尾芭蕉、俳句及意象之柔韧

> 百骸九窍之中有物，且名之曰风罗坊，此身诚如经风易破薄衣之谓也。彼久好狂句，终为一生之事。时而厌倦，欲弃之不顾，时而勤勉，欲胜人一筹。是故动摇徘徊，烦乱不安。亦曾立志腾达成名，却因狂歌而无成；亦曾潜心修禅悟道，却因狂歌而破灭，终于如此无能无艺，惟系狂歌一道。
>
> ——《笈之小文》[1]

松尾芭蕉在1687年写下了这些句子，时年43岁。彼时，他那躁动不安的"风罗坊"已经从本质上重塑了日本文学的形态，他以一种深不可测的简洁的诗歌形式，将"风罗坊"转化为一种近乎没有重量但经久耐用的"乐器"，用来探索某个瞬间的精确感知和树脂般的深度。

下面是芭蕉最广为人知的俳句：

古池塘，

青蛙跃入，

---

[1] 此段译文选自郑民钦所译松尾芭蕉纪行文《笈之小文》，参见《奥州小道》，河北教育出版社2002年版，第26页。——译者注

水声响。

静寂，

蝉声，

入岩石。

春天将离开，

鸟啼哭，

鱼眼充满泪水。

麻雀朋友们，

别去啄

花间飞虻。

鱼店前，

鲷鱼之齿龈，

让人寒冷。

夏草：

武士之梦

空荡。[1]

---

[1] 文中所有未注明出处的俳句均由简·赫斯菲尔德和马里科·阿拉塔尼（Mariko Aratanii）合作译成英文。——原注

芭蕉在他的诗歌和他对其他诗人的教导中，揭开了一个简单而寓意深长的启示：如果你亲眼所见，亲耳所闻，并且深入这观看与倾听之中，所有的事物都会通过你讲话。他曾对门徒们说："松之事习松，竹之事习竹。"他发现，无论是生命还是客体，都具有同等的洞察潜能和延展潜能。他说，俳句的一个好题材是一只乌鸦在稻田的植物间摘取带泥的蜗牛。他曾教导说："若看得真切，万物皆有诗意，所见者无处不是繁花，所思者无处不是明月。"接着又补充道："但除非用新的眼光看待事物，否则没有什么值得写下来。"

芭蕉终其一生都是身体上和精神上的流浪者，他关心的不是目的地，而是旅行者看到了何种风景。他曾说，诗只存在于书桌之上，待到墨水变干，就应该承认它只是一张废纸。他将诗歌与生活中的每一刻都看作是门闩。在这个过程中，诗的眼光对万物的渗透比存在和意志本身更重要："如果我们掌控了万物，我们会发现它们的生命将消失得无影无踪。"

◇

芭蕉的俳句早已为西方读者所熟知，这是一种以意象为基础的诗，由17个声音单位组成，每行的声音单位分别为5-7-5。[日语诗歌中的"诗行"（lines）可以被听出，而不是用可见的换行符在纸上标示出来，然而大多数俳句的英文译文被设置成三行。]另一个细节在西方广为人知：一首俳句必须通过命名或联想来唤起某个特定的季节。俳句是一种受欢迎的文学形式，经常在小学课堂上教授。俳句主题无穷无尽，俳句思维富有独创性。为了证实这一点，我们可以浏览一个名为"Spamku"的早期在线档案馆，里面保存了1.9万多条与"罐头午餐肉"相关的俳句。[1]然而，如果仅从形式的维度来写作或阅读俳句，就相当于回到芭蕉改造俳句之前的状况：那时俳句被视为"娱乐之诗"。显然，芭蕉所追寻的目标更为宏远：将这种简短轻快的诗歌形式转变成能够承载情感、心理和精神启示的容器，让俳句能抒写动人、广阔、复杂和全新的经验。他感到，这样的经验曾出现在早期诗人的作品中。他试图通过将所见之物转化成几个简短的词语来革新人类的视觉，通过他要求语言看到的事物来更新语言。

因牙齿脱落而敏锐地意识到衰老，街头艺人的猴子，自然界的现象，心灵和感情的微妙考验——每一种都是芭蕉通过看似简单的笔触来完成的表达：

老矣，

海苔中的砂粒

---

[1]"spam"在英文中最初特指"斯帕姆（spam）牌罐头午餐肉"，后来引申为"垃圾邮件"之意。此处的"Spamku"是"spam"（午餐肉）与"haiku"（俳句）合成的新词，也是麻省理工学院创建的一个在线档案馆的名字，里面储存着1.9万多条与"罐头午餐肉"相关的俳句。据赫斯菲尔德猜测，这可能是早期互联网文化的历史痕迹。可参考如下网页：http://web.mit.edu/jync/www/spam/archive.html.。——译者注

磕坏了牙齿。

冬雨泼下,
猴子也想
寻件小蓑衣。

暮晚,海边
野鸭声,
微白。

新月:
不似
任何事物。

即使在京都,
听到布谷的叫声,
我也思念京都。

芭蕉的俳句可被视为一个整体,它检验了诗歌仅凭借意象究竟能说出和传达多少内容。芭蕉教导说,当诗人和客体之间的空间消失时,客体自身就能开始被充分感知。通过这种透明的观看,我们自身的存在会变得更广大。芭蕉写道:"植物、石头、器皿,每一样事物都有自己的个性感情,与人类的感情相似。"这一论断为T.S.艾略特的"客观对应物"理论奠定了基础：对特定事物的描述会唤起我们相应的情感。

20世纪初，埃兹拉·庞德、艾米·洛威尔[1]、威廉·卡洛斯·威廉姆斯[2]和T.S.艾略特将意象派美学引入西方诗歌，使之成为美国现代诗学的重要组成部分，然而几乎没有人知道它的历史渊源于亚洲。俳句以严格的形式持续吸引着许多美国当代作家，从诗人理查德·威尔伯[3]到小说家理查德·赖特[4]，后者在生命的最后几年成为一位俳句大师，创作了数千首俳句。俳句的规模与创作速度之间的悖论是一块永久的磁铁。在俳句诗人开始感知的那一刻，外部的事物就被看到、被听见、被品味、被感受，被放置在一个场景或语境中。接着，这种全新的感知会激起一种内在的反应或多种可能的反应——它们超越释义、命名或任何其他形式的限制。

这里有一首这样的诗，它端坐在客观感知中：

---

[1] 艾米·洛威尔（Amy Lowell，1874—1925），美国著名诗人，曾获普利策诗歌奖，代表诗集《几点钟》等。——译者注
[2] 威廉·卡洛斯·威廉姆斯（William Carlos Williams，1883—1963），美国20世纪最著名的诗人之一，与象征派和意象派联系紧密，被誉为美国后现代主义诗歌的鼻祖，曾获美国国家图书奖和普利策奖等。——译者注
[3] 理查德·威尔伯（Richard Wilbur，1921—2017），美国当代著名诗人，曾多次获普利策诗歌奖、美国国家图书奖和博林根奖等奖项，1987年当选为美国第二届桂冠诗人。——译者注
[4] 理查德·赖特（Richard Wright，1908—1960），美国作家、诗人，作品多涉及种族主题。——译者注

寺钟隐，

花香又撞响，

在黄昏。

这首诗几乎完全活在耳朵和鼻子里，活在外部和精准的感知中——某些开花之树的气味在夜幕降临时确实增强了，而橘子树（浓浓的花香）围绕着上野的寺庙，这首俳句就在那里写成。这些语言显示了芭蕉特有的通感：钟声和暮色，花香和时间，一起深入心灵，并被置于一种既非简单的顺序排列又非合乎因果逻辑的关系之中。寺庙的钟声停止了，晚间报时结束了，花香扑鼻而来。在松尾芭蕉的语言中，并置变成了转换：当一件事物进入另一件，转换就开始发生。这首俳句的情感只能通过重复它自己的语言（words）来界定，其重心在于自我之外的现象世界。然而，它却携带着强烈感情的气味和撞击。

对俳句的感知也可以向另一个方向移动——将已经存在于心灵中的思想、情感或氛围置于外部风景、物体或声音中，它就可以被冷却、加热或浸透。下面是芭蕉的一首晚期诗歌，诗的批注标明了诗人是在表达一种明确的主观感受：

"描述我的感受"

这条路

穿过秋暮,

无人迹。

这首俳句描绘了诗人的内心状态——然而,如果没有诗前的解释性批注,它的语言看起来并不比前一首更清晰明了。那么究竟该如何理解它?

阅读俳句就是成为它的合著者,将自己置身于它的语言(words)之中,直到它们让你千变万化的生命形态中的一种现出真身。由此产生的体验在不同的读者之间可能会大不相同:意象灵活万端,俳句基于意象的语言带来了几乎无限的解释自由。这首诗写于芭蕉的生命接近终点之时,它可被解读为一首描绘孤独的风景之诗,也可以被解读为一首面向死亡之诗,亦可被解读为直接而即时的自画像:无人的秋夜和空旷的道路本身可能就是诗人和他所感受到的一切。最后一种解读将俳句的作者变成了一个没有任何自我意识的人,他落入了一个没有行人只有道路的世界。

道路对芭蕉尤为重要,他可以像华兹华斯或约翰·缪尔[1]那样每天步行二三十英里[2]。年轻时,他似乎只在需要时旅行。中年时,他选择追随他所崇拜的诗人流浪者的足迹远行。临近生命的尽头,他的旅行流露出一种无法拒绝

---

[1] 约翰·缪尔(John Muir,1838—1914),美国著名自然主义者、环保主义者和作家,著有《夏日走过山间》等。——译者注
[2] 1英里约等于1.6千米。

的不安，一种无法在家中久待的躁动感。芭蕉在《奥州小道》这本散文和俳句日记的合辑中，开篇描绘了他四十五岁时徒步、乘船和骑马旅行约1500英里的故事，他写道："日月是百代的旅行者。来来往往的岁月也是流浪者。在船甲板上漂泊终生，牵马迎接老年，每一天都是旅行，漂泊本身就是家。"

※※※

芭蕉的第一个家在伊贺上野，一个位于京都东南30英里的城下町。1644年他出生于此，幼名金作，武士名为宗房。他至少还用过另外两个笔名［其中一个为"桃青"（とうせい），这个名字对于一个尚未成熟的诗人来说是个不错的选择］，然后才有了现在我们所知道的"芭蕉"这个名字。他的父亲是一个靠务农为生的下等武士，1656年去世，那时芭蕉才12岁。

关于芭蕉生活的描述在细节上差异巨大。芭蕉可能是家中次子，还有四个姐妹。他离开家到当地武士领主的家中工作，与比他大两岁的领主之子藤堂良忠关系日渐密切。芭蕉20岁时，这两位年轻人的作品被选入了当地诗人的诗选集中。（当时日本的印刷技术刚刚起步，诗集是最先真正受欢迎的书。）两人都为一本"连歌"诗集的出版做出了贡献。连歌是一种集体创作的诗歌形式，芭蕉一生都在练习这种诗体。

一千多年来，日本诗歌的传统形式是五行短歌（也叫和歌），以5-7-5-7-7的音节数写成。较短的俳句就源自这种长期存在的诗歌模式的两种变体。在其中一种变体中，一个诗人以5-7-5的音节数写下开头，另一个人写出结尾。（这既是一种文学游戏，也是对禅宗"接尾令"诗歌的改编，旨在表达和展示一种宗教理解。）第二种更为普遍的变体就是连歌，由一系列三行或两行的诗节组成，形成36韵、50韵或100韵的长连句，当新的诗节与前后诗节相连时，每一节都完成并启动一个五行短歌。各种主题和情绪的变化发生在"链"的特定点。连体诗可以由两个人写作，但更多的是由3到7位诗人组成的更大的团体在几个小时内写出来，在集体创作的这段时间中诗人们会饮光大量的清酒或米酒。

连歌聚会中的大师诗人通常会写出开篇诗句，被称为"开场诗"或"呈现诗句"，这些"开场诗"最终演变成了三行俳句。尽管如此，日本诗歌形式与体裁之间的区分仍然变动不定。在芭蕉之前的时代，俳句已经有两百年的写作历史，芭蕉许多著名的俳句都是连歌的开场诗，而其他俳句或是写在信中，或是写在混合着诗歌和散文的文学旅行日记中，或是写在以一两首诗结尾的俳文中。

如果要理解芭蕉在日本诗坛的地位，就需要对他所深入的文学和文化有一定的认识。至少从7世纪起，艺术实践就成为日本人生活的中心，几乎所有受过教育的人都会绘画、演奏乐器和写诗。在17世纪的日本，连歌写作就像20世纪中叶美国的纸牌游戏或拼字游戏一样广泛和流行。这一活动常常会消耗一定量的酒精，另一个与之类似的活动是在美国当地酒吧打台球或玩飞镖。而在当今网络生活的某些领域可以找到最接近的类比。与多人游戏"龙与地下城"（Dungeons and Dragons）、"魔兽世界"（Worlds of Warcraft）或"第二人生"（Second Life）一样，连体诗将其实践者带入了一个持续快速发展的互动圈。在艺术形式和竞争之间徘徊，连歌写作既提供了聚会，又提供了考验智力、知识和创造力的竞争舞台。再加上一些街头说唱突破边界的语言，"推特"（Twitter）严格的字符计数，最后是YouTube上的视频影像。现在想象一下，一个才华横溢的年轻电影人的创作和影响会让YouTube上出现一种非常简短的影片——一种独特的"高雅艺术"形式。而在17世纪的日本俳坛，这个人就是松尾芭蕉。

芭蕉22岁时，他儿时的朋友、支持者，还可能是他的爱人——良忠去世了。在他父亲去世十年后，这一次痛失亲人再次对芭蕉造成重创。有人说芭蕉在朋友死后立即进入了寺院，也有人说他收养了一个孩子。根据诗人后来自己的说法，他似乎经历了一段类似于阿米什人所说的"游历"

(rumspringa)[1]。这段时间里,他打开自己的感官,体验万物。他继续诗歌写作,从那时起他的作品开始出现在各种选集中,然而我们对他接下来五六年的经历一无所知。当芭蕉的生活再次进入人们的视野时,他搬到了京都,并且担任俳句集《覆贝》(貝おほひ)的编辑。在这本诗集中,他对三十组成对的俳句进行了比较。这类作品集的编辑扮演着教师、评论家和评委的角色,负责指出每一首俳句的优点和不足,并从每一组作品中选出一位获胜者。芭蕉在集子中加入了他自己的两首俳句。其中有一首提到了一种日本夹克,芭蕉作为评委,这样点评自己的这首诗:"剪裁不好,着色不好,它的失败是由于诗人手艺欠佳。"这首俳句最终输给了另一位参赛者。

28岁时,芭蕉搬到了200英里外的江户新城(现在称为东京)。江户是一个远离帝国首都及其根深蒂固的传统的商业城市,它吸引了许多年轻人,因为它提供了社会流动性、文化激变和自由。那时居住在这里的大师级诗人相对较少,因而芭蕉在那里更容易找到收费教学的工作。离开京都时,他给上野的一个朋友寄送了一首俳句,承诺他会回来:

---

[1] "rumspringa"可译为"游历"或"开斋",特指阿米什人的成年仪式。所有少年阿米什人都会离开家园去外面探索,同时决定他们是否想留在阿米什人部落,继续信奉阿米什宗教。如果他们不回到家人身边,他们就得离开部落,在世界上找到自己的道路,但如果他们决定坚守阿米什信仰,就需要留在部落,拒绝一切世俗的快乐,把自己交给上帝。——译者注

阴云来到友人中，

只一瞬——

一只大雁的迁徙

在确立自己诗人地位的同时，芭蕉也在一家城市供水公司的办公室工作。他还开始照顾从上野搬来和他一起生活的年轻侄子桃印。芭蕉的许多学生都是武士或富商，而他自己的家族出身意味着他原本可以选择身居高位，显赫一时。但在芭蕉一生之中，他始终认为自己已无路可选。对芭蕉而言，贫穷不是偶然，而是必要，是磨砺意志的磨刀石。

有证据表明，芭蕉过早地暴露在不确定性、丧失和混乱之中，因而易患抑郁症。然而，他并没有将注意力从苦难中转开，而是转向了对苦难的凝视和探索。三十出头，芭蕉在当地一个寺庙中开启了一段深入研究禅宗的生活。他曾考虑过剃度出家。但35岁时，他接受了一个居士朋友的建议：在日常生活中参禅修行，践行佛教真义。这些年里，他还持续研究道教和中日古典诗歌，余生一直将这些作品带在身边，并从中汲取养分。

禅宗与其说是对教义的研究，不如说是一整套方法——当我们睁眼看世界时，可以借由它去发现和探索。诗人也可以用同样的方式来思考，认识到短暂无常、不断变化和相互依存——每个人、每种生物、事物彼此之间的联系——并不需要成为"佛教徒"。这些元素渗透在每一种诗歌传统之中,从贺拉斯的"惜时诗"(carpe diem poetry)和16世纪中美洲的纳瓦特尔"花歌"到受生态学、后现代哲学和量子物理学影响的美国当代诗人的作品,皆是如此。

尽管这样,芭蕉还是选择将禅宗作为生活和诗歌的典范,无论是在比喻意义上还是字面意义上,他都踏上了这条路。他模仿自己那个时代的流浪僧侣和日本早期佛教诗人西行[1]、宗祇[2],身着袈裟和僧袍,一次旅行几个月,依靠沿途当地人可能提供给他的物品来维持生计。他在第一本旅行日记中写道:"我看起来像个僧人,但我是个俗家弟子。我是一个俗家弟子,但我已经削了发。"一种敏锐的禅宗精神从他的诗中闪现出来,诗中充满了怜悯、洞见和幽默,以及诗人与客体间"非一也非二"的禅意立场。在一次与学生的对话中,芭蕉教导道:"大多数诗歌的问题在于,它们要么主观要么客观。"学生问:"您是指太过主观还是太过客观?"芭蕉言简意赅地回答:"都不是。"

禅宗的忠实是对这个世界的忠实,是对事物每一刻本来面目的精确表达。芭蕉的一千多首俳句都有类似的忠实。从一个行走在凛冽寒风中的男人腮帮肿胀的脸颊上,从在一丛杜鹃花枝的荫蔽下将咸鳕鱼撕成条状的女佣的眼神中,

---

[1] 西行(1118—1190),日本平安时代末期至镰仓时代初期的武士、僧侣和歌人。出家后在各地漂泊结草庵,巡游诸国,留下许多和歌。——译者注
[2] 宗祇(1421—1502),日本临济禅僧人、连шка诗人和旅行家,其作品曾广为传颂,在日本各地均有其足迹。——译者注

这些诗找到了通往禅宗体验的大门。一首罕见的明确使用禅宗词汇的俳句出现在芭蕉寄给他一个学生的信中，他首先在顶批中引用了一位禅师的警告："对教义的肤浅理解会造成极大伤害。"这句话之后的诗如此写道：

> 多么令人钦佩——
> 一个人看见闪电
> 而非开悟。

"开悟"是禅宗术语，指突然觉醒进入顿悟之境。闪电这个意象经常被用来传达这一体验。芭蕉在这里简洁而准确地提出，真正觉醒的人是能看见事物本相之人。任何一种思想意识都已是一种分割和远离。

日本另一个重要的宗教传统——神道教——思想也浸润在芭蕉的诗中，最明显的是诗中对地域的重视以及以特定地域体现某种情感和主题的方式。神道教的神没有栖居在普遍性、抽象或天堂之中，而是嵌在尘世的、可见的、地方的神龛、山脉、岛屿、田野与树木里。芭蕉毕生的诗歌朝圣实践与禅宗的"破执"以及神道教根深蒂固的地方精神融为一体。

◇

芭蕉二十至三十多岁创作的俳句中，最早的一些既巧妙又迷人，尽管这些诗往往反映了诗人与生俱来的怜悯和对众生万物的深切同情。有些显然是他个人生活的反映。许多作品都表现出对中国诗歌与禅宗日益浓厚的兴趣以及一种不断增长的渴望,渴望在某一瞬间充分感知到我们在塞尚的苹果彩绘或杜勒[1]的水彩野兔中体味到的多层面的深度。

下面是芭蕉早期的一些诗歌。第一首写于22岁,那时他正在尝试当时流行于新锐诗人之间的一种"抖机灵":

看上去恰似

蓝色鸢尾花:蓝色鸢尾花

在水的倒影里。

日语原文的重点在于这首诗的镜像结构:俳句中心的两个相同的词在视觉和声音上都复制了它所描绘的内容。在竖排的日语中,视觉拟声词更为清晰:一个小小的"切字"(cutting-word)创造出一条细细的水线,将花茎两个明显相等的自我切开。然而,即使在这首充分展现了芭蕉才华的诗中,我们也发现了几个世纪以来一直萦绕在日本诗歌中的佛教问题:生活中何为真实,何为虚幻?

在其他早期诗歌中,芭蕉独特的感知、移情、幽默以及与一切存在之物之间的"友谊"开始显现:

---

[1] 阿尔布雷特·杜勒(Albrecht Dürer,1471—1528),德国画家、版画家,水彩风景画是他最伟大的成就之一,主要作品有《启示录》《基督大难》等。——译者注

"在孩子夭折的人家"

枯萎偏斜
挣脱这世界,竹林
被大雪压倒!

一声布谷!
世上的俳句大师
都消失了。

羞涩
在花朵的脸上,
月朦胧。

宿醉?
有谁在意,
要去赏花。

伐木后,
凝视根桩:
今晚之明月。

无论是在俳句中,还是在一般的诗歌中,这首伐木俳句都为人们更深入地审视诗歌意象提供了肥沃的土壤。

在日本诗歌中，月亮首先总是指向夜空中或清晰可见或被浮云遮挡的月亮本身，但是，这个意象几乎总会包含一些言外之意，即佛教徒经常提到的对觉醒的理解。有鉴于此，对"伐木"的各种解读开始出现。它可以被理解为开悟的一瞥——砍伐树木这一普通的行为突然打开了意识。它可以被解读为痛苦：心中之月如树桩般晦暗不明。它可以被解读为喜剧：无暇抬头的诗人发现月亮就在眼前。它可以被解读为对明亮的描述：初升之月的黄色光芒正好与新伐松树的颜色完全相同。它可以被看作是描述锯倒一棵树的经历，也可以被看作是对月亮的描述，或者为我们展示了一个佛教小寓言——长期修行的人突然觉醒。所有这些可能都是芭蕉想表达的含义。同样，他也可能根本没有这样设想过，而在新锯木屑的气味中，月亮与树干的并置就这样简单地发生了。

俳句的暗示性是（黑暗与光明之间的）半影，而不是挡住光线的墙壁。然而，人类的视野是主观的，对于西方读者而言还有一个更复杂的问题：日本俳句创作于原始读者所能理解的特定语境中，而西方读者由于缺乏有效的翻译和共同的文化参照，只阅读写在纸上的俳句就会一头雾水。如前所述，芭蕉的许多俳句都是为连歌聚会而作，一些是为诗歌比赛而作，还有许多出现在朋友间、主客间、师生间的私人通信中，或是旅行日记中的一部分，或是俳文的一部分，这赋予了它们更多的意义。有些俳句与绘画、地点或物品相关，或是用当时广为人知，但现在连当代日本读者都看不懂的语言写成。艺术是一种美，它能超越创造它的环境。然而，如果一个人发现某首特定的俳句令人困惑或毫无生气，那可能是因为缺少了一些重要的信息。沿袭的思想可被普遍理解。这个专门的伐木术语在这里被翻译为"锯（树）树干"，在本体论和形而上学意义上也可以指"源头"，一旦清晰地指出这一点，其含义显然就驻留在原始意象中。

当芭蕉开始重视诗歌创作时，他受到了周围急剧变动的美学和诗歌流派的影响。这一时期就像20世纪50年代早期美国诗歌的动荡时期一样，那时大多数美国诗人以有序的节奏和韵律写作；到70年代末，一些诗人转向以类似抽象表现主义画派的方式使用语言。在这两个美学时期之间出现了由垮掉派诗人、洛威尔[1]和普拉斯的激进自白诗，以及罗伯特·布莱[2]、詹姆斯·赖特等人的"深度意象"诗所掀起的革命。

这些美学转变与芭蕉自己一生的审美转变相一致，虽然有些奇怪，但极为接近。每一次语言、品味和题材的突

---

[1] 罗伯特·洛威尔（Robert Lowell，1917—1977），美国自白派代表诗人，曾获普利策诗歌奖，代表作品有《生活研究》等。——译者注
[2] 罗伯特·布莱（Robert Bly，1926— ），美国"深度意象派"代表诗人，曾获得美国国家图书奖，主要诗集有《身体周围的光》《上帝之肋》等。——译者注

然松动都打破了端庄严谨的诗歌惯例，随后又转向表面更安静、内在更集中的诗歌创作。芭蕉第一首俳句是在提倡文字游戏、越轨和善于借鉴早期经典作品的流派的影响下写成的。接下来，他使用更简单的日常语言和意象创作诗歌，用幽默和质朴来打破诗歌用语的陈规。（这段时间的一首俳句戏仿了一个经典的宫廷爱情场景，表现了一只热辣的母猫在坏炉子上爬来爬去以接近她的公猫情人。）这些冲破禁忌的写作并不是芭蕉的发明，而是当时的时尚。尽管如此，这种早期激进越轨的风格为芭蕉灌输了这样的信念：诗歌是一种媒介，在这种媒介中一切都能被言说。"狂人诗"就是这样一个流派。芭蕉一生都保存着这种解放的力量，并持续深化它，直到他晚年提倡的"轻灵"俳句的出现。

禅修也能将心灵从传统的感知习惯中解脱出来。到1678年，芭蕉不再和其他人一起学习。作为一名教师，他开始培养自己对俳句的可能性、意图和作用的理解。为了获得灵感，他不再学习同时代诗人，而是转向了反映佛教和道教主题的中日古代诗歌，尤其是三个世纪后影响美国"深度意象派"诗人的西行、宗祇以及中国诗人杜甫和李白的诗作。

1680年出现的内外两个事件，可以看作芭蕉的努力所得的结果。内部事件的标记可以在一首俳句中找到，它通常被视作芭蕉第一部成熟的作品：

枯枝，

寒鸦栖，

秋暮降临。

当秋天的消逝和一只普通的乌鸦分别被体验为美与丧失时，那么丧失就脱离了它通常的意义。在日语中，这首诗中美与悲伤的结合被描述为"寂"，这是芭蕉成熟作品的核心品质。名词"寂しさ"通常被翻译为"孤独"，有时也被翻译为"独处"。这个词包含任何孤冷、枯萎以及精简到本质的事物显露出的一种充满岁月感的美；即使是外表斑驳，或是褪色暗淡，都无法阻挡（甚至会加强）的一种震撼之美。芭蕉后来说："其他诗派的作品像彩绘，我的门徒用黑墨水作画。"感受"寂"就是在自身的无常中敏锐地感受到自己强烈而独特的存在，像威廉·布莱克"将无限存于你手掌"那样珍视这一非凡的时刻——感受到它像沙粒一样精确，几乎没有重量，但又巨大无比。芭蕉将"寂"的表达作为俳句写作的目标之一，让自己和学生的写作转向一种新的精神。这种全新的严肃性将俳句写作从娱乐消遣推向了艺术创造。

正如我们所见，俳句的意象并不局限于抒情。芭蕉告诉他的学生，"喝菜汤，而不吃炖鸭"，并称"朴素"和"奇特"为俳句的风骨。这一时期的另一首诗以一条批注开篇：

"富人享用最好的肉，志向远大的年轻人吃菜根省钱。

我自己只不过很穷。"

> 雪晨
> 独自一人
> 仍能嚼鲑鱼干

在17世纪的日本，鲑鱼干是平民的食物。对于芭蕉而言，在寒冷的早晨吃鲑鱼干既非抱怨，也非自怜，而是对"侘"的一种唤起。"侘"通常与"寂"有关，对芭蕉的作品同样重要，它传达了最普通的环境和事物之美。一个穿着破旧麻衣的农民，一个普通的陶制杯子，从沸腾的茶壶里冒出的蒸汽——这些都是"侘"的本质。然而金色的景泰蓝碗或华丽的丝绸衣服则是"侘"的反面。这首诗进入了"侘"之精神，思索着对赤贫生活的深切满足。

作为诗人的芭蕉经历了成熟的蜕变，其中内在转变的标志是禅宗精神、"侘寂"和朴素在他俳句中的体现。外部的改变是环境的变化，这与我们现在知道的"芭蕉"这个笔名密切相关。在封建时代的日本，"城镇教师"都依靠富有的赞助人和学生的资助维持生活。他们的捐赠可能是金钱，但通常是米、书、凉鞋和衣物。在江户的九年里，芭蕉一直住在租来的房子里，靠他在供水公司的工资、批改诗歌的报酬和教学捐赠维持生计。1680年冬天，在芭蕉写下了关于寒鸦的俳句后不久，他的一位追随者在市郊安静的隅田川河畔为他盖起了一间简陋的茅屋。那年春天,他的另一个学生在他前院的花园里种下了一株日本大蕉(香蕉)树,这种植物在日本被称为"芭蕉"。这所房子后来被称为"芭蕉庵",住在这里的诗人也因此而得名。

许多年后,芭蕉搬到了与这间芭蕉庵相邻的另一间芭蕉小屋,在将老芭蕉树上的一些嫩芽移植到花园的新位置时,他写下了两个不同版本的俳文。以下是俳文的片段节选,以一首俳句结尾:

> 当年移居此地之时,植芭蕉一株。或许水土适应,分长数茎,硕叶茂盛叠重,占据庭院,遮蔽茅草屋檐。是以人呼此草庵为芭蕉庵。旧友、门人皆爱之,刨芽分根,四处相送,年年如此。某年,余欲往奥州旅行,乃弃芭蕉庵,……余亦远踏旅途,伤悲凄楚,依依辞行,眷念芭蕉,倍感岑寂。终过五度春秋,重睹芭蕉,泫然泪下。今年五月中旬,正是"橘花幽香"时,淡芳袭人轻。知己相交,依然如故,犹不舍离别此地,乃于旧庵近处择三件茅屋而居。……乃赏月之胜地,遂于新月之时便牵挂仲秋之夜是否阴雨。明月添景,无异芭蕉。乃移之,其叶七尺余。或已半折,如凤凰断尾,目不忍睹,或破如青扇,怨恨狂风。偶有花开,平淡朴素,茎虽粗壮,未以斧斫。如山中不材之木,其性独尊。是故僧怀素走笔蕉叶,张横渠见新叶而立志勤学。此二者余皆

不取,惟于其荫翳悠闲自在,爱其易破之身。[1]

……

芭蕉叶,

悬挂新柱上,

草庵之明月。

写作这篇俳文时,诗人早已被称为"芭蕉",他生命中每一个重要主题都显现在对这种植物的深入沉思中,而植物的身份与诗人身份融为一体——他不安分的游荡和感官意识,他作为一位移栽者对修正和更新的冲动,他对这棵树脆弱的叶子感同身受的悲悯,友谊的重要性,对非同寻常之美的渴望,以及透过语言对内外世界的持续审视。

"在贫乏中寻找美"的美学观不应掩盖芭蕉生活的真正艰辛。他的茅屋虽然风景优美,但既没有水井,也没有水管。在1681年末的一篇俳文中,芭蕉引用了中国诗人杜甫的诗句,然后说:"余识其句,而不见其心;度量其岑寂,而不知其乐;唯胜于老杜者,独多病尔。以悠闲朴素之心隐居于茅舍之芭蕉叶下,自称'乞食之翁'。"这篇俳文中的一首俳句这样写道:

苦冰块

---

[1] 译文选自郑民钦译松尾芭蕉俳文《移芭蕉词》,参见《奥州小道》,河北教育出版社2002年版,第205—207页。——译者注

湿润了

偃鼠的喉咙

这首俳句有一个批注:"我在茅屋买水。"这首诗影射中国道家著作《庄子》中的一句话:"偃鼠饮河,不过满腹。"芭蕉买水的容器在漫长的冬夜里经常结冰,这很可能让他想起了《庄子》中的意象。不过,这首俳句似乎是道家苦行的真实写照。

芭蕉这一时期的另一篇题为"茅屋独眠"的俳文里有这样一首诗:

风抽芭蕉叶,

雨滴落铁盆,

一个倾听之夜。

俳句是一门从内部和外部研究声音、神韵、音阶和显露的学问。这是多年来最猛烈的一次暴风雨,芭蕉叶被大风撕碎,巨大的声响掠过诗歌。水一滴一滴落进洗衣盆(可能在外面,但更可能是从屋顶漏下的水),声音近在咫尺,精确又亲密;然而,它所激发的注意力不亚于一场风暴。芭蕉叶在风中被撕碎是中日古诗中一个由来已久的意象;漏雨的屋顶和普通的铁盆就更无须赘言。微小与巨大之间的平衡、个人与无视个人的力量之间的平衡,理想化的诗意体验与一场大风暴的真实生活之间的平衡,都被记录在每一滴敲击铁盆的水滴中。

1683年1月,在芭蕉搬进芭蕉小屋一年后,一场大火席卷了江户的大部分地区。芭蕉幸免于难,他跳进河里,用浸湿的芦苇垫遮住头部免受高温和烟雾的伤害。他被迫搬进一个远离城市的赞助人家中。那年夏天,他母亲去世。秋天,学生们在距他被烧毁的房子不远处的一所破旧的房子里为他找到了新的住处,并为他提供了家用物品、几件衣服和一个用来装米的大空心葫芦,他们定期往葫芦里灌入大米。当新年(日本传统日历中的早春)到来时,芭蕉写下了一首俳句:

> 我很富裕:
> 五升旧米
> 过新年

芭蕉一生都在修改他的俳句、俳文和日记。他的写作常常朝向一种自我的缩减,但在有些诗中他也采用各种不同的动词或主语来体验它们的效果。一首诗应该书写"孤独"还是"寂静"?一种声音应该是"浸入""刺穿"还是"着色"?这些变化表明,即使那些看似未经研究和不加雕琢的作品,也往往是用一种与"禅"的"最初的思绪,最好的思绪"(first thought, best thought.)截然不同的方法创作出来的。后来修改上述诗作时,芭蕉删去了第一行的自述。

> 春始:
> 五升旧米
> 过新年

几年后,在创作另一首俳句时,他似乎又想起了厨房那只装米的葫芦,不过这葫芦似乎已经空了:

> 我唯一的财产
> 世界,
> 变轻的葫芦。

这些诗句并没有透露出诗人对这种境遇的态度。我自己倾向于认为,它指向了一种存在的自由与轻盈:这首诗写于芭蕉旅行期间,那时诗人辗转劳累,遭受了许多损失。

大火吞噬了他的第一间芭蕉庵后不久,芭蕉出版了第一本诗集,收录了他学生们的作品。书名《虚栗》直指芭蕉重视"无价值之物"的审美观。在谈到书中的"虚栗"时,他说:"它们可能很小,但尝起来很甜。"然而,随着作为诗歌大师的日益成功,芭蕉似乎越来越不安。当他收到学生的邀请时,他开始为一次漫长的旅行做准备。他剃了光头,穿上了化缘僧的长袍,1684年秋天,他和一位朋友徒步、骑马、渡船,踏上了长达七个月的旅程。这次旅行包括拜谒他母亲之墓,然后再参观日本早期作家的成名之地。芭蕉一生中经历过五次这样的长途旅行,这是第一次。每一次旅行都被他写成一本旅行日记,然后公开出版,其中的内容包括他旅行时所写的诗以及记录地域、人物和事件的散文。

芭蕉将这次旅行称为《野曝纪行》,它的第一句话和开篇的俳句奠定了基调:

"贞享甲子秋八月,吾持昔人之手杖,离江畔破屋启程,风声萧瑟,寒气逼人。"

曝骨于野,
寒风穿过
刺入心灵。

禅偈有言:"活着你仿佛已是死者。"芭蕉日记的标题似乎就秉承着这种精神。但是这首俳句本身的效果却大不相同。诗人出发的第一刻就感到寒意逼人,感到寒风穿过他,仿佛穿过一具裸露的骷髅。旅行充满危险,芭蕉的健康状况不太好,一路上他总是感到自己像个过路的骷髅,曝骨于野,任凭风吹日晒。

不久之后,芭蕉又见到一个大约两岁的小孩被遗弃在路边,这让他想起了死神的无处不在。1680年代早期是饥荒、洪水、火灾、社会动荡和赤贫的年代,这种景象并不罕见。不过,对于现代读者来说,这是芭蕉一生中最难以接受之事:他扔给孩子一些食物,然后继续骑马上路,他边走边思索着人之命运,最后决定,无论多么悲伤,孩子被遗弃都是"天意"。然而,他后来所写的俳句却表达了对社会、诗歌、命运和作者自己的公然批评:

猿声悲啼
难承受,
秋风中的弃儿又如何?

不久之后,在他的日记中,无常的主题再次出现,尽管心情有所不同:

道旁
木槿盛开:
我的马张口吞下。

在芭蕉旅行日记的开头,这三首俳句彼此挨得很近,它们提醒读者,也许也提醒诗人自己:所有的事物都消失了,时而可悲,时而荒谬。当他到达上野时,哥哥给他看了一绺已故母亲的白发。他因此写下一首俳句作为回应：

一捧秋霜

如果在我手里，

热泪会使它蒸发？

离开江户需要翻越一个高山口，那里是眺望富士山的最佳观景点，许多诗人都曾在此处眺望，并写下著名的诗篇。以下是芭蕉路过时写下的俳句：

雾雨相继，

看不见富士山——

有趣的一天！

芭蕉的俳句写作继承了先辈们的精神传统，他们认为：俳句的精髓在于在久已熟悉的事物中发现一些尚未被说出的事物。这首诗几乎可以翻译成："雾，雨，不见富士山——真幸运！"

自40岁始，芭蕉整整十年都在旅途之中，他停下来记录对寺庙、圣地、历史战争遗址以及先辈佛教诗人曾居住过的破旧木屋的思考。他与朋友相见，然后又分开，与跳蚤、妓女、撒尿的马同眠一处，与虱子共袍。他参加连歌聚会，回家后又多次再出发；他出版了俳句、连歌和五本旅行日记。他的多篇俳文都曾描述过去往著名赏月胜地的短途旅行，以及在两栋租借来的房子——琵琶湖上的"幻住庵"和京都附近的"落柿舍"——里的休养活动。在芭蕉所有旅程中，最著名的是一次远达1500英里的探险，他在《奥州小道》里记录了这次旅程。这个标题有时被翻译成"Narrow Roads to the Deep Interior"——"奥"（oku）一词既有地理意义，也有隐喻意义。（就像在英语中，我们提到单词"interior"时，既可以联想到阿拉斯加州，又指向自我的内心。）

芭蕉的旅行是一种回应和沉浸的练习，是意象和陈述的延展实践。芭蕉试图将那些被前人忽视的普通事物和日常活动写进俳句之中。对他而言，每到一个新地方，日子也会随之翻开崭新的一页，不仅环境发生了改变，俳句的题材也会因此充满着无限可能。在参观一座寺庙时（也许是在厨房帮忙时），芭蕉写道：

洗后
葱根之白——
冷！

任何一个厨师都知道，清理韭葱中的泥土需要很长时间，而这里的寒冷是在韭葱之中，在冬天冰冷的溪水里，

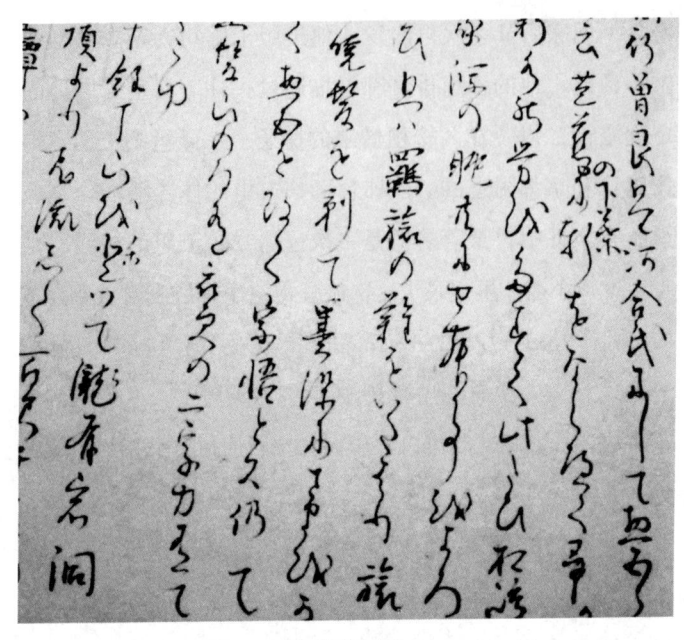

松尾芭蕉的书法

在诗人和读者的手中。连葱白也进入了清洗之人的身体：冰凉的手变得苍白。

这种边界的透明是俳句创作最基本的手段和指示，自我对非自我的渗透在同一时期的另一首诗中也有明确的体现。在一次渡河时，房东待芭蕉很好，并向这位著名诗人索要书面纪念。芭蕉写下了一首俳句：

在租来的房间里

签上我的名字：

"寒冬雨"

在生命的最后十年里,作为教师和诗人的芭蕉声名大噪。越来越多的人赞赏与支持他的思想和诗歌,这让他感到欣慰和满意;然而随之而来的要求也让他心烦意乱,有时似乎明显让他感到恼火。他给一位有抱负的学生寄去尖锐的赠语,劝导其保持独立,还附上了一首俳句:

> 别模仿我,
> 像一半
> 被切开的瓜!

其他时候,芭蕉以佛教诗人空海法师[1]的话提醒他的弟子:"不求古人之迹,求古人之所求。"无论芭蕉的观点和理论多么坚定,他最看重的还是那鲜活的时刻,以及对这一刻精准且充满信心的呈现。对于俳句的形式要求,他说:"如果你的诗有三个或四个音节,甚至五个或七个额外的音节,但这首诗听起来仍然不错,那就不必担心;但如果有一个音节挡住了舌头,那就需要认真想想了。"

◇

50岁时,芭蕉搬到了第三间芭蕉庵。新年伊始,他在

---

[1] 空海法师(774—835),俗名佐伯真鱼,日本佛教僧侣,真言宗创始人。——译者注

一封信中写道:"我被他人的需求压垮了,找不到内心的平静。"他照顾着生病的侄子桃印,侄子现在已经有了家庭,娶了至爱寿贞尼,育有三子。学生和诗人们纷纷前来谈天说地、求教和交流诗歌,诗歌聚会的邀请源源不绝。四月,桃印去世。八月中旬,他将所有的客人拒之门外,决心设法摆脱外在羁绊以及随之而来的疲惫和怨恨。两个月后,他穿过爬满茅屋入口的牵牛花藤,带着新的人生哲学和俳句美学重新出现在人们眼前,他称这种美学为"轻灵"。

比较下面两首俳句就能看出芭蕉的精神转变。第一首写于1693年元旦芭蕉隐居之前:

年复一年,
猴子戴着
猴面具。

第二首写于那一年的最后一天:

年终之思:
一个夜晚,
有贼来访。

早些时候,新年俳句是芭蕉被禁锢在社会习俗中的真实写照。他的俳句表明,在伪装之下只有更多的伪装——一个街头艺人的猴子反复耍着同样的把戏,或者正如芭蕉在和一个学生讨论这首诗时所说:人在一成不变的生活中反复犯着同样的错误。第二首俳句写于一年后,当然也指芭蕉曾经泛滥的社交生活,但在这里,痛苦已经消失,诗人似乎没有懊悔,反而觉得有趣。这首俳句让人联想到一个著名的禅宗故事,一位中国隐士发现他的小屋遭遇抢劫,他手拿一只沉重的锅追赶小偷,并喊着:"小偷,站住!你忘了这个!"

下面是这一时期的另外一些诗歌:

除夕扫除
木匠立起一个架子,
为他自己的家。

春雨
漏过屋顶,
从蜂巢滴下。

多么凉爽,
午后小憩,
将双脚搁在墙上。

清晨的光荣:
一个开花的日子替我

锁门闭户。

在朝露中
污痕，凉爽
一只带泥的瓜。

闪电——
夜莺的叫声
刺入黑暗。

  1694年2月，芭蕉写信给一位朋友说，他感到自己大限将至，但还是为另一次旅行做了规划。由于疾病缠身，芭蕉直到六月才出发。即便如此，他也只能在桃印之子以及老朋友曾良君的陪伴下才成行。他乘坐轿子抵达上野时，因身体过于虚弱，既不能见访客，也无法教书。不久，寿贞去世，芭蕉将她的儿子送回家。他和曾良君继续前往"幻住庵"和"落柿舍"。八月下旬，芭蕉返回故里，他的学生们在他哥哥的房子后面为他盖了一间小茅屋，这次远行让他变得更强壮了一些。他继续尝试与学生们交流他的新思想，因担心学生们不能很好地理解他，所以鼓励他们去观看，并写出"清澈的浅河如何流过沙质河床"。十月，他去往大阪，尽管头痛、发烧和发冷，他仍继续在那里教书，参加连歌聚会。

这些行旅中写就的俳句表明芭蕉完全意识到了自己病情的严重性,然而这些诗句仍然灌注着芭蕉透明和轻盈的审美观:

今秋,
何故自觉衰老?
鸟隐入云中。

与白菊对视:
不染
一尘。

明月夜,
害怕狐狸的男孩
和爱人同归家。

深秋了——
我的邻居,
在做什么?

芭蕉谈到他需要将自己的思想从尘世的生活转向佛教教义,但他感到自己无法继续创作诗歌。他的最后一首俳句写于1694年11月25日,就在他去世的前几天:

旅途罹病，

梦魂萦绕

在枯竭的荒野。

　　写完这首，他立刻又写了一首，描述了他在梦中的心灵漫游，并将他的学生各务支考叫到身旁，问他更喜欢哪一首。支考没能理解第一行诗，也不好意思再问芭蕉，便只是说他认为前一首不可超越。芭蕉回答说："我知道我现在不应该再写俳句，因为我已经快死了。但五十多年来我只想着诗。当我入睡时，我梦见自己在清晨的云朵或傍晚的薄雾下匆匆赶路。当我醒来时，我被山涧有趣的声音或野鸟的叫声迷住。佛陀说这种依恋和执着于己无益，对此我深感罪过。但我无法放下我写了一生的俳句。"

　　11月26日，芭蕉写了几封信，在一封信中他为自己将先哥哥而死向哥哥道歉。第二天，他要求聚集在他身边的门徒们作诗，但补充说他不会评论他们的作品："你们必须明白，你们的老师已经不存在了。"在那之后，他大部分时间都在沉睡。28日，他在一个温暖的中午醒来，发现他的门徒们正试图抓住教室里纸墙上的苍蝇。他笑了，对苍蝇说："他们似乎对这意外的礼物感到高兴。"这句话饱含深意。几个小时后，他在睡梦中死去。

※※※

芭蕉曾对一位弟子说，他的诗歌就像冬天的扇子、夏天的火炉。正如他的许多作品一样，这句话可以有多种解读。它可以被解读为对无用性的赞美：诗歌就像芭蕉树一样值得被珍爱，正是因为诗歌没有功利目的——这就是他的意思。但这种描述也可以理解为对一种主张的强化：无论一个人的经历如何，将它写进诗里都会进一步强化和巩固它。从某种微妙的角度来看，这两种观点并不像最初看起来那样毫无关联。

阅读芭蕉会为当代西方读者带来什么？最重要的是诗歌本身。只要你读过芭蕉的俳句，它们就刻在你脑海中，并会在某些奇异的时间回到那里，会将它们出人意料的延展带入热烈或渴求的时刻，带入牙齿老化的时刻，带入八月中旬突然体验到的凉意，带入冬季的第一场雨。也许有证据表明，即使是最简短的诗歌形式，也能拥有无限宽广的翼展。仔细观察你会发现，芭蕉的十七音节俳句与艾米莉·狄金森的诗神似。它们规模虽小，但数量众多（两位诗人都留下了一千多首诗），他们的作品都跨越了广阔、多变与精确的心灵地形和现实地形。松尾芭蕉的俳句描写、感受、思考和辩论，通过观察现实来检验思想；它们革新、扩展和强化了经验与语言的边界。

芭蕉的诗也启示另一种存在的可能性。进入俳句的一种方法是将它的每个部分都视为既指向世界,又指向自我。以这种方式阅读,俳句会提醒我们,一个人不应该被固定在"自我可能由什么构成?""自我能知道什么?""自我可能居于何处?"这样单一的意义上。

> 冬日
> 马背上
> 一个冻住的身影。

> 狂野的海,
> 横扫过流浪岛,
> 天河的寒星。

> 除夕夜忘年小聚——
> 想知道鱼有何感觉,
> 鸟有何感觉。

> 知了在唱
> 却全然不见身形
> 它已死去。

> 病得无法吃下
> 一块米糕——

桃树开花。

山中布谷
唱着我悲伤的音符
进入"寂"。

那些海参,
冻成一团——
还活着!

捕捉章鱼的壶中
夏月
短暂的梦。

　　这些俳句站在语言边界的两侧,相互鞠躬。那些完全进入芭蕉的感知的读者会不禁从中发现一种解放。这些俳句将心灵从任何单一或绝对的叙事中释放出来,将我们从主观与客观、自我与他者、生命的枯萎与绽放、自由与捕获等主宰世界的二元划分中解放出来。有些俳句似乎是内部意识的记录,有些似乎指向外部,但芭蕉的作品作为一个整体唤醒了我们,让我们意识到所有人类或事物间必要的渗透。对心灵运动的认知清楚地表明,运动是心灵的本性。在内心深处感受与我们共享这个世界的他者(人、生物、植物和事物）的生命，就是让我们去感受我们所做的一切。首先映入眼帘的是一只被冻住但仍然活着的海参，然后你会敏锐地意识到：一个人的苦难与所有人的苦难不可分割。首先是听到一只鸟歌唱的声音，然后你会认识到：孤独可以承载它自己美的形式，能将痛苦转化为清晰的深度。

芭蕉最初将写作俳句当作一种消遣。年轻时，他试图创作一些新奇、出人意料和时兴的作品来自娱自乐。后来他做了一件意外之事：将这种闲散的消遣转变成真正严肃的探索。他在生活中如在他的诗歌中一样，不断打破常规，放弃自己在传统阶级结构中的地位，离开文化中心，来到地理和知识领域的边缘位置，选择流浪者、局外人和外省人的生活方式。他总是选择去往未知之地而非已知之地，选择睡在草地上或满是虱子的小旅店里。比起坚固的屋顶，他更偏爱边缘上印着几个字的旅行草帽。最终他的俳句臻入化境，可以如一个孩童在玩耍时一般率真自由地表达。

芭蕉写道："诗歌不可战胜的力量使我沦落为一个衣衫褴褛的乞丐。"这句话可以从字面意思来解读。芭蕉曾写过一首俳句，表达了他在旅行开始时对收到一双新草鞋的感激之情，这双草鞋鞋带的颜色像极了蓝色的鸢尾花。芭蕉注意到，他的旅行总是很安全，不会遭遇抢劫，因为他没有任何有价值的东西可以给予别人。然而，这句话也指向了另一个层面的意义：诗人的存在必然是有赖于所依，也有赖于相互依存。芭蕉的俳句记录了这个世界在他生命和感知的化缘之碗中所放入的一切，而这个碗一直敞开着。

芭蕉在自制旅行帽的帽檐上写下的文字，可以大致翻译如下：

> 在这世界漫长的雨中，
> 我们走过
> 诗的临时避难所。[1]

---

[1] 这首俳句为诗人饭尾宗祇所写，原文大意为："时光荏苒／谁不是寄宿于世？／若躲雨一般"（世にふるもさらに時雨の宿りかな）。赫斯菲尔德将此诗从日文翻译成英文时，进行了创造性改写。——译者注

*
第四章

梭罗的猎犬：诗与隐藏

亨利·大卫·梭罗在《瓦尔登湖》中写道："很久以前，我失去了一只猎犬、一匹栗色马和一只斑鸠，至今我仍在追寻它们的踪迹。我对许多旅客谈起过它们的情况，描述过他们的足迹以及它们会回应怎样的呼唤。我曾遇到过一两个人，他们曾听见过犬吠与马蹄声，甚至还看到斑鸠隐入云中。他们也急于将它们追回，像是他们自己遗失了它们。"

拉尔夫·沃尔多·爱默生曾在《经验》(*Experience*)一文中这样写道："睡眠一生都在我们眼睛周围留恋，犹如黑夜整日在冷杉枝头盘旋。"梭罗的洞见与爱默生所谓的"经验"截然不同但又不无关联。

现代人（Homo sapiens sapiens）拥有求知欲，但在我们心灵深处也潜藏着一种"反渴望"，反对被认知，反对过度暴露。如果将树从黑暗深处剥离，谁会认为爱默生笔下的冷杉树更美，或者，谁会更偏爱梭罗笔下那只被关在笼中、提在手里的难以捉摸的斑鸠？济慈曾写道："耳朵听过的旋律是美妙的，但未被听到的旋律更美妙。"忠于不可把捉的事物，它们栖居在生物存在的根源处和我们所体验到的美的根源处；心灵与头脑最陡峭的斜坡会投下它们自己的阴影。

在那凉爽幽暗之地，如新鲜苔藓和地衣般微小的情感和思想，开始了初始生命缓慢的"绿色殖民"。

"隐匿"（concealment）并非有意地假定意图。然而，观看的视角至关重要：隐蔽性既需要一位客观存在的观看者，也需要实际存在的可能被看到的事物。英文单词"躲避"（hiding）指动物身体的隐藏。"concealment"和"hiding"两个词都源自古德语和梵语中与"保护"相关的术语。值得注意的是，许多动物的皮肤不仅为身体提供了保护膜，而且通过迷彩或单一的色彩，也提供视觉上的保护。"小屋"（hut）这样的隐秘的私人居所里也回荡着古德语词"huota"的声音[1]。

那么，隐藏就像一座掩蔽的围城——我们有时站在外部，有时则站在内部。日本京都龙安寺的岩石花园为"隐藏"提供了更微妙的注解：无论一个人站在花园何处，十五块岩石中总有一块无法被看见。花园中石头的位置提醒我们：总有一些不可知和看不见的事物超出了我们的感知或理解，但它们却像碎石堆中的其他砾石一样真实。创造未知的并非客观世界，而是主体性的边界。

◇

在西方文学中，对隐蔽性的探索可以追溯到源头，也许最大的隐藏和神秘最初都围绕着生与死。人类现存最早

---

[1] 在古德语中"huota"有保护的意思。在作者看来"hut"是一种小小的、不易被发现的居所，通常隐藏在深山荒野处，隐士大多选择这样的住处。——译者注

龙安寺岩石花园

的史诗——苏美尔人的《吉尔伽美什》(Gilgamesh)就是对人类感知死亡的解蔽[1]。去接受死亡的不可抗拒就意味着进入一种完整意识的全面觉醒：认识自我的消失需要一种自我意识。吉尔伽美什对分离、联系和无常的认识，促使他对朋友恩基杜之死抗争着并怒吼道："这也会发生在我身上！"在那一刻，动物意识和完整的人类意识之间的分歧完全显豁——虽然动物可能会有感觉，可能会做梦，可能会解决问题，但它们似乎还不能预知死亡，还无法与之抗争。只有我们人类与那道高墙紧闭的大门面对面生活着。

---

[1] "解蔽"一词为借用，原是荀子首提，参见《荀子·解蔽篇第二十一》，张觉撰，上海古籍出版社1995年版，第447页。——译者注

古希腊的作品中也充斥着隐藏。悲剧大都发生在缺乏足够的知识、同情心或远见的边缘地带；《荷马史诗》也笼罩在隐藏的阴影之下，尤其是《奥德赛》，它是对人类生活中"隐藏"的完美研究，能恰当地接纳、发展和锻造我们的天性。《荷马史诗》每一卷的开篇都以一种"奇怪的对称"的消失为标志。在《伊利亚特》中，英雄的争吵发生之后，阿喀琉斯退回营帐之内，在接下来的八卷中不再出现。在《奥德赛》的前四卷中，奥德修斯同样没有出现：他在女神卡里普索（Calypso）的石窟中被"放逐到无名的黑暗中"。奥德修斯在随后的漫游中多次陷入"隐身"的境地。他隐藏在浓密的荆棘和雾气中；他将自己悬挂在一只厚毛公羊的腹部下逃离了独眼巨人波吕斐摩斯的洞穴；当他最终再次踏上伊萨卡岛时，他将自己伪装成一个衣衫褴褛的老乞丐——这不是他第一次这样做。当这个被称为"巧匠"的人在执行特洛伊木马计划之前侦察特洛伊城时，他就曾将自己打扮成一个乞丐，甚至把自己弄得遍体鳞伤——无须多言，这是另一种隐身策略。谁会去寻找一个如此伤痕累累的英雄呢？

《荷马史诗》中充满了海上风暴、战斗、事件和戏剧性。然而，故事却以似是而非的关键时刻为轴心，围绕着心怀不忿的战略性撤退展开。史诗中的国王和英勇的战士都表现得像被宠坏的孩子，一匹木马被貌似已经离开的军队遗弃在海滩上。一个远行的英雄学会了不信任任何人，学会了谎报自己的名字和过往,学会了接受牧羊人的辱骂,并保持沉默。

即使是雅典娜女神在介入人间事件以确保事情的结果时,也会伪装成牧羊人、侍女或值得信赖的朋友。当神出现在普通众生的世界,他们会借用尘世的形体。

隐于营帐之中的阿喀琉斯和伪装成乞丐的奥德修斯都被剥夺了身份和签名的权力。然而,愤怒撤退的阿喀琉斯本质上还是那个骄傲的英雄。奥德修斯则从隐藏中领悟到了新的力量,学习到虚构本身就是一种力量。在他饱受麻烦困扰的流浪生涯中,奥德修斯越来越知道哪些故事可以大声说出来,哪些事实可以用沉默来掩盖。他学会了克制对勇敢与无畏的依赖,学会了以越来越谦卑的姿态驾驭自己的语言和文字——这位"巧匠"是一个能逃脱悲剧英雄命运,并重新认识家庭和王国的人。

※※※

无论是在文学中,还是在精神世界中,这一课都意义深远:生存依赖于一种亲密的、和谐的、相似的舒适感和伪装的艺术。我请一位生物学家朋友迈克尔·狄金森[1]帮我解释这个问题。他回复说:

---

[1] 迈克尔·狄金森(Michael H.Dickinson,1963—),美国生物物理学家,主要研究领域为生物工程与技术。——译者注

对于地球上的大多数生命而言,隐藏是一种默认条件。可见性通常会让你付出生命代价,或者至少付出一顿食物。性或毒性的广而告之是任何有脉搏和有感觉的生物想要引人注目的唯一原因。这就是为什么当我们穿上运动鞋,长途跋涉穿过蜱虫和多刺的灌木丛去观赏野生动物时,通常会感到失望。野生动物通常会因为总是被人观看而感到恼火。由于隐藏是默认的,因此可见性是一种奢侈。褐色色调很少是富贵和皇室血统的象征。我们隐藏起来时感到最舒适,但我们却渴望被人看见。

生物隐藏自我的方法数不胜数,它们看起来既机智、狡诈又令人心酸。昆虫会模仿树枝和花瓣,猎物的性伴侣或食物,以及一切对自己的天敌有毒的事物。一群毛毛虫成群结队,排成一列行进,就像一条危险的巨蛇。有些蜘蛛看起来像鸟的粪便;有些琵琶鱼垂直着身子入睡,与周围的芦苇浑然一体。章鱼和墨鱼会改变皮肤的颜色和质地,以适应它们所经过的物体;水母借用自己透明的身体隐藏自己。运动和静止也可以成为隐蔽:微小水生生物的捕食者会在水中制造干扰,以此来识别自己的猎物,而这些水生生物则通过保持静止而让自己变得隐秘。乌贼最初隐藏在保护色的伪装之下,在进一步受到威胁后,会迅速地喷射墨汁而去,留下一团阴影,它们高度可见,却是一种没有任何实质内容的诱惑物。

在艺术领域，富有创造性的伪装也是大同小异。让一物具备另一物的形状或特性，是创造性洞察力的基本姿态，也是我们在为自己打开一个更广阔、更灵巧、更有生命力、更丰盈的世界时常采用的策略。属性借用常常出现在抒情意象、隐喻和寓言之中，也是"交感巫术"所遵从的原则，而巫术正是通过这种"借用"试图去轻推命运之手或机遇之手。霍克森宝藏（Hoxne Hoard）就是一个典型的例证。霍克森钱币是4世纪晚期罗马宝藏中的收藏品，1992年一名男子为了寻找朋友丢失的锤子，在萨福克郡（Suffolk）的一块土地中发现了宝藏。在宝藏中，一个倾倒容器的银色手柄格外醒目，它形似一只跳跃的雌老虎，硕大的乳头从它身体的弧线处凸起，这景象因其出人意料的优雅而令人愉悦。这也是一个丰盛的承诺——对应原则认为，拥有这样一个手柄的容器就像一个真的正在哺乳的雌老虎的身体，只有先经历排空，才能被重新装满。

如果我们既想"看见"隐藏在雌老虎身体内部的手柄，又想"发现"手柄里跃起的雌老虎，就需要打破文字的界限，认识到即使最简单的存在碎片也承载着多种功能、多种可能性和多种联系。这种结合像所有的隐喻一样，带来了充分的启示和补充，同时也掩盖、隐藏了它们，将其复杂化。艺术拓展了人类的智力：若想感受到发生在老虎身上的"双重银共振"（silver-doubled resonance），就必须实现思维的飞跃，从而对世界有更深刻、更复杂的理解。而这种飞跃，也是更为显豁的明喻对我们的影响与一个完全实现的隐喻对我们的影响之间的区别——说手柄"像一只老虎"只会让人困惑，但要"让手柄变成一只跃起的雌老虎"，就是进入梦的世界；在这个世界里，万物神秘地结合在一起。

※※※

兹比格涅夫·赫伯特[1]在一首思考触觉的诗中写道："我们的观看是一面镜子或一把筛子。"这句诗虽然词语不多，但要完全打开这两个不同的隐喻，就需要借助于神经科学、认识论和个体心理学，还会体味到一种无能为力的悲伤，因为有太多内容根本无法用语言传达。亚里士多德在《修辞学》中提到隐喻和谜语之间的亲缘关系，称它们互为对方的来源。解谜不仅有赖于隐喻思维能力，而且所有的隐喻都保留了某种谜语的味道。隐喻是一种同时创造和解答自己谜题的语言；在那一刻，心灵的爆炸既是扩张又是释放。也许这就是为什么在许多文学传统的早期诗歌中，谜语比比皆是，也是为什么宗教教诲常常与谜语相关：这就是心灵如何在更复杂的"观看"中教导自己。西方最著名的谜语

---

[1] 兹比格涅夫·赫伯特（Zbigniew Herbert，1924—1998），波兰著名诗人，经米沃什等人的译介，在英美诗坛享有极高的声誉，被誉为"欧洲文明遗产的继承人""具有古典头脑的诗人"和"一个时代的见证"。——译者注

大概是狮身人面像之谜，斯芬克斯问道："早上四条腿走路，中午两条腿走路，晚上三条腿走路的是什么？"俄狄浦斯回答："人。"——婴儿时爬行，成年后直立行走，老年时拄杖而行。这个希腊故事背后的潜在意义就像一只如影随形的大狗：人是一种能够解开或无法解开谜语的生物。如果他失败了，他就会死去；如果他成功了，虽然不会从痛苦中解脱出来，但他将成为一个完整的人。我们用物质世界以及我们的生活、思想、文化、语言和智慧来铸造手杖。

另一个小例子来自7世纪盎格鲁-撒克逊的马姆斯伯里（Malmesbury）修道院院长圣亚浩（Aldhelm），他是101个押韵谜语合集的作者，其中一个谜语这样写道：

> 我曾是水，里面充满了有鳞的鱼。
> 命运变幻莫测，颁布了另一个愿望，
> 痛苦将我投入火热之地。
> 现在最洁白的闪光灰烬，明亮的雪，是我的脸。
>
> ——马姆斯伯里修道院院长圣亚浩
>
> （英译者：Jane Hirshfield）

即使在这首关于海水被火转化为盐的四行诗中，也暗示了一种关涉命运的完整的世界观。这是谜语的本质，也是隐喻的本质，它要教会我们：在阅读它们时也需要超越表层地形和表面含义。在禅宗的公案中，对"本来面目"的思考也是题中之义,一个著名的例子就是:"父母未生前,哪个是本来面目?"

※※※

神秘、秘密、伪装、沉默、静止、阴影、距离、不透明、退缩、无名、消除、加密、谜、黑暗、缺席——这些都是隐藏者千变万化的名称,每一种都承载着它对某种事物的特殊描述,而这种事物的本质却逃避着描述。隐藏的比喻或转义存在于世界上所有的宗教传统中,这并不奇怪。在一些苏菲派和卡巴拉教的传统中,神的面孔据说隐藏在支离破碎的世界中。某些被称为"伏藏法"的藏传佛教经典被认为是为了未来启示而隐藏起来的文本,被交给生活在地下、海洋或湖泊深处的纳迦龙神保管,或留在洞穴中等待日后被发现。人们很容易对这些故事不屑一顾,认为它们是充满魅惑和异域风情的虚构故事。我们还记得1947年,两个贝都因牧羊人在山洞里寻找丢失的山羊时发现了《死海古卷》,这部古卷可以追溯到公元1世纪。类似的还有被埋在纳格·哈马迪镇一个洞穴中的罐子里的古代诺斯替《福音书》,1945年被一对埃及兄弟发现,当时他们正在搜寻硝酸盐化肥,为了给他们的花园施肥。旧石器时代的拉斯科野牛和马被四个男孩和他们的狗所发现——在这个故事的另一些版本中他们或是在寻找宝藏,或是在寻找狗。

这里暗含着一个主题：人们去寻找某个东西，却找到另一个。丢失的锤子会带来罗马的宝藏，丢失的山羊会带来隐藏的宗教文献。也许，对于亟待被发现的事物而言，唯一重要的就是寻找——这当然也是诗歌写作的重要方法。

无论是精神上、心理学上，还是世俗意义上的谜语思维，都唤醒了一种跨越式的智慧，将思维和心灵从习惯和呆板中解脱出来。这也许可以解释为什么杰克·吉尔伯特下面这首诗会给我们带来如此多的愉悦——它正是一个展示雌老虎风姿的手柄。读这首诗会让你感到，某些原始的、被遗忘的复杂性和存在的完整性正在被恢复——尽管这首诗也表明，这种恢复必须经历一段充满渴望、失败和丧失的艰难旅程才能实现，正如奥德修斯一样。

被遗忘的心灵方言

多么令人惊讶，语言几乎能表达意义，
多么让人害怕，它并不能完全如此。爱，我们说，
上帝，我们说，罗马和美智子，我们写，而词语
偏离了它。我们说面包，而它的意义
由不同的国家来定。法语中没有词用来表示家，
我们没有词表示严厉的愉悦。印度北部
一个民族正在灭绝，因为他们古老的语言里
没有词语能表达爱慕。我梦见失去的词汇

它们会表达一些我们再也无法

说出的事物。也许伊特拉斯坎人的记载

最终会解释为什么坟墓上的那对夫妻

还在微笑。也许不会。当成千块

神秘的苏美尔匾牌被翻译时,

它们似乎是商业记录。但如果

它们是诗篇或圣咏呢?我的喜悦就像十二只

埃塞俄比亚山羊,静静地立在清晨的阳光里。

哦,主啊,你的艺术是盐巴和铜锭,

雄浑如成熟的麦子在风的劳作中起伏。

她的乳房是六头白色公牛,系着

长纤维埃及棉绳。我的爱是上百罐

蜂蜜。船载的金钟柏是我的身体

对你的身体想说的话。长颈鹿

在黑暗中渴望。也许,螺旋状的米诺斯文字

不是一种语言却是一幅地图。我们感受最多的事物

没有名字,除了琥珀,弓箭手,肉桂,马和鸟群。

——杰克·吉尔伯特

当我们感到世界在变化和意义中变得柔韧灵活时,我们身体里的某些东西就会觉醒,并深深地呼吸和换气。这是法

国诗人保罗·艾吕雅[1]的话所蕴含的潜在意义:"有另一个世界,但它就在这个世界中。"这也是任何值得一读的文学作品所留下的潜在话语。只有那些扩大了可能性疆界的语言,才值得我们从真实而鲜活的现实世界中扭转注意力:它们将引导我们回到这世界,让我们重新认识一种可能已被我们遗忘的延展性和广阔性。

隐藏的另一张面孔是隐藏在显而易见之处。这就是形似手杖的昆虫正在做的事,某些形式的反讽也是如此。在大多数优秀的诗歌中,都可以发现某种程度的公开隐藏:诗的意义几乎总是朝两个方向延伸,无声黄昏的阴影在正午的阳光背后逐渐拉长。有人可能会说,这是唯一的隐藏形式——唐代有位禅师名叫灵照,我们只知道她是庞蕴居士之女,她曾说出过这样的偈语:"百草头上祖师意!"

如果心灵感觉到某件事极为真实,那么心灵就希望它一直在那里。新发现的真理缺乏历史权威和经得起考验的持久性,因此,钦定版《圣经》的译者们故意将译文措辞设定为他们之前时代的语言。诗人、作家、画家和心灵本身往往都是伪造者,他们声称只制造已经存在的东西。

不进入埃德加·爱伦·坡的引力场,就不可能持久地思考隐藏;不阅读《失窃的信》,就不可能思考公开的隐藏。

---

[1] 保罗·艾吕雅(Paul Eluard,1895—1952),法国诗人,曾参加达达运动和超现实主义运动,以及反法西斯斗争。主要诗集有《痛苦的都城》《不死之死》《公共的玫瑰》等。——译者注

在这个故事里，一封罪证确凿的信被置于显而易见的公众视野，却无人发现它们；这种安排两次获得成功，但最后一次却失败了。在这个故事里和在别处一样，爱伦·坡是想告诉读者，非凡的洞察力如何能看到普通视力所不能看到的事物——不是通过征服之力，而是将隐藏变成盟友。故事开始时，叙述者和他的朋友杜宾（Dupin）在暮色渐浓时，在杜宾的图书室里一起抽烟。至少有一个小时他们都寂寂无言，直到巴黎警察局局长 G 到来。叙述者说："我们一直坐在黑暗的房间里，这时，杜宾站起来打算点灯，可是他又坐下了，没去点灯，因为 G 说，他来拜访是为了一些已经引起很多麻烦的公事要向我们请教，或者更确切地说，为了要征求我朋友的意见。'如果这是什么需要思考的问题，'杜宾既然不想点燃灯芯，于是说，'我们在黑暗中研究，效果会更好。'"

即使从最浅显的层面来看，坡的故事也是关于隐藏的猫鼠游戏，游戏中有信息被公开，也有信息被保密。在整部作品中，他提供了大量的细节，一些小的信息被舍弃，但没有告知读者明确的理由。然而，这种设定既非出于偶然，也不是随意为之。仔细观察爱伦·坡对它的运用，你会发现，这是一门无须言明就能说服我们的修辞学大师课。例如，爱伦·坡暗示说，这位长官是一位需要慎重指涉的人，因此只能用他的名字开头的字母来称呼他。爱伦·坡通过这种暗示让整个故事看起来并非虚构而是趋于真实。读者会下意识地想:"为什么一个虚构的人需要受到保护而不被点名?"因此,掩蔽手段就创造了一个三维真实的外观,它具有定向光源和投射的阴影:在某些东西必须被隐藏起来的世界里,也必须存在被揭示的东西。(读者与故事之间的关系也发生了转变:他或她会成为一个局内人,一个被信任的人,他能辨认出隐藏在暗示背后的人。读者会想:"啊,是的,我以前见过这位长官G。"正如她在《莫格街谋杀案》中也见过一样。)

爱伦·坡的"计谋"指向了一种更大的动力:隐藏本身就具有意义和分量。在心灵的疆域内,宝藏与秘密相一致。藏在阁楼或地窖里的宝藏,其本质是与世隔绝,不易获得,也不易保存——想想金字塔的财富吧,它受到大众和诅咒传说的双重保护。想想《贝奥武夫》的龙穴中埋葬的宝藏,诺克斯堡金库[1],以及瓦格纳创作的《莱茵的黄金》[2](*Das Rheingold*)。无形之物借用了外部世界的模式,因此灵感也常常被置于保存的词语转义和看不见的酝酿中。罗伯特·弗罗斯特曾以他惯用的语气说:"为了隐秘,一个人必须是隐秘的。"(One has to be secret in order to secrete.)

正如故意隐藏传达了真实感一样,神秘的存在增加了

---

[1] 诺克斯堡(Fort Knox)金库是美国国库存放黄金的地方,这里的黄金存储量达到了4570吨,此外许多国家宝藏和机密也存放在此处,号称美国最安全的地方之一。——译者注
[2] 《莱茵的黄金》是瓦格纳创作的歌剧《尼伯龙根的指环》中的第一部,讲述了莱茵河底三位仙女如何守卫河底的一块岩石,岩石之上镶嵌着一块具有魔力的黄金,谁要是能把这些黄金制成指环,谁就能统治世界,但他必须放弃爱情。——译者注

对"意义必然存在"的确信。在生活和文学中，这种难以捉摸激起了我们强烈的求知欲，就像一个小小的、快速的动作激起猫的捕猎反应一样。难以捉摸的事物存在于多个层面。再回到坡的作品，《金甲虫》这部小说探讨的与其说是真正宝藏的发现——尽管这在一定程度上推动了表层故事的发展——不如说是故事发生时存在的转变。激发叙述者激情的并非埋藏的宝石，而是抵达明晰的过程，抵达某些被揭示出来的事物的过程。偶然性也发挥了一定的作用：一张用隐形墨水书写的寻宝指南纸被偶然加热、显出原形。（与物质世界相同，在精神世界中冷却也使事物保存，热让事物发生转变。）尽管如此，故事进行到一半时，宝藏已经被挖掘出来，并完成了品鉴。就像在《失窃的信》中，信早在故事结束之前已经物归原主。而在坡看来，公开的结果不过是顺带抛给读者的小把戏，公开的神秘事件才至关重要。在犯罪悬疑小说、侦探小说、喜剧、过错悲剧（Tragedy of Error）和诗歌中，真正的乐趣在于与那些没有被简化的存在搏斗。抛出谜语和解谜的故事之所以极具吸引力，是因为它们反对并纠正了我们过于理性抽象的冲动。解谜的趣味告诉我们：细节至关重要。

爱伦·坡并不想要纯粹的真实，他所追求的比一般人所能感知到的东西既少又多。《大漩涡历险记》《一桶蒙特亚白葡萄酒》《陷阱与钟摆》比那些直露的恐怖故事更让人心有余悸，因为它们既不能还原为寓言，也不是可信的真实。

他那首著名的诗歌《乌鸦》也从未被充分解释过。爱伦·坡是一个只对爱默生笔下冷杉树枝的阴影着迷的作家。坡曾写道:"纯粹只是模仿大自然的话,无论多么准确,他都不能被赋予'艺术家'的神圣称号。……当我们观看真正的风景之时,只要眯起眼睛看,我们就能将它的美翻倍。赤裸的感官有时看得太少,但大多时候它们看得过多。"

◇

大多数好诗都用看不见的墨水来表达思想。与爱伦·坡的文学地图不同,这些语言不需要暴露出来就可以被感知、被理解。未被表达出来的内容有时会比明确的事物对读者产生更深远的影响,这正是因为它没有被有意识的叙述所缩减和窄化。抒情诗停在说与不说的支点上,栖居在"清晰"与"复杂"的混合体之中,并维持着某种神秘的平衡。在一首错综复杂的好诗里,人们往往可以发现一些巨大而简洁的未被言明的姿势;一首好诗表面看似简单,但背后往往蕴藏着幕后共振、弦外之音、看不见的知识和翻倍的内容。正如日本谚语所说的:"反面也有其反面。"W.H. 奥登称伟大的艺术是"对复杂情感的清晰思考"。奥登自己的《美术馆》也完美地检验了这种复杂性如何运作以及一些未被完全表达的内容如何在一首诗中被感知到:

美术馆[1]

关于痛苦他们总是很清楚的

这些古典画家：他们深知它在

人心中的地位；深知痛苦会产生，

当别人在吃，在开窗，或正做着

  无聊的散步的时候；

深知当老年人热烈地、虔诚地等候

神异的降生时，总会有些孩子

并不特别想要它出现，而却在

树林边沿的池塘上溜着冰。

他们从不忘记：

即使是悲惨的殉道也终归会完结，

---

[1] 为了方便读者更直观地了解作者在本文中对原诗韵律的解读，现将全诗原文抄录如下：About suffering they were never wrong,/The Old Masters: how well they understood/Its human position: how it takes place/While someone else is eating or opening a window or just walking dully along;/How, when the aged are reverently, passionately waiting/For the miraculous birth, there always must be/Children who did not specially want it to happen, skating/On a pond at the edge of the wood:/They never forgot/That even the dreadful martyrdom must run its course/Anyhow in a corner, some untidy spot/Where the dogs go on with their doggy life and the torturer's horse/Scratches its innocent behind on a tree.//In Brueghel's Icarus, for instance: how everything turns away/Quite leisurely from the disaster; the ploughman may/Have heard the splash, the forsaken cry,/But for him it was not an important failure; the sun shone/As it had to on the white legs disappearing into the green/Water; and the expensive, delicate ship that must have seen/Something amazing, a boy falling out of the sky,/Had somewhere to get to and sailed calmly on. 此诗的中译为查良铮的经典译文，见《英国现代诗选》，查良铮译，湖南人民出版社1985年版，第155—156页。——译者注

在一个角落,乱糟糟的地方,
在那里狗继续过着狗的生涯,
　　而迫害者的马
把无知的臀部在树上摩擦。

在勃鲁盖尔的"伊卡鲁斯"里,比如说;
一切是多么安闲地从那桩灾难转过脸:
农夫或许听到落水的声音
　　和那绝望的呼喊,
但对于他,那不是了不得的失败;
太阳依旧照着白腿落进绿波里;
那华贵而精巧的船必曾看见
一件怪事,从天上掉下一个男童,
但它有某地要去,仍静静地航行。

——W.H. 奥登

　　这首诗一开始似乎直截了当。它从一个关于苦难的一般性陈述开始,然后用几个例证来延伸和扩展这一想法。但是这首诗并没有停留在表面的观点和说明上;它向深处俯冲的速度就像诗中少年坠入大海般迅捷。罗伯特·弗罗斯特曾警告说:"把一首诗再讲一遍,只会更糟。"而现在我将冒着这种让事情"变得更糟"的风险,试着揭示这首诗更丰饶的潜在意蕴和巧夺天工之处。

首先是作者对声音的运用。押韵和半押韵像一根闪耀着光芒的不规则金线穿过奥登的语言——"wrong"和"along"、"waiting"和"skating"完全押韵;但也有更微妙之处,有时是视觉上隐而不见的内部呼应,比如"tree"和"leisurely","failure"和"water","shone"和"on"。还有另外的韵律:跨行复合句被分号、冒号、逗号所延展。这首诗在音乐上完美无瑕,我们甚至能感到它像一阵鼓声一样,引领着我们思考前进的道路,进入一种新的理解。即使不会讲英语的人听到这首诗,也能从中听出"诗的思考"如何进行,又如何完成。

但结论是什么?它看起来就像薄饼:"平淡无奇的生活在继续,它甚至吞下了最不寻常的个人灾难。"这并不是一个无趣的陈述,却与奥登的诗没有任何共鸣——因为它缺乏奥登诗中因深入的沉思而从世界中拧出的启示感,也缺乏奥登诗中涌动的悲痛。在这个层面上,我们可以称这首诗为"穿着复杂衣服的简单"。然而,这样的品质也促成了这首诗的最终效果。例如,复杂的修辞结构既增强了诗歌的权威性,又深化了诗歌对时代和文化的思考。奥登将诗的核心命题注入"古典美术大师"的思想中,而不是在作者自己的头脑中展开。过去的个人观点现在成为经受时间考验的公共智慧。这首诗暗示了画作中丰富的细节和独特之处,精确描绘了在封冻的池塘上溜冰的孩子们,狗和马,农民犁地和高桅帆船。诗中的意象愈发浓密,诗中之情感也愈发庄严。在现实生活中，苦难并非一个抽象概念。我们会感到这匹发痒的将死之马与树的摩擦，同时也感到我们自己渺小的、有限的、终有一死的人类的存在与其他世界发生的摩擦，包括有生命和无生命的摩擦、短暂和永久的摩擦。这首诗用绘画所蕴含的知识来冲刷和照亮读者：在浩瀚的时间里，一瞬只发生一次。所以，读着这些诗句，一种意想不到的感觉——半是温柔，半是恐惧——淹没了我们的心灵。这就是亚里士多德意义上的"净化"。

然而，在我看来，这首诗还被注入了另外一些意义，它首先产生于作者的头脑中。即使读者没有意识到潜在文本的存在，这些意义的存在和分量也会影响我们。《美术馆》写于1938年12月。奥登，一个对历史有着深刻认识的英国人，那时暂居柏林。1938年3月奥地利被吞并，捷克斯洛伐克苏台德地区割让给德国的谈判刚刚在慕尼黑举行。我们必须认为，奥登对已经发生的恐怖有所了解，他一定感知到即将到来的恐怖正在层层叠加，涌向我们，他也知道恐怖将如何被这个浑然不觉的世界吞噬。我相信，这就是这首诗痛苦的真正来源，当你通读它，你会感到它锯齿般的锋刃。这首诗有着惊人的政治预见性，与他更著名的作品《1939年9月1日》(*September 1, 1939*)一样令人不寒而栗。在对古老艺术看似平静的审视中，无能为力的先见之明的分量如同压在一匹马身上的无形的重量，愈加沉重。

※※※

正如谜语的创制和解答创造了智慧，通过行进在渴望隐藏与希望被看见之间的道路上，一个独特的自我被创造了出来。在希伯来《圣经》中，生育能力和遮羞布——创造力和隐藏根源的羞耻感——同时出现。致力于发现的笛卡尔在生活中深藏不露，他声称自己的座右铭是："善生活者，故隐其名。"(Bene vixit, Bene qui latuit.)

然而，英国心理学家D.W.温尼科特在描述童年的困境时说："隐藏充满了快乐，但不能被发现则是一种灾难。"（对于作品中布满微言大义的线索的作家而言同样如此：他们在写作时有意识地暗设机关——只有最敏锐的读者才会让它们启动，然而作者同时又暗暗期望他们能找到一条可追踪的线索。）弗洛伊德假设成人的自我中充满了根本不为人知的隐秘空间，只有在梦境、口误、非理性行为和疾病中才能获得表达。心理上和生理上都一样，是欲望使我们可见。而炫耀和展示本身也是一种隐藏，就像豪猪竖起棘刺不仅能发出警告，而且会掩盖其实际身体的真实尺寸。这是魔术师的花招，是羞怯者设计奇装异服的策略，他们用更多的陌生感来掩盖对陌生感的恐惧。

在一段有关普赛克的神话中，"揭示"是一段完全通向个性化自我的旅程，它讲述了这样一个故事：厄洛斯的母亲维纳斯因嫉妒普赛克的美貌，就派儿子去伤害她，但厄洛斯却娶她为妻。由于担心母亲会更加生气，厄洛斯保守着婚姻的秘密；他只能在夜间去探望他的新娘，并警告普赛克：如果她试图揭开他的真实身份和面貌，那么她将面临灾难。（这是一种奇怪的秘密转移，就像维纳斯必须对他隐瞒罪过一样。）他们的暗中偷欢可能会继续下去，但是心怀嫉妒的姐妹们确信她看不见的丈夫一定是个怪物。一天晚上普赛克拿着一盏灯来到厄洛斯睡觉的床边，正当她惊叹于丈夫的美貌，屏住呼吸立在床前时，滚烫的灯油恰好落在了他的肩上。爱神立刻醒来，然后逃走了。揭开真相之后，对普赛克的审判就开始了——在整个过程中，值得铭记的是那些超出有意识的智慧和意图之外的力量：蚂蚁、芦苇、鸟和其他的神。

也许我们能从众多神话中获取一个重要的信息：打破隐匿需要技巧和机智。正如在文学和神话中一样，生活中有人试图将现实剥离成一些赤裸而生硬的真理，这恰恰反映出妄想、傲慢或简化主义者的不可救药。正如谦逊、衍生能力与清晰可见的同情心之间相互关联一样，傲慢和随之而来的盲目之间也紧密相关。那些没有获得足够尊重就显露的事物，可能会让人们感觉难以承受，或者只有付出巨大代价才能承受。然而，这里仍然存在一个悖论。除非普赛克举起油灯，睁开眼睛，来参与这世界，否则她（Psyche）就不可能成为她的名字所代表的含义：一个灵魂，一个完全沉浸在她自己深层存在中的生命。

但在其他时候，隐藏者的工作可能是保持完全隐藏。那时，确定性会减弱；你会对尚未立即显现的事物保持警觉，对可能发生的意义和理解敞开胸怀。理查德·雨果[1]建议年轻诗人们永远不要在他们的诗中提出任何他们已经知道答案的问题。契诃夫曾对他的哥哥说："艺术不能提供答案，只能正确地提出问题。"某些笑话、寓言和公案有着相似的意图：瓦解关于一个人在世界上的位置的所有确定性。

传统的哈西德派有这样一个故事：一个饱受怀疑折磨的人远道而来，期望向一位著名的拉比提问。最初，门徒不让他进入拉比的书房，但有一天他自己悄悄溜了进去，走近这位精神领袖，说："尊敬的拉比大人，请原谅我打扰您，但我已经跋涉了好几个星期，又在这里等了好几天，才有机会向你询问一个困扰我一生的问题。"拉比问道："你的问题是什么？"这个人说："请问真理的本质是什么？"拉比盯着这位客人一会儿，然后从椅子上站起来，走近他，狠狠地打了他一巴掌，随后又退回到他的书架前。这位受到惊吓和侮辱的提问者悻悻地退回马路对面的一家酒馆里，痛苦地大声抱怨自己受到的虐待。拉比的一个门徒无意中听到后，满怀同情地向他解释道："老师打你的一巴掌中充满了慈悲，这是为了让你知道：永远不要为一个简单的答案而放弃一个

---

[1] 理查德·雨果（Richard Hugo，1923—1982），美国诗人。——译者注

好问题。"

当我们从提问的条件来观察世界时，每一件事物既被视为其自身，即它本来的样子，也被看作是那些不可测量的神秘事物的持有者所解锁的好问题。如果一个世界或一本书中包含了某种隐藏的事物，那么它对想象力来说就是无穷无尽。新的可能性围绕着任何以问题而非答案形式出现的时刻。正是这种无法被完全理解或解释的特性为优秀的诗歌注入了活力——正如诗人唐纳德·霍尔[1]所写，它们变成了一栋房屋，房屋的中心有一间密室，所有无法解释的东西都储存在密室中。这个密室永远不可能变成普通人的住所，但它的存在却改变了整栋房屋。事实上，那不能打开的密室并不存在于外部世界中，也不存在于诗歌的语言之中：它居于我们之内。

在伊斯兰教的绘画中，天堂是一个有围墙的花园；英语中"天堂"（paradise）一词源自希伯来语"pardes"，通常指"果园"。卡巴拉教通过展示每个字母中隐藏的含义来描绘果园如何成为神圣之地。"p"代表"peshat"，字面意思是"观看世界的心灵"；"r"代表"remez"，意味着对暗指和转喻的理解；"d"代表"derash"，是隐喻性或象征性的解释；"s"代表"sod"，意指秘密。没有一个天堂不包括它围墙之内的未知，没有一个真正的完成之地不包括它围墙之内的

---

[1] 唐纳德·霍尔（Donald Hall，1928—2018），美国著名诗人，著有15本诗集，另有戏剧、儿童文学等作品若干，2006年当选美国桂冠诗人。——译者注

未知。

隐藏是帆船龙骨上的压舱石，是生命中最重要的水下部分，用来稳定其余的部分。日本禅师道元曾这样描述隐藏的重要性："山亦有藏宝之山，有藏泽之山，有藏空之山，有藏山之山，有藏中藏山之参学。"[1]

将理解藏在隐秘之地，藏在看不见之地和未被说出之地也是修辞学的智慧。无法用言语表达的事物可以装在沉默的篮子里。因此，在《牧歌》(*Georgic*)的第四首中，当维吉尔讲述俄耳甫斯和欧律狄克的故事时，诗人并没有描绘俄耳甫斯用来劝说冥王哈迪斯允许欧律狄克返回人间的那首歌。这首诗却为那些听到了读者无法听到的内容的人带来了那首歌的效果。复仇女神的蛇发竖起，一动不动，如痴如醉。地狱守门犬，三头的刻耳柏洛斯站在那里，三张嘴都张开着，忘了吠叫。

◇

真实羞于言表，这正确无疑。正如特德·休斯所写："就像《李尔王》中的考狄利娅，也许真理本身越确定，语言的充分性就越可疑。"在言说和沉默面前感到困惑，在看见与被看的经历面前犹豫不决，这贯穿在许多作家的文字之中。让我们以二十世纪初期的希腊诗人C.P.卡瓦菲斯的两首诗来结束我的论述。这两首诗谈及了隐藏的两面性，并依次为

---

[1] 本句引用何燕生译注道元禅师的《正法眼藏》，宗教文化出版社2003年版，第271页。——译者注

每个面向提供了令人信服的理由。

第一首是关于隐藏作为障碍和悲伤。它可能来源于诗人与性之间的关系,这一主题贯穿了卡瓦菲斯的许多诗歌,尽管它从未被明确确认过。然而,这种解释可能起到以简释繁的作用。这首诗同样也表达了一些更复杂的、难以言说的内容。无论哪种情况,诗的沉默都与其意义不可分割。

隐藏的事物

从我所做和所说的一切中
别让任何人试图发现我是谁。
一个障碍在那里,改变了我的
行为模式和生活举止。
总有一个障碍在那里
阻止我,当我要开口说话时。
从我最不引人注意的行为,
从我最隐晦的写作中——
只有从这些中我才会被理解。
但也许不值得这么关心,
不值得花费这么大的努力去发现我的真面目。
后来,在一个更完美的社会里,
某个像我这样的人

定会出现并自由地行动。

——C.P. 卡瓦菲斯

（英译者：Edmund Keeley & Philip Sherrard）

第二首诗提供了另一种观点，它赞同隐藏。这首诗证实了事物的重要性不在于获得他人的尊重或赞美，而在于灵魂自身的存在，它在孤独中为人所知，既不是他人关注的主体，也不是他人关注的对象。这首诗阐明了想象力自身的愉悦在创造中的重要性以及生命价值的重要性，它们虽简简单单地存在，却不可剥夺。

这家店铺

他小心细致地用昂贵的绿丝绸

将它们包起来。

红宝石的玫瑰，珍珠的百合，

紫晶的紫罗兰：美丽而符合他的品味，

符合他的欲望、他的眼光——不像他在

自然界中看到或探究它们时的样子。他会将它们放在保险柜里，

这是他恣意妄为的样品，他娴熟的手艺。

每当顾客走进商店，

他则拿出其他东西售卖——一流的装饰品：

手镯、链子、项圈、戒指。

——C.P. 卡瓦菲斯

（英译者：Edmund Keeley & Philip Sherrard）

有些人会认为，看不见的创造就是徒劳无功，而它的创造者是自私的。但我想说明的是，那些鲜亮而特异的宝石之花，即使被隐藏了起来，也仍然影响着我们。它们改变了商店，改变了珠宝商，甚至改变了戴着手镯和戒指离开的顾客。想想吧！我们看不见的事物、无与伦比的技巧和难以想象的形式，都藏在后屋上锁的保险柜里——对任何艺术家和任何个人来说，这难道不是一种不可抗拒的希望吗？它们就像梭罗笔下那只走失的猎犬的叫声一样美丽，一样搅动人心。它们尤其想告诉我们：距离的奥秘无穷无尽。

*
第五章

除不尽的余数:诗歌与不确定性

赫西俄德写道：卡俄斯（Chaos）是所有生命和存在——众神、动物、人类、岩石、星星、水、树和风——的起源。"卡俄斯"似乎深不可测地扎根在大地之上，它只能被赋予一个名字，然后在这世界存留下来。在一些地方它被称作"混沌"，在另一些地方则被称作"宇宙大爆炸"。一个关于"乌龟"的故事版本众多，广为流传：一位天文学家，或物理学家，或哲学家，刚刚结束了关于宇宙结构的讲座。当他开始提问时，一位老妇人举起了手，回答道："詹姆斯教授（或者是罗素、萨根、戴森教授），你是个很有趣的年轻人，但你完全弄错了。所有人都知道宇宙坐落在一只巨龟的背上。"演讲者优雅地问道："那么巨龟又站在什么之上呢？"这位女士回答说："哦，聪明的年轻人，你非常聪明，——不过它是一只龟驮着另一只，如此反复，一直驮下去。"

知觉的惩罚和恩泽之一是我们每天醒来都会意识到未来无法预测，意识到宇宙的根基建立在一种难以理解的逐渐远去和消退之上，意识到迷惘、反复无常和不可知是我们生命中最忠实的伴侣。大多数情况下，我们似乎只有通过编造故事才能继续生活下去。然而，没有任何一个故事能一劳永逸，令人满足。乌龟最终变成了神秘难解的甲骨文龟壳，一边咀嚼着"莴苣"，一边陷入沉思。

对于那些愿意让自己去感受故事的人来说，任何故事都会留下一种不安，这种不安有时出现在感知的中心部位，有时出现在边缘，就如长除法中遗留下来的余数，它必须被携带着。文学作品，尤其是诗歌，在一定程度上是为了接纳和理解这种剩余物或残留物，是为了找到一种在不确定性中生活并与之共存的方式。柏拉图将诗人逐出理想国，部分原因是他认为诗歌逃避现实，通过美的催眠术来弱化人们对真理的渴望。但正如我们所见，好的诗歌实际上并没有用答案来缓解焦虑——它将我们从恍惚中惊醒，让我们意识到该如何去体验生命中那些美好的细节，以此来让生活变得更可承受。

济慈在1817年冬至的一封信中描述了诗歌与不可知的关系。在那封信里，他将诗歌天才归功于一种"反天才"（anti-talent），他称之为"消极能力"（Negative Capability），并解释说，"消极能力是指人能够处于不确定、神秘与怀疑之中，而不急于追求事实和原委"。一个世纪之后，威廉姆·燕卜荪对济慈的洞见做出了有力的回应：他将歧义性（不确定性）视为诗性之美的核心品质。

人类意识到意图与期望的脆弱性，偶尔对世界心生疑虑或产生一定程度的自我怀疑，认识到我们自身存在的"海森堡效应"[1]——这些人类独有的标识也是"文学"的标记，但它们却不属于通告、命令、奉承、恳求、恐吓、引诱或娱乐之类的写作形式。对不确定性的认识标志着人类的个人性进入了公共意识。我们所认为的"艺术"则走得更远：它使与不确定性的相遇成为一件值得追寻之事。对死亡的恐惧转变成了《吉尔伽美什》，对他者和自我的怀疑转变成了《哈姆雷特》，我们与不可知事物之间的关系发生了永久的地改变。焦虑、悲痛和混乱的深渊都可以被诱入美与意义中来，也可以被引入这种转变本身所带来的自由之中来，这些都是文学力量的重要组成部分，无论是通过亚里士多德意义上的"净化"，还是以某种更微妙的形式，这种力量都能被我们体验到。关键不在于解决问题，而在于认识问题。

19世纪初的一个冬天，可知与不可知、不确定性与确定性一直在济慈的脑海中回荡。一个月前，他在另一封信中写道："我只确信心灵所爱的神圣性和想象的真实性——想象所认为的美必然是真实的——无论它之前是否存在。"到了一月中旬，他又写道："世界上没有稳固之物——喧嚣是你唯一的音乐。"18世纪启蒙运动对理性和控制力的信心已被彻底抛弃，莎士比亚笔下的丹麦王子的"延宕"也同样缺席。济慈不相信客观知识和永恒性，而是对变色龙式的内心生活坚信不疑：这种生活主观、无孔不入，能迅速恢复

---

[1]"海森堡效应"指德国物理学家维尔纳·海森堡（Werner Heisenberg）于1927年提出的"不确定性原理"（Uncertainty principle）。——译者注

元气，也渴望被它所立足的根基紧紧地攫住。（如果哈姆雷特拥有莎士比亚那样的"消极能力"，他可能会活着成为福廷布拉斯所宣称的优秀国王。）

放弃确定性转而赞美神秘和怀疑，就是从傲慢中退出，站在乐于接纳和倾听的角度，获得一个既脆弱又裸露的位置。和泉式部的一首短歌表达了类似的认识。这首诗大约创作于公元1000年，日语原文有31个音节，它赞成甚至邀请济慈所宣称的"非稳定性"和"喧嚣"进入诗中：

> 这里的风虽然
>
> 刮得猛烈——
>
> 但月光
>
> 也从这间破房子
>
> 屋顶的木板间漏下
>
> ——和泉式部
>
> （英译者：Jane Hirshfield & Mariko Aratani）

和泉式部的诗提醒读者：只有内外通达，万事俱备，月之美和佛教徒式的觉醒才会降临到一个人身上。渗透必须持久而非暂时。如果坚固的自我防卫之家被攻破，我们不会知道将会有什么进入；而任何人都不会自愿寻求毁灭。尽管如此，屋顶木板间的缝隙——既非指定的门，也非预期的窗户——才是月光通过的缺口。

我们倾向于认为：好诗会保存和传递一些知识，通常是来之不易的知识。就和泉式部的短歌而言，诗确实做到了这一点。然而，诗歌往往诞生于认知与确信的断裂处——它不是在理解中开始，而是在与任何到来之物自愿的、不设防的相遇中开始。一个追寻答案的人也是一个被问题困扰的人；诗人的传记就像神秘主义者的传记一样充满了灵魂的暗夜。波兰诗人安娜·斯维尔什琴斯卡[1]（在一些英文译本中被称为"安娜·斯维尔"）坚定而直接地描绘了根本无法回答问题的荒凉：

诗歌朗诵

我蜷缩成一团
像一只
发冷的狗

谁能告诉我
为什么我会出生，
为什么这个怪物
会称之为生命。

---

[1] 安娜·斯维尔什琴斯卡（Anna Świrszczyńska，1909—1984），波兰女诗人，代表作《建造街垒》等。——译者注

电话铃响起，我不得不

前去朗诵。

我进入。

成百的人，成百双眼睛

他们看着，他们等待。

我知道为何如此。

我应该告诉他们

为什么他们会出生，

为什么如此的怪物

会称之为生命。

——安娜·斯维尔

（英译者：Czesław Miłosz & Leonard Nathan）

无论是以个人的方式（主要是抒情诗的任务），还是以文化的方式（叙事诗的任务），诗歌往往是对情感平衡和形而上学平衡的恢复。然而，要做到这一点，一首诗需要在它的语言中保留一些不平衡，还应包含当它完成之后遗留下来的令人不舒服的剩余物和不可溶解的残留物。混乱和破碎必然是人类整体的组成部分。安娜·斯维尔的诗几乎全部都是剩余物。它拒绝任何诗性智慧的理想化，拒绝任何变形的抒情结尾，它像开篇那样收束。然而这首诗完成了一首好诗应该完成的任务：提高了人类的参与意识。它对抗孤立和无意义，它不提供除开它自身存在之外的任何替代品。于我而言，斯维尔的诗确实带来了相当大的慰藉，而读者从诗中所感受到的满足则来自这首诗对悲伤、困惑和无法理解或超越的共性的提醒。这首诗借鉴了喜剧常用的策略，即承认事实，从而使绝望变得更轻盈，也更容易承受。它通过表现出对事实真相的绝望来达到这一目的：它是任何自觉而清醒的生活的试金石。

和泉式部的短歌初看之下与这首诗并无不同——如果读者不赋予风和漏屋以全部重要性和严肃性，那么这首诗的月光就没有任何意义。在这些诗歌中，正如在生活中一样，不确定性和慰藉之间的关系不可弥合，它是一个多出的"也"。这就足够了！华莱士·史蒂文斯称写作是一种自我保护行为，是想象力压倒了内在迫切的现实。这与其说是一种冷静的智慧，不如说是一种巧妙的诡计，一种魔术般的语言"合气道"（aikido）。尽管如此，书架上最宁静的作品仍与山鲁佐德所讲述的故事一脉相承——艺术通过创造美、迂回和悬念来避免破碎和死亡。萨特对天才的定义是：天才不是一种天赋，而是一个人在绝望之时发明的逃避。

恐惧似乎是造就文学的沃土。有史记载，最早的历史作家是恩西杜安娜（Enheduanna），她赞美女神伊南娜（Inanna）的许多诗作都创作于一场野蛮的苏美尔战争中。四千多年后，弗吉尼亚·伍尔夫也提到了诗歌的作用。在《到灯塔去》的中心部分，伍尔夫描述了时间对于赫布里底群岛上拉姆齐夏日别墅的影响——那栋房子与和泉式部诗中的房屋相似，即将毁掉，无人探访，无人打理，墙纸松动。包裹野猪头颅的披巾一角接一角地飘散，最后四散而去，终获自由；窗框、灰泥和屋顶木瓦都顺应自然。而在被括号括起来的简短句子中，一系列真相被揭开，每一封小小的电报都会中断房子的日渐破旧和衰败——家庭的长子安德鲁在第一次世界大战的战场上被炮弹炸飞；女儿普鲁结婚后死于难产；伍尔夫只用了一个短句来描绘拉姆齐太太之死。一个更随意的信息也随之出现：拉姆齐家的房客——诗人奥古斯特·卡迈克尔获得了意想不到的成功。小说这样解释："人们说，战争重新唤起了他们对诗歌的兴趣。"

一首抒情诗并不能解决任何外在困境，几乎没有诗歌能解答任何实际问题，也没有一首诗会将一块松动的屋顶板重新固定在房屋上。正如奥登在《悼念叶芝》中所写的那样，"诗不会让任何事发生"。然而，当危机需要与和人类生命共存的混乱、无序以及丧失的恐怖展开谈判协商时，诗歌就会转向，就像需要光合作用的植物转向太阳。

如何命名诗歌的慰藉力量之所在？我们在安娜·斯维尔的诗中已经找到一部分答案：好的诗歌既产生于与他者之间的联系，又锻造这种联系感。通过最简单的方式认识他人隐喻的、叙述的和富有想象力的表达行为，在这一过程中，你会发现自己这一生中少了孤独，多了陪伴。另一部分答案可能是中世纪炼金术士所说的"溶液"（solutio）——无论是在物理学领域还是形而上学领域,都可以通过让事物更具流动性,而让它变得可被操作和可被转化。我们称一件困难之事"难以应付",称一个数学题的答案是"已解",那么一首好诗则是一种溶剂,一种灵魂防锈剂。这就是亚里士多德所说的"净化"的功效。去感受自己被感动,这本身就扩展了自由;外在环境并非定义自我的唯一条件,当想象出现时,外部的封闭圈就会被打破。普里莫·莱维[1]曾描述过他在奥斯维辛感受到的兴奋,当时他和一名狱友被派去取中午的汤,他试图为同伴复述和背诵一首但丁的诗篇(因为他们操不同的语言,所以几乎不能相互沟通)。在这几分钟里,尽管时间极短,但两个人都感到某些完整的人性被重新复活。

诗歌慰藉之力的另一个面向也与"溶液"(solutio)有关——一首好诗能提供不断递增的微妙。"微妙"(subtlety)的词源是"编织"(loom-woven)。如果一种思想既纹理精细又范围广阔,还能将多重迥然不同的品质带进一个全新、统一、可用的整体结构之中,那么我们就能称之为"微妙"。不确定性是微妙的必要元素:被编织的事物既存在分歧,也需要分歧。在对微妙的反应中,一个善于质疑陈述和感受,

---

[1] 普里莫·莱维(Primo Levi,1919—1987),犹太裔意大利化学家、小说家,纳粹大屠杀的幸存者,曾被捕并关押至奥斯维辛集中营11个月,受尽折磨,直到苏联红军在1945年解放了这座集中营,他才重获自由。其在1948年出版的处女作《如果这是一个人》即是纪录他在集中营中的生活。——译者注

并以交织缠绕的方式发表陈述和表达感受的心灵，以它自身的潜在之力、对立面和延展将思想缝合在一起。语言天生就微妙而多义——如果语言不能唤醒自己的力量，那么什么是好的诗歌？即使是那些看起来在冒险说教的诗，只要是好诗，在意象、隐喻、音乐性和修辞上呈现出来的另类才智都会抵消确定性的主导力量。人们对语言技巧的认识远远超出了文学的范畴。物理学家尤利乌斯·罗伯特·奥本海默曾说过："风格是行为对不确定性的尊重，最重要的是，风格是权力服从理性的方式。"

微妙之思将它的主体从预期和假设中解放出来，从傲慢和自以为是的真实中解放出来。在精确与不精确、正确与错误、是与非的分类中，微妙走到一边，如庖丁解牛般在认知范畴中完成切割和划分。然而，微妙的开放性不能与模糊混为一谈。这又让我想起了另一段有关物理学家尼尔斯·玻尔的对话。在一次演讲之后，玻尔谈到了互补性。后来一个听众问道："什么是客观现实的补充？"玻尔答道："清晰。"

清晰是一种可以广泛观看到和感受到的真实，超越了我们对它的一般性认知与理解。清晰是对一首好诗的赞誉，正如在所有优秀的诗歌中我们都能发现专注、精确和对微妙的渗透。有些诗根本无法从语法上解析，却又无比清晰。玻尔意义上的清晰与可理解、可解释的客观事实之间的区别，正如一只鲜活的蓝闪蝶与一个被钉在展示台上的蝴蝶标本之间的区别。死去的蝴蝶之美正在于它本来的样子，即使是一幅省略了一切的黑白水墨素描，也可能会保留昆虫原始的活力。（然而，我们不得不承认：反过来解释也同样合理。玻尔认为，现实过于复杂以至于无法被任何清晰的理解所俘获。这两种理解都具有吸引力，都能阐明不确定性的范围。）

当沃尔特·惠特曼将一种被表格和数据所吸引的狭隘的学术认知，与一个"不负责的"自我的观看方式进行对比时，他是以另一种方式指出了清晰观察的活力和本质上的不可捕捉性：

当我听那位博学的天文学家的讲座时[1]

当我听那位博学的天文学家的讲座时，
当那些证明、数据一栏一栏地排列在我眼前时，
当那些表格、图解展现在我眼前，要我去加、去减、去测定时，
当我坐在报告厅听着那位天文学家演讲，一阵阵热烈的掌声响起时，
很快地我竟莫名其妙地厌倦起来，
于是我站起来，悄悄溜了出去，
在神秘而潮湿的夜风中，一次又一次，

---

[1] 此诗的翻译参考了罗良功译本。——译者注

静静地仰望星空。

——沃尔特·惠特曼

正是通过微妙，一首好诗既能回答不确定性，又能包含不确定性。下面是米沃什早期的一首诗，写于立陶宛的维尔纽斯。这首诗完全不同于惠特曼的诗，却给读者提供了一种清晰可辨的似曾相识的体验———一种明显的生命之延展。人类对丰盈和真实的认知往往相对固化和简单，而在这首诗中，随着对这一固定观念的释放和对复杂认知的打开，一种缓慢而深沉的呼吸来临了。

偶遇

拂晓时分我们驾着马车穿过冰冻的田野。
一只红色翅翼从黑暗中升起。

突然，一只野兔从道路上跑过。
我们中的一个用手指着它。

那是很久以前的事了，现在他们已消逝，
那只野兔，那个做手势的人。

哦，我的爱，他们在哪里，他们将去往哪里？

那只闪光的手,移动的痕迹,卵石的噗噗声。

我问,不是由于悲伤,而是感到惊异。

——切斯瓦夫·米沃什

(英译者:Czesław Miłosz & Lillian Vallee)

  这首诗记录了鸟、野兔和一只伸出的手,而在这些背后是稍纵即逝的残忍。为了解决问题,米沃什没有提供超越他特有的拯救姿态之外的任何东西:他仍紧紧扼住"记忆"。核心的两难困境无法解决:时间剥夺了我们所知所见的一切,认知者与观看者也难以幸免。尽管如此,这首抒情小诗却带来了巨大的慰藉,并以一种半回答、半提问、半开窗的方式表达了对这片充满不确定性的大地的尊重。它的"回答"是对特殊性和记忆的尊重。它提出的问题显而易见——"哦,我的爱,他们在哪里,他们将去往哪里?"这扇窗避开了精确的引用,敞开着但并未显现,它可能是一片冰封的冬日原野上的风景和一篇平实的报道所使用的措辞,在转向最后一节直接的呼格语法时,在某种程度上也转变成了一种柔情,这柔情超越了常见的悲伤和丧失。这首诗并没有通过简单的抗议来削弱时间的掠夺——相反,它是一辆行驶在自我之外的马车,就像惠特曼步出演讲大厅来到群星的照耀下。

※※※

好诗的创造需要控制，也需要熟练的技艺和轻巧之手。真正的艺术活在占卜的骨头和骰子之间。也就是说，它存在于勘探和地质断层线上，与我们生活中可知、未知的方面，以及我们处理问题的精神和工具息息相关。我们沿着这条线，以整个身体和全部生命瞄准，然后放手，将我们献身于这次投掷。

根据魔术师、魔术历史学家雷基·杰伊的说法，在埃及墓葬中发现的六千年前的骰子可能已经被摆放好。早期占卜所用的骨头和骰子虽然都是由踝骨制成，但掷骰子和占卜在心灵中所起的作用并不相同。占卜，无论其前提多么原始和简陋，都是科学的开端，是用以观测的实验器具，经受住检验的骨头是为了寻找答案，为了探寻一个可验证、可预测的世界。

甲骨文是文字书写的开端——在中国神话的天庭神殿中，预言之神也是创造文字之神，在希腊神话中同样如此。现存最早的抽象标记刻在骨头上，这些手工艺品至少可以追溯到一万五千年前（也可能是四万年前）。想象"发现的时刻"很容易：当一个人想要丢弃一根股骨或肋骨时，他会注意到狩猎用斧头上留下的痕迹，或者可能注意到切割过石头的刀留下的一排凹痕和剐痕，于是他决定在这些图案上再添上一笔。人类的骨头因其坚硬的钙质而能在陆地上快速移动，而在人死后，骨头会转变成一种完全不同的东西：一种记录的方式，因为骨头既可携带又能持久保存。骨头白色的表面成为第一张闪闪发光的"纸"。

赌徒的骰子则不同：它们不寻找通向知识或记录的道路，而是寻找风险。它们被勇敢地抛入不确定性之中，并等待一个答案。骰子身处感觉地带，而非事实领域。面对未知的事物，赌徒的反应是接受它，好像机遇能以某种方式被抓住、被吸引、被迷惑和被欺骗。转动轮盘，下注，碰运气，我们参与没有把握的事，希望能改变命运。

赌博在包含不确定性的同时，也在追求不确定性的体验。诗歌也是如此。运气和灵感即使不是双胞胎，也应该是兄弟或姐妹。运气是一种优雅的状态，当它拥有自己的意志力时，我们则称之为"机遇"：我们会感到有一只手正在为我们转动骰子。缪斯女神的微笑也是如此。灵感来了又走，全凭她自己的意愿和兴致。

诚然，如果骰子真实，那么连续掷出幸运数字只是概率法则在发挥作用。但在心灵深处，这种现象也会产生自己的共鸣。研究人类决策过程的神经生理学表明，不确定性的等级越高，在成功解决问题时，大脑中由多巴胺驱动的愉悦反应就越强烈。因此，每一种人类文化都发展出了赌博的嗜好也就不足为奇。在进化过程中，与未知和随机保持某种积极关系会发挥作用——无论是寻找食物还是寻找配偶，面对延迟和不确定性时，都需要一定的适应力和恢复力。

面对未知似乎是人类生活中的一种养分，就像某些氨基酸一样必不可少。如果没有它，未经考验的自我就会进入睡眠、沮丧、无聊和恍惚。诀窍就在于，如果我们是那些拥有选择特权的人，那么我们就应发现何时以及多大程度上允许随机、混乱和不可知进入我们的生活。这也是一个平衡问题。被难以理解的世界所支配的孩子，需要安慰；而在熟悉的环境中，停滞不前的成年人可能需要相反的刺激。在一切都没有更新或改变的情况下，经验的储备将得到确认，但不会扩展。无论我们所寻求的是思想上、情感上还是技术上的革新，边缘和边界都是艺术、科学和日常生活经验中的多样性和变革之所在，正如在生态区一样。太过熟悉的事物不会引起人们的注意，太过新鲜的事物根本无法被理解。

无法确保结果的追寻本身就是一种与生俱来的、自相矛盾的愉悦，这种愉悦使作家或画家即使不能获得外在回报，也能坚持多年。下注时怀揣的希望和失败所引发的肾上腺素风险，本身就是诱惑的一部分。任何真正寻求发现的艺术家，就像任何寻求不平静生活的人一样，必须甘愿站在危险之路的中间——门后可能有一位女士，也可能有一只老虎。

我想起了老虎爱好者博尔赫斯的一篇小说。《巴比伦彩票》的叙述者描述了这样一个社会：彩票已经超越了它通常的形式，扩展到了生活的方方面面。抽到的彩票既能使人走向富裕，也可能使人陷入贫困，影响他们的社会身份和经济地位。一个人可能会像抽签决定的那样，从总督变成奴隶，从盗贼变成牧师。负责彩票业务的公司的运作不可见，其实那个世界与我们的世界一模一样，只不过是被精简压缩的，充满着大起大落，正如叙述者所说，"充满了偶然性"。他说，"我已经知晓希腊人所不知道的不确定性"，这句话充满了骄傲。那些认为公司是虚构的人则被认定为异端和傻瓜；对于博尔赫斯想象中的巴比伦人来说，一个由秘密代理人统治的世界比一个不是由它们所统治的世界更有生命力，更令人神往。去感受就是去冒险，去冒险就是去感受。

◇

就像猎杀动物既是为了挑战也是为了获取肉或毛皮一样，艺术杰作也是通过混杂的方式进入这个世界的。伟大的绘画、戏剧、小说、诗歌，部分源于天赋，部分源于努力，部分源于训练，部分依赖于文化背景；但也有部分依靠运气，部分依靠灵感，部分取决于造物主愿意赐予他或她机遇。变化的各个阶段都充满了机遇。

从小行星碰撞到基因转录的错误，进化被偶然、事故、错误所驱动。抄录错误也会在诗歌中出现。每个作家都有过这样的经历：想写下一个词，却又出人意料地写下了另一个，然后马上意识到这个"错误的词"更好——它更准确，更令人惊奇。在节奏和格律中工作，也就是怀着同样的期望掷出语言的骰子。一个陈述在不知道它将指向何处的情况下被提出，然后，这一行的结尾词必须从所有可能的词库中召唤出一个与自己相似但又不相同的词。与自然界的生命一样，通过不完美的复制，思想会朝着意想不到的方向发展；不确定性既被追求又被遏制。这个过程甚至延伸到印刷

错误。小说家马尔科姆·劳瑞[1]就写下了一首与此相关的短小而完美的诗,这是他一生中最后一部作品:

奇怪的打印[2]

我写的是"在我们出生的黑暗洞穴里"。
印刷工将它变成"酒馆里",这看起来更好。
但这里有我们欢乐的主题,
因为在下一页上,"死亡"变成了"缺乏"。
也许是上帝的词语被分散了注意力,
对我们奇怪的打印来说,这就是毁灭,
这就是痛苦。

——马尔科姆·劳瑞

好诗蕴含着多重难以捉摸的知识,任何其他形式都无法像诗这样言说。诗的言说充满共振与芳香,同时在多个方向上穿行,摆脱了狭隘的抽象和具象,如生活本身一样丰富。

---

[1] 马尔科姆·劳瑞(Clarence Malcolm Lowry,1909—1957),英国诗人和小说家,以小说《在火山下》(*Under the Volcano*)而闻名。——译者注
[2] 在这首诗中,诗人描绘了词语和诗句在印刷过程中遭遇的改动或印刷错误。英文单词中一个字母的变动就会让一个词变成另一个词,然而中文翻译很难呈现原诗中因词语的细微改变所带来的新奇效果和剧烈的诗意变动,所以将原诗抄录如下,方便读者更直观地理解作者原意:STRANGE TYPE I wrote "in the dark cavern of our birth."/The printer had it tavern, which seems better./But herein lies the subject of our mirth,/Since on the next page death appears as dearth./So it may be that God's word was distraction,/Which to our strange type appears destruction,/Which is bitter.——译者注

这就是抒情诗充满反讽的原因，正如劳瑞的诗一样——好诗削弱了自己言说一件事的渴望，因为仅仅言说一件事远远不够。单一性和过度的确定性既令人厌烦又令人恼火；如果有人认为人类能够知道何为正确或者一个普遍真理如何可能，那么这样的想法就冒犯了真实世界的真正复杂性。葡萄牙诗人费尔南多·佩索阿以阿尔贝托·卡埃罗（Alberto Caeiro）为异名创作的一首紧凑的四行诗成功地捕捉到了这一点：

他们和我谈到人和人性

他们和我谈到人和人性。
但我从未见过人，或人性。
我见过各种各样的人，他们的不同令人吃惊，
每一个都被无人的空间分开。

——费尔南多·佩索阿

（英译者：Richard Zenith）

每次读到这首诗，我都如释重负。这是惠特曼走出演讲厅的情景，或是耶胡达·阿米亥对同一冲动更当代化的诠释：

巨大的寂静：问题与答案

在明亮得令人痛苦的礼堂里

人们谈到宗教

在当代人类生活中的位置，

谈到上帝在其中的位置。

人们的声音越来越兴奋，

像是在机场里。

我离开了他们：

我打开一扇标有"紧急出口"的铁门，

然后进入一片

巨大的寂静：问题与答案。

——耶胡达·阿米亥

（英译者：Chana Bloch）

※※※

过度的确定性正在对人类和地球的延续构成越来越大的威胁，在这样的世界里，诗歌如何以恰当的谦逊和机智来言说？在这个世界中，即使最后一个问题已经得到了回答，每时每刻仍然都需要一个特定的新问题，那么我们该如何准确地看待和尊重这世界？我认为有四种基本策略。一种是马尔科姆·劳瑞诗中提到的具有破坏性的分散注意力。我们起初可能会认为这是一种拒绝行为，一种在黑暗中吹哨的行为，但从更温和、更全面的角度来看，这是一种生存的选择：选择一种"仿佛"的生活，继续处理生活中大大小小的事务，继续爱情和工作，享受清理床单和慢炖汤带来的乐趣。这一策略展现出描绘头骨的荷兰名画与描绘冬季村庄的风景画之间的区别。溜冰者在池塘里厚厚的冰层上玩耍，无论池塘的冰面下有什么，快乐都在上面。正如生命中每时每刻的行为一样，大部分诗歌都属于这一类。它们不关心确定性或不确定性，它们将注意力投向别处。然而，正如所有优秀的艺术所做的那样，它们也会屈从于不确定性更广泛的指令：它们不会过分坚持，它们的美在歧义的明暗对比中形成，它们的窗户敞开，它们的溜冰者在易融的冰面上滑行，并与自己的影子为伴。

第二种策略是直接，是一种开放性的协议——与事物的现状和平共处，热爱这个短暂的、易犯错的、脆弱的世界。2001年9月11日之后，最新一期的《纽约客》上就刊登了这首《尝试赞美这残缺的世界》，它采用了直接的手法，这种手法不可思议的恰如其分。它这样开篇："回想六月漫长的日子，／野草莓，滴滴红葡萄酒，露珠。／流亡者被废弃的家园里／荨麻有条不紊地疯长。"亚当·扎加耶夫斯基[1]的诗句写于恐怖袭击之前，然而，这首诗表现出的在毁灭中的脆弱的柔情恰恰是那些令人震惊的日子所需的良药，是极

---

[1] 亚当·扎加耶夫斯基（Adam Zagajewski，1945—2021），波兰著名诗人、小说家和散文家，波兰"新浪潮"诗歌的代表人物。主要作品有《炽烈的土地》《欲望》《尝试赞美这残缺的世界》等。——译者注

端派恐惧的解药。很少有诗歌能像这样迫切地渴求对无法理解的知识作出某种可以言说的回应。

罗马诗人贺拉斯的一首抒情短诗为这种直接而非简化的接受立场提供了例证：

《颂诗集》第一部第二首

琉肯，不允许任何人知道他的命运

不是你，也不是我：不要问，不要在茶叶或手掌中

寻找答案。无论发生什么，都要忍耐。

这可能是我们最后一个冬天，夜可能还会有

更多，在托斯卡纳海撞击这些岩石：

做你必须做的事，变得明智，割断你的藤蔓

忘掉希望。时间流逝，甚至

在我们谈话之时。抓住现在，未来只属天意。

——贺拉斯

（英译者：Burton Raffel）

值得注意的是，这种直接的策略经常出现在孩子们一生都会持续阅读的书中。E.B.怀特的小说《夏洛特的网》（*Charlotte's Web*）既向孩子介绍了可怕的死亡观念，也描绘了通向死亡的不可和解之路。这里没有超级英雄永生的假象，也没有永远逃避的幻想。小猪威尔伯总有一天会死去，就像

它的保护者夏洛特也会死去一样。但生命的周期是既定的，挚爱同伴的存在、激情、热爱、丰富的想象力，这些都极为重要；在短暂的时间里，保留空间，让生命继续，忘却死亡，因为在一段受魔咒控制的时间里，我们必须完全忘却生命会终结这一事实。

第三种策略已经在和泉式部的短歌中有所体现，那就是将不确定性变成家园——这种策略就像在雨中站得太久，湿透了的人会重新变得温暖起来；或者，即使没有变得温暖，至少也要湿透到没有理由再去寻求庇护。许多当代诗人都在意义的不确定性中写作，最令人心碎的例子无疑是保罗·策兰。他的母语是德语，但他的"后大屠杀"诗歌是用他所感到的"死亡的语言"写出的，这些诗从德语中崩裂出来，变成了一种破碎的、不可能的言说。策兰形容自己拥有一张"真正结巴之嘴"，而这个世界是"被结结巴巴地讲过之后"剩下的残余物。

> 再没有沙的艺术，没有沙书，没有大师。
> 没有什么被骰子赢回。多少
> 哑了的？
> 十七个。
>
> 你的问题——你的回答。
> 你的歌，什么是它知道的？

> Deepinsnow,
>
> > Eepinnow,
>
> > > E—i—0. [1]
>
> > > > ——保罗·策兰
>
> > > > （英译者：John Felstiner）

这首诗除了那精确得令人费解的数字"十七"之外，其他部分完全不确定。诗将自己从存在中抹去，然而这种抹去本身如此强大，以至于它以不可磨灭的力量将自己铭刻在记

---

[1] 此诗为王家新所译，出自王家新随笔集《雪的款待》。王家新在文中这样解读："以上中译转译自费尔斯蒂纳的译文，并参照了德文原文。最后一段没有翻译，是因为无法翻译。第一句 Deepinsnow，策兰把三个词压在一起，可译为'深陷于雪'，但第二句就拆解去掉了 Deep 中的 D 和 Snow 中的 S，最后则只剩下三个单独的孤立无援的 E—i—0。如果说它表达了什么，它只是表达了一个人'深陷于雪'时的那种愈来愈绝望的呼喊。费尔斯蒂纳的英译，既使在韵律上也没有牺牲原文。这一段的德文原文为'Tiefimschnee, /Iefimnee, /I-i-e'。策兰拆解了字词，但又保持了韵律，为了给他的绝望押韵？……策兰对一个诗人的语言困境的体验更深刻、也更难以言传了。'多少／哑了的？／十七个。'据说犹太教礼拜仪式中心一般由十八位祷告者组成。还有一位没有哑。但他从深陷的雪中发出的呼喊也几近一种谁都不懂的哑语！'没有什么被骰子赢回'，则显然是对马拉美的名诗《骰子一掷》的一种回应。马拉美当年对掷出的语言还有着一种信念。但到了策兰，除了死亡和虚无，再无别的'大师'。'再没有沙的艺术'，则让人联想到策兰自己早期的作品《骨灰瓮之沙》。他再也不可能像以前那样写作了。的确，那来自奥斯维辛的'死亡大师'似乎已摧毁了一切，包括文学与诗。……他之所以对语言进行如此的挑战，不仅迫于表达的困境，也正出自他这种至深的体验。'你的问题——你的回答。'问题是没有回答，越是追问就越是没有回答。在策兰的中后期，他愈来愈深地进入到这种'回答的沉默'里。不过耐人寻味的是，'深陷于雪'的后期，恰恰是策兰创作最丰富的时期，从1963年到1970年，他出版了四部诗集，并在自杀前编定了诗集《雪部》。可以说，'深陷于雪'之时，也正是他重新发现语言的时候。"——译者注

忆中。这首诗的英译者约翰·费尔斯蒂纳（John Felstiner）的联想和解读尤为关键。据他推测，十七个哑巴可能是"十八减一"，这一点至关重要，因为在希伯来数字命理学中，第十八个是"活着的"那一个。无须特殊的知识，我们就能感受到那些未被标记的骰子所产生的共振，能感到最后一个深陷雪中并被自己的言说所埋葬的短语对我们的猛烈冲刷——但令人不寒而栗的是，这个在德语中被缩减得只剩下元音的单词在希伯来语中已不复存在。众所周知，在策兰的生命中，沉默最终占据了上风——1970年，策兰自溺于塞纳河，享年49岁。但传记和艺术并不完全相同。策兰的诗流传至今，既坚决拒绝对确定性的轻松言说也拒绝沉默。

也许，所有好诗都能说出它可说出的一切，同时也包蕴着那些让它们成为好诗的"不确定性"。引人注目的是，诗如何接近我们所经验到的摇摆不定的、脆弱的真实？在一首诗中，解决之道可能是被神秘和阴影所调和的精神振幅；而在另一首诗中，解决之道可能是绝对基础和简单的事物。我相信，这是诗歌处理我们生活中根本的不确定性的第四种策略：只忠实地言说当下的事物。一个一无所知的人可以看看眼前有什么：十个手指，十个脚趾，呼吸的体验，一把椅子。佩索阿以这种清醒的、观察感知的姿态写下了许多诗篇，诗中任何一种观念都被认作仅仅是一种观念，因此与现实无关。如同前面提到的那首诗一样，他的大多数诗歌抽象地处理这个概念；以下几首诗向我们提供了一个小小的示范，说明以这种方式生活可能会是什么样子。

这可能是我生命中的最后一天

这可能是我生命中的最后一天。
我举起右手向太阳挥手，
但我并没有挥手告别。
我很高兴还能看到它——仅此而已。

——费尔南多·佩索阿

（英译者：Richard Zenith）

捷克诗人米洛斯拉夫·赫鲁伯[1]的《母蝇》也是一首简单记录和想象当下的诗。它以间接但出乎意料的力量来处理不确定性——正如任何一首忠实地描绘现实的诗所必须的那样：

母蝇[2]

她坐在一根柳树干上

注视着

---

[1] 米洛斯拉夫·赫鲁伯（Miroslav Holub，1923—1998），捷克著名诗人、作家，同时也是一位著名的免疫学专家。——译者注
[2] 此诗的翻译参考了崔卫平译本，参见耿占春主编《外国精美诗歌读本》，山东友谊出版社2009年版，第340页。——译者注

克雷西战役的残余战场，

那些呼喊

喘息，

呻吟，

沉闷的脚步声和倒塌的轰鸣。

在法国骑兵

第十四次猛攻期间

她和一只来自瓦登库尔的

棕色眼睛的公蝇

交配。

她摩擦着所有的腿

当她坐在一匹开膛破肚的战马上

沉思着

苍蝇的不朽

她轻松地落在

克莱沃公爵

青灰色的舌头上。

当沉默降临

只有腐朽的低语

轻轻地围绕那些尸体

仅仅是
手臂和腿
轻轻地围绕那些尸体。

只有
几条手臂和腿
仍然痉挛地抽搐

她开始在
约翰·乌尔
皇家军械师
仅存的一只眼里产卵

就在这时,她被
一只从埃斯特雷大火中
潜逃出来的雨燕
吃掉

——米洛斯拉夫·赫鲁伯

(英译者:George Theiner)

在整理这些想法时,我再一次求助于生物学家迈克尔·狄金森，他正在研究果蝇的决策过程。他这样回复我：

> 我认为不确定性的大小"U"可以很好地用数学公式来表达：
>
> U=abs [I/（C-B）]，
>
> 在这个公式中，I是我们能看到的一项决策所产生的影响，C和B是决策的成本和收益，而abs表示绝对值（我们决定做一件事所引发的焦虑与对我们决定不做这件事所引发的焦虑一样令人痛苦）。与影响的直接关系相当清楚——我们通常不会为无关紧要的事情操心。1号门还是3号门：影响很大。女士还是老虎：影响很大。"你要不要来点新鲜的胡椒粉？"：影响较小。分母更有趣；当任何特定行动的成本和收益的概念差异很小时，不确定性就会"爆炸"。中国人的菜单很难，因为很多菜几乎一模一样。我们拿着菜单点菜时遇到的困难很好地说明了不确定性的细微差别。我已经有一段时间没去麦当劳吃东西了，但在选择巨无霸汉堡而非四盎司牛肉汉堡时，我不记得我有多焦虑或多混乱。虽然成本和收益几乎相同，但对我的影响很小。然而当我在潘尼斯之家（Chez Panisse）挑选一道开胃菜时，我的大脑就会失灵。这是我吃过的最好吃的食物，机会有限，我不想错过这个机会。
>
> 至于昆虫，它们可能不会思考，但它们肯定会做出许多决定。我们所理解的行为实际上只是无缝衔接的一连串决

定：我应该和你交配吗？我应该在这里呕吐吗？我是否应该飞离这个拥挤不堪的烂桃，去寻找一个可爱的、没有其他昆虫盘踞的烂桃？苍蝇会果断地做出决定，不受记忆和怀旧情绪的约束。相较于六条腿的小福丁布拉斯，我们更喜欢哈姆雷特，因为他的不确定性与我们人性的根源如此接近。如果我们不被记忆和情感无奈地左右，我们就无法统计成本和收益。我们被不确定性搞得晕头转向，因为我们真的无法看清事物。我们的思绪飘忽不定，无法精准地扣动扳机。与《终结者》中会说出"后会有期，宝贝！"的阿诺德·施瓦辛格不同，士兵经受过专门训练去面对最痛苦的决定，他们必须学会像苍蝇和机器人那样毫无感情地确定地行动。

我的朋友并没有直接回应赫鲁伯的诗。鉴于他的研究，我只是询问他对一般的不确定性的看法，但是他对不确定性的阐释却无意中直接指向了这首诗修辞力量的来源。通过紧紧凝视苍蝇，赫鲁伯将场景的人性化表现得更加痛苦。诗中的客观描写如同酷寒一般冷冽清晰，而风景中未被提及的事物则从诗的边缘呼啸而过。战场上人们的痛苦和悲伤没有被提及，这是所有诗歌中不确定性的一种表现和一个面向（有时它以隐晦的措辞表达），这种不确定性以结构所需要的方式被编织进诗歌之中。如果一件作品由多个复杂的部分交织而成，那么必须通过作品所显露的开放性空间和连接点来理解和把握它。在那些未被提及或未被命名的事物里，一首诗的绝大部分内容发生了——诗不是在纸上完成，而是在作者或读者自身存在和同情的丰盈中完成。纸上的语言既不深沉也不悲伤——那些活在诗中的事物也同样活在我们的心灵之中。

说了这么多，我的中心意思其实很简单：成为人就是成为不确定性。如果诗歌的目的是深化我们的人性，那么诗歌也将是不确定的。通过多维度的陈述，通过环境和声音微妙的决议和非决议，通过开放而又充满共鸣的结论的引导，好的诗歌以更深远的方式帮助我们变得更加不确定。圣奥古斯丁谈到时间时曾说："时间是什么？如果没人问我，我是知道的。如果要让我解释，那我就不知道了。"我对诗歌中的不确定性思考得越深入，就越欣赏这句话。但事实是，我们不需要理解不确定性以及它们在我们的生活或诗歌中完成它们的使命和工作所需要的时间——我们需要做的就是践行它们，活在其中，经历它们，这才是我们不能回避的生活。

第六章

文本细读：诗的视窗

许多好诗都有开窗的时刻——它们改变了注视的方向，突然间打开了一幅意义和情感的广阔图景。与这样的时刻相遇时，读者会呼吸到一股新鲜的气流，就像现实中的窗户突然打开时，光、气味、声音或空气会成倍地涌进来，并被我们深刻地觉察和感知到。开窗的姿势是托起、解开和释放，这让心灵和注意力向新发现的远景敞开。

并非每首好诗都有一扇窗，我们不妨先从伦纳德·内森[1]的《坠落》(*Falling*)这首没有窗的诗开始。

坠落

无论你选择站在这个世界的何处，

那个地方，虽感觉坚固，

却是一个坠落之地。

---

[1] 伦纳德·内森（Leonard Nathan，1924—2007）美国诗人、批评家和翻译家，曾任加州大学伯克利分校修辞学名誉教授，诗集《给你回电话》曾获美国国家图书奖提名。——译者注

我在自己的房子里跌倒。一件被遗忘的，
黑暗之物，撞到了我的脚踝，
我因此摔倒。

有些坠落如此缓慢，直到多年之后
你才意识到自己的坠落。也许
仍在继续坠落。

——伦纳德·内森

虽然这首诗是诗人晚年之作，但仍能紧紧攫住读者的目光。诗的经验在每个诗节逐渐缩短的诗行中回荡，这经验是一种收紧、提炼和浓缩，如同走下绝壁般向前伸展："净化"与其说是从宣泄进入宽阔的过程，不如说是向不可避免的命运屈服。这首诗的效果如同我们正在凝视"越战纪念碑"光滑的大理石[1]，它能将失去作为历史事实映现出来——岩石般不可改变的事实超越了个人见解——并将自己的倒影与反思深嵌于这石碑之内。无论是在诗中还是在纪念碑中，在重力和时间面前拒绝退缩，会带来一种看似自相矛盾的慰藉：完全在场、应允和见证。

"窗口"创造了与众不同的纵身一跃。带来转向某种新

---

[1] 越战纪念碑由著名美籍华裔建筑师林璎（Maya Ying Lin）设计，作者此处的论述与本书第八章中对尤瑟夫·科蒙亚卡的诗作《面对它》的论述相呼应。——译者注

思维的可能性。这首诗停下来看向别处，在自我构建的领域和碑壁之外刻下一些内容，这种铭刻会发生在观念、意象和语言中。一扇"窗"可以被感觉的变化或修辞策略的转换所托起，可以被语法或伦理立场的转变所框定，可以被公开的陈述所打开，也能以几乎看不见的方式滑动。我所谓的"窗口"，无论大小，都会因它所激发的经验的延展而被我们辨认出来：诗的本质之所以发生变化，是因为它的视野变得更宽广。

奇怪的是，"诗的开窗"这个装置常常会伴随着"窗户"意象出现，其中一个例子是菲利普·拉金的诗歌《高窗》。在这首诗中，诗人怀着对社会习俗变化的苦涩沉思，突然转向窗外，诗的标题就源自这扇窗：

高窗

当我看见一对年轻人
并猜想他在操她，而她
在服用避孕药丸或戴着子宫套，
我知道这就是天堂

每一位老人这一生都梦想过——
将束缚和姿态推向一边
就像一辆过时的联合收割机，

而每一位青年滑下长长的滑梯。

抵达快乐,无穷无尽。我想知道,
四十年前,是否有人注视过我
并想着,那就是人生;
再也没有上帝,不用在黑暗中

为地狱之事焦虑,也不必
隐藏你对神父的看法。他
和他的一切都会滑下长长的滑梯
如自由的流血的鸟。顷刻间

高窗的思想来临,而不是语言:
那浸透阳光的玻璃,
在这之外,深蓝的天空,显示着
无物,无处,无穷无尽。

——菲利普·拉金

这无疑是现代诗歌中一种奇怪的顿悟。心灵从难以释怀的内心咒骂猛然间转向一个无人栖居的外部空间,就好像它突然听到了足够多的自己的声音,并中断了沉思。诗保留着松散的押韵,但最后一节,无论从字面上还是象征意义上,都变成了黑格尔式的转变或胡迪尼式的逃脱[1]——渴望逃到一个没有联系的地方，无论是生殖、精神，还是情欲层面的联系。在拉金笔下最终空旷的天空中，没有孩子在大街上肩并肩走着，没有长长的滑梯，没有流血或狂喜的鸟儿。这种偏转可被理解为一种超越人类困境的巨大飞跃，也可被解读成通过擦除一切而获得的赦免——我在阅读这首诗时会同时生出这两种理解，但究竟哪一种会占据上风，则取决于阅读时的精神状态。无论是哪种理解，结尾的意象都将这首诗投射到一道光亮和急剧变动的尺度之中：从联系中解脱出来的心灵陷入了沉默。

◇

另一首与之对应的是唐纳德·贾斯蒂斯[2]的诗作《小学生》，它也拥有开窗的时刻：

小学生

想象我，门口那个羞怯的小学生，
一只小拳头紧攥着可怕的车尔尼曲谱。
那时，时间依旧和谐，不是为了金钱，
我可以花一周的时间练习

---

[1] 哈里·胡迪尼（Harry Houdini，1874—1926），匈牙利裔美国魔术师，享誉国际的脱逃艺术家，能不可思议地解开绳索、脚镣及手铐，从中脱困。——译者注
[2] 唐纳德·贾斯蒂斯（Donald Justice，1925—2004），美国诗人。——译者注

入门的那一刻。

     然后鼓足勇气,
迈进去,在神秘的气味中穿行,
坐得笔直,怀着脆弱的信心
猛击着琴键,带着孩子气的兴奋!

不料竟忘了弹到何处,或忘了音调,
几乎怀疑节拍器出了差错。
(外面,车水马龙,工人回家),
仍继续按压着穿过肖邦或勃拉姆斯,
糊涂而狂野地同等热爱着
升C调的风暴,和C调的冷静。

——唐纳德·贾斯蒂斯

  这里的窗口并非这首诗要去往的目的地,也不是它欲表达的主旨。这首十四行诗最吸引人之处在于它敏锐地描绘了年轻人的艺术意图以及他们如何进入艺术领域。另一种乐趣是诗寓于形式和韵律中的弹性,犹如一首乐曲在精通它的人手中所生出的弹性,那是经由演奏者的触摸而非其他人的触摸所铭刻的印记。尽管如此,读到这首诗时,我总是被其中那句看似随意的诗句所引发的奇特力量所震撼:"(外面,车水马龙,工人回家),"这一行脱离了诗的中心焦点,进入了他者的世界。

这种观察被放置在括号之中。而在诗歌中，排印上的一时兴起会让人认为，某个与主题无关的想法通常就意味着它无关紧要，所以应该被删除。然而，如果读者没有意识到诗中自我空间之外的一切，这首诗就会大打折扣。车水马龙和上班族的加入提醒我们，艺术创作是一种奢侈的享受，而不是人类与生俱来的权利。许多人已经精疲力竭，许多人只能听到卡车引擎无休止的摩擦声和公共汽车刹车时的"升 C 调"。这句诗的加入提醒读者，这个小男孩为了追求美——进而延伸到成年诗人的生活——会付出怎样的代价。诗中早前的一个想法预示着这样一个主题："那时，时间依旧和谐，不是为了金钱。"这首诗探讨了生活和艺术中我们与美的关系，也探讨了我们与非美之物的关系——与恐惧、希望、失败以及令孩子困惑的性奥秘之间的关系，与节拍器、经济、责任之间的关系。诗中的小学生既觉醒于文本，也觉醒于"带窗的潜文本"，并充分领悟了并排栖居于琴键上的升 C 调和 C 调。

◇

有时，一首诗的开窗之处小得几乎看不见，然而寒气却准确无误地涌了进来。一个词对一首诗的最终体验和意义所产生的影响，就像一个环扣对一根链条的完整性所产生的影响。这也发生在艾米莉·狄金森的《我们渐渐习惯了黑暗——》(*We grow accustomed to the Dark*—)之中。在这首诗中，一系列心灵的细微调整和转变将读者引向令人眩晕的纵身一跃。

419[1]

我们渐渐习惯了黑暗
当光被收起
就像邻居拿着灯
目睹她的告别——

片刻——我们犹豫的脚步
迈向夜的新奇——
然后——让我们的视力适应黑暗——
迎接道路——笔直——

因此更大的——黑暗——
是头脑之夜——
那时没有月亮泄露征兆——

---

[1] 为了方便读者更直观地了解作者在本文中对原诗韵律的解读,现将全诗原文抄录如下:We grow accustomed to the Dark—/When light is put away—/As when the Neighbor holds the Lamp/To witness her Goodbye—//A Moment—We uncertain step/For newness of the night—/Then—fit our Vision to the Dark—/And meet the Road—erect—//And so of larger—Darkness—/Those Evenings of the Brain—/When not a Moon disclose a sign—/Or Star—come out—within—//The Bravest—grope a little—/And sometimes hit a Tree/Directly in the Forehead—/But as they learn to see—//Either the Darkness alters—/Or something in the sight/Adjusts itself to Midnight—/And Life steps almost straight.——译者注

或星星——闪现——其间——

最勇敢的人——一点点摸索着——
有时一棵树
直接撞上前额
但当他们学会看见——

无论是黑暗发生了改变——
还是视力的某些成分
调整自己以适应午夜——
而生命的脚步几乎笔直向前。

——艾米莉·狄金森

为了感受其他类型的诗学转换与我所说的"窗口"之间的区别，仔细阅读这首诗，并注意它的每个元素如何在头脑、新陈代谢和心灵中对它编排的经验进行启发、修正和充电，可能会有所帮助。我们通过诗歌独特的陡峭之感以及任何公认的逻辑或背景的转变，来识别诗的窗口，而"转换"则涵盖了诗歌中所有能改变注意力的或大或小的编排。这些不同形式的语言展开包括材料，重读和弱读，扩展，延续和改变，通过它们，艺术的结构和理解以及生活的结构和理解得以完成。命名它们需要一种近乎地震仪般的敏锐和警惕；不过，对它们的使用则是自然而然地拈来。在这一点上,我们就像莫里哀的戏剧《贵人迷》中的人物,惊讶地发现自己一生都在说着散文。然而,对于有经验的作家或心灵敏锐的读者来说,一生中有意识地进行两至三次这种修辞意识的自觉练习,会开启一种新的关系,让他们领悟经验以何种方式在创造性语言中生存。它在工具箱里留下了一排升降式的、可用来改变自身视觉和感觉角度的工具,它们正闪闪发光。

这首诗和狄金森的许多诗一样以一个常规的命题开头:"我们渐渐习惯了黑暗——/当光被收起。"接下来是一个明喻:"就像邻居们拿着灯/目睹她的告别——"这行诗携带着开放的抽象,在特定的情景和意象中加以呈现:从一所房子走向黑暗。因为这是邻居家的门,而非他自己家的门,所以读者感觉置身于一个陌生之地,而我们进入了一种微妙的内心位移。

这首诗的声音中也存在着一些不平衡——"away"是"goodbye"的不协和音,狄金森显然天生就讨厌诗的韵律过于整齐,这是她主动做出的艺术选择,而她的一些作品也证明了她完全有能力完美地押韵。她的诗似乎在说:敏锐与深刻并不等于让事物保持整齐,洞察力也并非通过驯化来实现。接着是灯的"目睹"——一种拟人化的行为,让光变得异常活跃,并参与到人类社交之中——然后说话之人就离开了。光广阔无垠,容纳了他者和生命;而夜是孤独,是不可知,是死亡。一个人被理所当然地送入黑暗,并给予祝福。

第二节延续了第一节的叙述。它的作用是巩固物质世界，使之更真实，更易被感知，使之成为诗歌跃向别处的跳板。我们现在已经忘记了我们正身处明喻之中：读者会感到自己的脚正在探测看不见的地面，感觉自己的身体在视野调整后变得更加笔直，更有勇气阔步向前。我们只是暂时失去平衡，然后又冷静下来。夜晚只是"新奇的"，这似乎是一种可控的黑暗。但这首诗的音乐性预示了别样的消息，预先阻止了轻易的结束。"笔直"（rect）是这首诗中最不易听见的韵脚，介于第一行的"step"和第二行的"night"之间。

"因此更大的——黑暗——/ 是头脑之夜——/ 那时没有月亮泄露征兆——/ 或星星——闪现——其间——"有了这些诗句，狄金森就进入了一个变动的地形。这种转变通过指令词"因此"（And so）实现。诗中的情势已经发生改变，因为诗人是这样向读者宣告的。甚至在我们读到将这种递增的黑暗命名为"头脑之夜"前，"更大"这个词就已经暗示了诗人所欲表达的真正主题即将出现。（这种奇怪但又能通过直觉识别的逻辑——内心生活比外部现实世界的生活更广阔——也出现在狄金森另一首著名的诗中："头脑——比天空更辽阔——/ 因为——将它们放在一起 / 一个能包含另一个 / 毫不费力——而且，将你也收入其中——"）

这首诗中的风景不再是邻居和夜晚，而是心灵的纵深。因此我们发现自己打开了这首诗的第一个窗口，并通过它观看：不是向外而是向内看。韵律也发生了变化：诗节的速度进一步加快，从先前在四音步和三音步之间的滑动，变成了纯粹的三音拍诗。三音步也成了诗中其余小节的基本步态。

将外部情势转化为一种内在的形而上状态，然后再用物理术语进一步描述：这种模式在狄金森的脑海中根深蒂固，甚至可以称之为狄金森诗歌基因密码的一部分。诗中一切事物（如月亮、星星和树），既普遍又极为特殊，既抽象又真实。狄金森的写作越怪异，我们就愈发喜爱她诗中的比喻意象，就像我们喜爱儿童读物中的人物一样。然而，这些被言说的事物往往会引起只有成年人才懂得的恐惧。我们读某些好诗正如孩子读某些故事，会理所当然地感到害怕。

第三节展开了一系列延伸，对诗所描绘的意象进行澄清、展现和拓展。"更大的——黑暗"被揭示为"头脑之夜"。然后，这抽象的夜晚被置于与时间相关的语法中，再加上"当"（when）这个词的使用，夜晚就变得更加真实。即使未被装饰的月亮和星星也在朝向现实性的方向努力：在想象力的修辞中，不在场的事物也出现了，它通过命名被召唤到心灵之中。

这首诗越深入灵魂的内部，它的描述就变得越具体、越现实。第四节在概念上十分简单——简洁的叙述继续走向尤为引人注目的阐释。这种转变很大程度上类似于音乐中"调"（key）的改变：这首诗从主观的"我们"（we）变成了第三人称复数形式更客观的声音:"最勇敢的人——一点点摸索着——"这种从语法上退回到更客观的超然状态的做法,在心理上和在现实世界中同样有效。这种转变为诗歌注入了客观的智慧:距离越远,视野越开阔。

第四节中"前额撞树"是这首诗中最生动的画面。然而,如果你在阅读这首诗时略去这些诗句,它深远的意义也并不会发生改变。生活中的灾难(我们仍处于隐喻的领域,并感到这样一个意象一定代表了什么)本身并没有教会我们去观看,它只是展现了黑暗的惩罚和盲目的危险。让我们学会观看的是"但"(but)这个词的引入。这个连词值得我们停下来思考。"但"用在这里指示着状况已经发生改变。这个看似很小的异议告诉我们,无论我们之前思考的是什么,都可能是真的,但它并不完整。在某一时刻,我们必须更加充分地重新进入思考。这首诗独特的"但"引出了一个复杂而多元的真相:一个人要想学会在黑暗中看清事物,就必须愿意冒险进入黑暗。然而,真正的"夜视"只有两种实现方式:要么外部环境必须变得明亮,要么眼睛和自身必须适应一个无法挽救的"午夜"。

这一段的音乐性如何?"树"(tree)和"看"(see)是这首诗中出现在预期位置的完全押韵的字,这种稳定性有助于意象的效果表达。然而,另外一种跨行(语法在两行诗和两节诗之间的延续)使得我们所听到的押韵比其他时候听到的更轻。这也使得这首诗的速度再一次加快,仿佛在向"但"

所允诺的更广阔的理解延伸。这个充满活力的连词被韵律进一步强调:"but"和"either"在各自的诗行中都以扬抑格的强音重拍而非诗中常见的抑扬格开头。

我称第三节为这首诗的"第一扇窗",但对我而言,狄金森诗歌中真正的窗口包含在迅捷的倒数第二个词"几乎"(almost)之中。它的作用如此隐蔽,让人感觉更像是一扇暗门而非一扇窗:"生命的脚步几乎笔直向前",在这近乎没有任何分量的"几乎"中,诗的确遭遇了阻碍,蹒跚而行。它的两个音节承载着这样一种知识:在我们的生命中,有些事不可挽回,不可恢复。

最后,两只不同的水桶在同一口井中分别打捞出了狄金森这首诗中和伦纳德·内森《坠落》中的"人类消息"——每一只桶都以一种可接受的方式容纳着人类脆弱性的毁灭。在《坠落》中,脆弱是一个明确而未被稀释的信息。而狄金森则将她的深渊推入了一个几乎不被人注意的领域之中,写进一份公开的延续声明里。不同之处在于,一首诗没有窗,另一首诗打开了窗。

※※※

所有的写作都蕴含这样的转换、拓展、逆转和改变。在一个句子的第一个词和第二个词之间,听者的心中会升起小小的、亟待被满足的期待。一篇文章偏向它的名词,一个名词向它的动词靠拢；一个介词会告诉我们心灵将在某时或某地被感动。文学语境中的任何陈述都会让我们感到惊奇：这陈述为何会被提出？它会引导我们走向何方？意象和叙述就像被种下的小种子。一首诗中的转变，尤其是能将诗中的思想向前推进的转变，有时显而易见，有时仅仅是通过语言的转换或意象的改变这些隐形的方式发生，就像电影中的跳切（jump cut）镜头。因此，诗的窗口在某种程度上总是意味着转变，而且是一种具体而特殊的转变，在这里，诗中的某些东西不仅被改变，而且它们的根基也被打破。正如狄金森的诗一样，窗口可以与诗的情感重心和枢轴相吻合，但也正如唐纳德·贾斯蒂斯的诗所显示的那样，它也不必如此吻合。诗之窗不仅仅是向下一步迈进，还能扩展空间和视野。

1996年诺贝尔文学奖得主，诗人维斯瓦娃·辛波斯卡不太擅长升起窗扇或转动窗把手，但在下面这首诗中，这种情况发生在语法的微妙转换中：

有些人

有些人逃离另一些人。
在太阳和云朵之下的
某个国家。

他们几乎抛弃了所拥有的一切，

已播种的地，一些鸡和狗，

火焰装饰的镜子。

他们肩扛水罐和行囊。

它们越空，就越沉重。

何事悄然无声：有人因疲惫而倒下。

何事大声喧闹：有人的面包被夺走。

有人试图摇醒一个瘫倒的孩子。

总有另一条错误的路在他们前面，

总有另一条错误的桥

横跨在红得怪异的河上。

在他们周围，枪声时近时远，

在他们上方，一架飞机似乎在盘旋。

一些隐身术会派上用场，

一些浅灰色的冷漠，

或者，更好的是，一时出神

更短或更长的时间。

一些事情仍会发生，只是在何地，是何事，

一些人会袭向他们，只是在何时，是何人，

以多少种形式，带着什么意图。

如果他可以选择，

或许他不会成为敌人，

而会让他们过上某种生活。

——维斯瓦娃·辛波斯卡

（英译者：Clare Cavanagh & Stanisław Barańczak）

辛波斯卡的作品完美体现了契诃夫对其哥哥的建议："如果你想感动读者，就要更冷静地写作。"在这一点上，她与伊丽莎白·毕肖普和菲利普·拉金并无二致，他们都是"冷静诗派"的实践者。值得明确指出的是，当表面的冷漠出现在优秀的诗歌中时，几乎无一例外总是被一些难以忍受的东西所笼罩——无论是热烈、悲伤、希望还是绝望。克制是一种保护性的甲壳，一种壁垒，防止你沦为纯粹的哭泣或愤怒。这种潜在的情感没有隐形，也没有被抛弃——我们看着它就像看着床单下的尸体。热烈的作家以强烈的抗议表达直截了当的激情（如聂鲁达、惠特曼或普拉斯）；这样的诗人是游击队员，他们选择或者被迫在战区用不标准的语言讲话。辛波斯卡经历了第二次世界大战和苏联占领后的漫长余波，她完全在场并充分感知，也许是作为一种幸存策略，她习得了科学家般敏锐的观察力和精准的描述。她的语言表面冷漠，其实是为了回应更艰难的生活本身的冷漠。辛波斯卡的写作是一种温度的校准，相较而言，狄金森的"几乎"接近沸腾。然而,任何机敏的读者都不会误认为辛波斯卡是一个没有浓烈感情的人。

这首诗中的"窗口时刻"与唐纳德·贾斯蒂斯诗中的截然相反。在《小学生》中,一切都是个人化的,诗的镜头拉近,直到我们的注意力被一个快速的转向带入他者的世界。在《有些人》中,镜头远远拉开,专注于观看和描绘一般性事物。从诗中所描绘的情景来看,这种疏远本身就令人悲痛。我们辨认出这是一种被缩减的声音:它是新闻短片,是记者对陌生人的悲剧投去的简略的一瞥。这就将人类的巨大危机非人性化,个人命运也被官方语言和冰冷的数据所掩盖。然而,这首诗并非完全抽象,它仍包蕴着足够多的细节,以确保痛苦的现实能被我们充分感知到,例如诗中提到了鸡群与瘫倒的孩子。当熊熊烈火在镜子里"装扮"时,是诗人做出的一种语言选择;当"隐身术"会"派上用场"时,又是诗人的另一种语言选择[1];此时,读者就会不由自主地对这首诗本身感到警觉。即使那些只能通过译文来阅读辛波斯卡的读者,也可以安心地相信:这并非麻木的语言。

然而,在最后几行,一般化被移开,在那一刻,辛波斯卡展示了恐怖的障眼之物,也展示了它的转移:

---

[1] 在赫斯菲尔德看来,"装扮"(preens)在英语中是一个非常正式和高雅的词,而"派上用场"(come in handy)则是非常随意和口语化的表达。赫斯菲尔德认为辛波斯卡在写作此诗时显然是有意(甚至是精心)挑选词语和组织语言。——译者注

> 一些事情仍会发生，只是在何地，是何事，
>
> 一些人会袭击他们，只是在何时，是何人，
>
> 以多少种形式，带着什么意图。
>
> 如果他可以选择，
>
> 或许他不会成为敌人，
>
> 而会让他们过上某种生活。

"如果他可以选择"——随着这句诗在语法上刀锋般的扭转，某些我们甚至没有觉察到的被压抑的意识迅速返回诗里。个体性进入诗中。它提醒人们注意，战争及其暴力是个人责任和个人选择。最纤细的希望之刃也随之进入。但紧接着，读者就被告诫不要抱太大期望——最后一行又回到了阴郁和一般化。尽管如此，随着小小的代词"他"的出现，人的能动性又回来了：伤害或不伤害的根本决定总是掌握在个人手中，它不能伪装成某种通用或集体的事物。这里的窗口与唐纳德·贾斯蒂斯的十四行诗中的一样，它改变了这首诗与道德之间的关系。简单地说，它将那个领域变成了清晰可辨的景色。英国哲学家斯图尔特·汉普希尔[1]在《天真与经验》(*Innocence and Experience*)一书中指出，一种文化的道德敏感性与其说取决于"道德"或"非道德"之间的区分，不

---

[1] 斯图尔特·汉普希尔（Stuart Hampshire，1914—2004），英国哲学家和文学批评家，牛津大学的反理性主义思想家之一，为二战后的道德和政治思想指明了新的方向。——译者注

如说取决于某些特定的问题——如奴隶制、对性取向和性行为的责难、某些权力的使用——是否被认为完全属于道德范畴。他提出了这样一种观点：我们生活中的道德，承担着透过一扇特定的窗户来观看的功能。辛波斯卡诗中不带感情但充满同情心的判断力的觉醒，往往正是通过这种基本道德立场移入和移出的转变而得以启动。这几乎完全是发生在意识之下，通过迅速而近乎无形的手法完成，这标志着这是一个诗人的作品，而非法学家的作品。

◇

当我们陷入内心的迷宫时，为了提醒我们他者的存在，主观生活是文学"窗口"的重要组成部分。它们使我们远离令人窒息的唯我论，使个人自我回归到与自我之外的事物之间的联系。它们引导我们回到某种整体感。在《李尔王》的第三幕中，这样一扇窗清晰地打开了。李尔王、肯特和弄人站在荒野里。首先，李尔王对着风暴讲话，他甚至无法将风暴与自我创造的主观条件分开哪怕片刻：

> 尽情轰吧！劈吧，电火！喷吧，雨！
> 风雨雷电，你们都不是我的女儿：
> 我不怪你们残忍，我从未将国土赐予你们；
> 未曾唤过你们"孩子"，你们没有义务顺从于我，
> 所以，你们尽管挥洒
> 你们可怕的神威吧！我立在此地，是你们的奴隶，

> 一个贫穷、孱弱、遭人鄙视的老头子：——
> 但我仍然要骂你们是卑鄙的帮凶，
> 因为你们也滥用上天的威力，
> 帮助那两个恶毒的女儿，攻击我
> 这样的老人。啊！啊！这太卑鄙了！

不久之后，李尔王站在茅屋门外，拒绝和其他人一起躲进屋内，因为在他看来，暴风雨的冲击会缓解更痛苦的思考。他继续说道：

> 赤贫的人们，无论你们在哪里，
> 你们忍受着风雨的袭击，
> 你们头无片瓦，腹中无食，
> 你那套破衣烂衫如何能抵御
> 这样的气候？哦，我太不留意
> 这民间疾苦。安享荣华的人，睁开眼吧；
> 到外面来体味贫民所忍受的苦难……

国王承担着更重要的任务和使命：对那些无家可归、衣衫褴褛、饥肠辘辘的臣民的关心。片刻的理智让李尔王认识到了这些，并将他从自我的沉溺中解放出来。当他人的痛苦也被真实地感受到，风暴就变成了外在的真实，反之亦然。我们这些观看和倾听的人此时此刻也会进入到更大的感知之中，然后再回到悲剧不可避免的过程中。我们注意到，李尔王对考狄利娅最初给予的温和的忠告充耳不闻，心胸和视野极度狭窄；而治疗这种狭窄的唯一方法是敞开心扉，面对世界。在莎士比亚的作品中，放弃统治和爱情的失败并无不同：两者都表现为亟须纠正的逃避。

"窗口"的运用并不局限于诗歌。它们也出现在散文中，有时出现在句子或段落中，有时出现在场景或章节中。唐·德里罗[1]的《地下世界》中的片段尤为明显，在小说的初稿中，首段末句的断句还没有被简化：

> 他说话时带着你的口音，美国口音，两眼闪闪发光，带着些许希望的感觉。毫无疑问，这一天是上课的日子，然而他站立的地方却远离教室。他希望待在这里，待在这个陈旧不堪、锈迹斑斑的庞然大物的阴影中。不应该责怪他，在这个大都市里，到处都是钢筋水泥建筑，墙面油漆斑驳，草坪经过修剪。广告牌上画着切斯特菲尔德牌烟盒，巨大的盒子倾斜，每个上面都竖着两支香烟。人们曾经追求体积庞大的东西，这种做法已成为历史。

---

[1] 唐·德里罗（Donald Richard DeLillo，1936— ），美国著名小说家，代表作品有《地下世界》《白噪音》等，曾获美国国家图书奖、耶路撒冷文学奖和索尔·贝娄奖等。——译者注

最后一句的窗口效应直接而深远。德里罗从具体到抽象的瞬间转变，开启了这本小说从更广阔的视角来讲话的声音，并从对男孩的描述转入更宏阔的文化探索，这将是这本小说的焦点。作者接下来的叙述清楚地反映了这一变化：

> 人们曾经追求体积庞大的东西，这种做法已经成为历史。他只是一个小孩，对外面的世界没有什么渴望，然而他是一个巨大群体的组成部分：成千上万素不相识的人从公共汽车下来，从火车上下来，拖着沉重的脚步，顺着人流，走上横跨河面的回旋桥。他们并非在迁徙途中，并非身处革命——灵魂的某种巨大震撼——的潮流之中，然而却带着巨大城市特有的那种体热，带着自己的小小遐想和极度渴望。白天，某种看不见的东西困扰着人们，困扰着戴浅顶软呢帽子的男人，困扰着请假上岸的海员。他们思绪混乱，忙着寻欢作乐。

麦尔维尔的《白鲸》中的许多章节也可以被视为"窗口"，有些窗口可以看到大海、帆船或鲸鱼的身体，有些则面向外部敞开。例如，其中一章列出了所有已知的鲸鱼的绘画和图像，从画板上的鲸鱼画和老式房屋大门上方悬挂的鲸状饰物，到酷似鲸鱼剪影的山脊线和星空中可追踪到的鲸鱼形状。这些偏离故事主线的情节大大缓和了亚哈复仇的追求和内心的压抑；它们提醒我们，亚哈无法重新加入（甚至无法感知）的是一个无垠、有趣、多样、无限开放的世界。弗吉尼亚·伍尔夫的《到灯塔去》最后一章中讲到了"时光流逝"，这一节中有多个"窗口"。时间在飘落的灰泥和松软的织物上显现；对婚姻或死亡的描述被置于括号之内；远处传来战争的炮火声摇晃着橱柜里的玻璃杯。最后这个意象揭示了"开窗"的独特功能：倒转图形与背景，[1]通过观察庞大之物对渺小之物的影响来认识和理解庞大之物。当然，这不仅是一种文学手法，也是我们认识生活本身的方式。"人们曾经追求体积庞大的东西，这种做法已经成为历史。"——这意味着三十年河东，三十年河西。

◇

第二次世界大战期间的两首英国诗歌，基思·道格拉斯[2]的《如何杀人》(*How to Kill*)和亨利·里德[3]的《部件的名称》(*Naming of Parts*)都以类似的方式，充分利用了窗口的力量。两部作品都通过转移视线来迫使眼睛更强烈地朝向它的对象。这种视野的摆动也许是这些诗歌得以写成或被

---

[1]"图形与背景"原理是一种重要的格式塔知觉完形原理。这一原理认为，人类的感知系统将视觉刺激分为图形元素和背景元素。图形元素是焦点的对象，背景元素则构成了无差异的背景。简单来说，在一个特定的构图和场域中，容易引起注意的对象（通常是体型较小的事物）凸显出来成为图形，会受到更多的关注；另一些对象（通常是体型较大的事物）则退居到衬托地位而成为背景。——译者注
[2] 基思·道格拉斯（Keith Douglas，1920—1944），英国诗人，因创作于二战时期的多首战争诗歌而闻名。——译者注
[3] 亨利·里德（Henry Reed，1914—1986），英国诗人、翻译家、广播剧作家和记者。——译者注

阅读的唯一方式。经验只能被经历，但我们往往试图避开它的全面冲击。我们分散自己的注意力，变得昏昏欲睡，沉迷于一件事而不去关注另一件。艺术让体验变得不可回避，有些诗歌甚至通过有意拉开距离的方式，让读者更强烈而直接地感受到诗试图抵达的情感与事物。最终的结果是，"拉开距离"让"距离"坍缩。这两首诗中看向别处不是逃避，也不是对抗存在的盔甲。就像《李尔王》中的荒野场景一样，暴露加深了诗的伤口。

亨利·里德的《部件的名称》是《战争的课程》(*Lessons of the War*)组诗中的第一首。

部件的名称

今天，我们来说说枪的部件的名称。昨天，
我们说了日常清理。那明天清晨，
我们要说开火之后该做什么。可今天
今天我们要说枪的部件的名称。红山茶花，
在周边的花园中闪亮若珊瑚，

    但今天，我们要说枪的部件的名称。
这是背带下扣，这是
背带上扣，至于它们的用途，
给你们背带，你们就会明白。这是架枪环，

你们的枪上没有。花园里的枝条，
保持沉默，姿态动人。

    我们这里没有。
这是保险栓，只要用拇指
一拨就开。别让我看见
有人在动着手指。打开毫不费力，
只要你的指头稍稍用力。绽放的花朵
柔弱而安静，别让人看见

    有人用手去触碰。
你们看，这是枪栓，用来
打开枪的后膛，你们看。我能拉动它，
来回快拉。我们叫它
松开弹簧。来回快拉，
早春的蜜蜂在鲜花中乱摸乱撞，

    人们叫它松开春光。
人们叫它松开春光：再容易不过的事，
只要你的拇指稍稍用劲：像枪栓，
后膛、撞针，还有准星，
这些我们都还不曾拥有；杏花静静开放
在周边的花园里，蜜蜂来来往往，

> 而今天,我们说说枪的部件的名称。
>
> ——亨利·里德

山茶花,蜜蜂,盛开的杏花,具有双关义的"spring"[1]——每一个意象都将诗歌从它反复吟唱的冰冷的死亡咒语中解放出来。周围芳香萦绕,将心灵从一个不被承认为噩梦的噩梦中释放出来,让它进入到另一个可能的梦中:为了甜蜜而四处乱摸乱撞。这首诗中两次提到的树木的"沉默"也许并非评判,而是衡量:每当心灵从武器转向花园,从花园转向武器,我们都会被提醒:用一种去交换另一种仍然是一种选择。

这首诗中还有另一个裂缝,它存在于一种不在场的隐藏机制中。读者不能不注意到诗中关于枪的部分没有言明。在"那明天清晨,我们要说开火之后该做什么"这句诗里,它被跳过了。

检验一首诗"窗口时刻"效果的一个好方法,是看看没有"窗口时刻"的诗是什么样子。如果省略诗中自然世界的景象,《部件的名称》仍然可以展开它的反讽,打开"准星,/这些我们都还不曾拥有"。但是,如果将这首诗从另一个与之抗衡的世界中剥离出来,这种几乎难以承受的悲伤感就会大大减少。在这被剥离的世界中,人类的战争和恐惧没有

---

[1] 在英语原诗中,"spring"是一个双关词,既指"春天",又指"弹簧"。——译者注

了任何意义和分量。

《如何杀人》是一个世纪以来最令人痛心的诗歌之一。

如何杀人

在一个球的抛物线下，
一个孩子长大成人，
我长久地凝望天空。
球落入我手中，它在我
紧握的拳头里唱着：打开、打开，
看，这是一个用来杀人的礼物。

现在，一个即将死去的士兵
出现在我的玻璃表盘上。
他微笑着，四处走动
他母亲知道，这是他的习惯。
导线触到了他的脸：现在，
我哭泣。我听到并看见，

死亡多么稔熟，让一个血肉之躯
化为尘土。是我施展了
这魔法。真该死，我竟快意地看到

爱的中心弥散，

爱的浪潮遁向空无。

制造鬼魂多么容易。

轻巧的蚊子触碰着

她在石头上的小影子，

多么相似，人与影子

的相遇，一种无限之轻。

它们融合。当蚊子的死亡来临，

影子就是人。

——基思·道格拉斯

基思·道格拉斯死于战争，年仅24岁。这首诗所传达的信息带来的打击正是《部件的名称》中的教官试图防范和阻止的：出现在战场上的不应该是这个人，而应该是那些演练得如自动化工具般的士兵。这首诗几乎完全由玻璃视窗和木格条构成，道格拉斯的"窗"不断将人性带回到可见的领域。诗歌开篇的童年意象给人一种光明之感，抹去了言说者和被他杀死的士兵之间的所有距离。两个人都是血肉之躯，而不是工具；他们都还是小孩。"他微笑着，四处走动 / 他母亲知道，这是他的习惯"这句诗几乎让人不忍阅读。它迫使人们将目光从战场上的无名小卒转向生活的圆满。对我而言，整首诗读起来真让人难以承受——它太清醒了！它要求它的读者也进入一种万劫不复的状态，认识到我们自己的失败和应承担的责任。这首诗的效果和《部件的名称》一样，将视线转向了我们与自然世界每一刻的"共栖"之中，诗的另一种可能性与我们人类自己的可能性并肩而行。在这里，甚至昆虫世界也被卷入其中：蚊子也成了丧失与毁灭的一部分，成了战争死亡的一部分。这首诗最终将自己变成了战争的唯一证明，它见证了战争带来的一切灾难性后果。

※※※

当一首诗或一件艺术作品被当作一个整体来考量，或被视为一个"窗口"时，它就已经在发挥作用：艺术将我们的注意力从即时性的控制中释放出来，变成一种姿态，这姿态包含、汲取并提醒着更广阔的聚集和联系。扩展亲密体验虽然并非我们追求艺术的唯一原因，但它却是一个主要原因。"窗口"在打破诗歌、音乐或绘画的界限方面发挥着相同的作用：这些"窗口"唤醒我们，让我们进入原本不可能被认识和感知到的事物之中，进入故事里每一个不可分割的部分。艺术之窗有时让我们感知到道德领域；有时会让我们意识到我们的命运没有界限，与他人的命运相连；有时是认识到我们人类的脆弱性；有时是认识到人类之外的补充。有时意识发生改变仅仅是我们认识到与经验之间的不同关系充满无限可能。艺术的要求和命令是：我们不仅要了解我们生活的特殊性，还要了解它的整体性和广阔性。无论凝视停留在何处，艺术也会将它引向别处，它提醒我们还有更多的事物存在。爱丽丝没有对着镜子里的自己呆立：她穿过了镜子。[1]

好的写作都拥有自己的态度和观点，且会是多元化的态度和观点。任何真正优秀的文学作品都不会只朝向一个方向，只忠于一个立场，或者只从一个角度，只运用一种理论来看待存在。理论（包括文学理论）都基于论证的立场，而非艺术的立场。只活在社会经济的自我中，就是让自我丧失无目的快乐的能力；只活在意识形态中，就是否认自我的非确定性、脆弱性和失败；只活在个人情绪和自我叙事中，就等于忽视了超越个人故事和自我的事物；只活在理智或狭隘的精神世界里，就会错过感官的享受和满足。让我们以米沃什的《冬天》来结束本章，这首诗几乎涉及人类生活的方方面面，它的忠诚最终只是对生活的忠诚——诗的中间部分转向了呼语"你"。我相信，无论是在亲密关系中还是在"你"所召唤的事物中，这都是文学作品中最令人惊叹的转变和开窗。

---

[1] 指刘易斯·卡罗尔创作的《爱丽丝镜中奇遇记》中的爱丽丝。——译者注

冬天

加州的冬天,刺鼻的气味,
灰暗和淡红,一轮几乎透明的满月。
我往火里添柴,我喝酒,我沉思。
"在伊瓦瓦",新闻报道说,"70岁的
诗人亚历山大·雷姆凯维奇去世了。"

他是我们小组里最年轻的一位,我曾多少照顾过他,
就像照顾其他资质较差的人,
尽管他们有许多我无法企及的美德。

所以我在这里,接近这个世纪
和我生命的尽头,为我的力量而骄傲
但又为眼前清晰的景色感到尴尬。

混血的先锋派。
不可思议的艺术的灰烬。
一种混乱的大杂烩。

对此我做出过判断,虽然我标记自己。
这不是一个正义和体面的时代。
我知道招致怪物和在他们中

辨认自我意味着什么。

你，月亮，你，亚历山大，雪松之火。
海水淹没我们，一个名字持续，但仅有片刻。
几代人是否会将我们存放在记忆里并不重要。
伟大是猎犬对世界无法抵达的意义的追逐。

而现在我已经准备好持续奔跑
当太阳从死亡的边缘升起。
我已经看到山脊在天堂般的森林里，
那里，每一个本质被超越，一个新的本质等待着。
你，我晚年的音乐，我被一个声音和色彩
所召唤，它们越来越完美。

火，不要熄灭。爱，进入我的梦。
永远年轻，大地的四季。

——切斯瓦夫·米沃什

（英译者：Czesław Miłosz & Robert Hass）

第七章

诗与惊奇

艺术的光辉是一种奇异的永葆光泽的银。伟大艺术的非凡力量之一在于它能多次揭示自己的经验。贝多芬的四重奏被人反复聆听，博纳尔的画多年来一直被人观看，而它们并没有丧失将我们从一种存在和认知方式中解放出来改变我们的能力，并将我们投入另一种存在和认知方式之中的能力。一首久经记忆的诗会从读者的心灵之中、言说的中途，以及震惊的眼泪中重新升起。庞德曾简单地描述过这一悖论："诗是历久弥新的新闻。"（Poetry is news that stays news.）为何如此？诗如何做到这一点？这就与优异的艺术保持自己惊奇能力的方式密切相关。

佚名的《西风》是英国文学中最古老的诗歌之一，它为我们研究永恒的新奇性提供了绝佳的起点：

> 西风，你何时吹来，
> 细雨何时落下？
> 基督，愿爱人在我怀里，

让我重回卧床。[1]

这首诗是一场微小而亲密的危机。通过令人难忘的音调，以及在横与纵、内与外、情感与精神等各个方向和维度上对存在边界的拓展，这首诗虽经年累月，但仍保持完好。诗的意象穿透了熟悉和自满，变成了刀刃，读者每次阅读时都会感到新鲜与锋利。

然而观念领域并非如此。即使像哥白尼、开普勒和牛顿他们那样具有革命性的发现，也很快被认为是理所当然。我们对太阳系或地心引力的理解既客观又保持情感中立，就像熟悉已久的椅子或后院的岩石镇定自若地固定在脑海中。科学发现可能会（也确实会）引发惊奇，但它们的用途并非取决于我们对它们的存在所感到的惊奇。然而，在艺术领域，这一刻人类的反应就是"发现"。一件艺术作品并非用刀和刷子将颜色涂在画布上，不是成型的石头或烧好的黏土，不是拉动的大提琴琴弦，也不是纸上的黑色墨水，而是我们与这些形式、颜色、符号和声音之间参与性，敏捷性和响应性的协作。

我们之所以写诗或读诗，是因为我们需要它们。最早的诗歌是劳动之歌、情歌、战歌、摇篮曲和祈祷——它们

---

[1] 为了方便读者更直观地了解作者对原诗音韵的读解，现将原诗全文抄录如下：Western wind, when wilt thou blow?/The small rain down can rain./Christ, that my love were in my arms,/And I in my bed again。——译者注

都旨在提供一种辅助性的仪式。《西风》的字里行间携带着原生困境和原始渴望：从地理、气候和精神状况来看，诗中的主人公是一个远在海外之人。第一行诗的音乐中混杂着一种疑惑，听起来像是从一系列以"w"开头的词中传来的发问，它们都是英语中最基本的疑问词："what"，"where"，"why"，"when"，"how"，"who"。我们还听到了这行诗结尾词既敞开又具有穿透力的"O"，这是一个我们必须全力以赴才能将它说出的元音。我们听到它必须先穿过较窄的元音，紧接着还听到"a"音中渗透着审视与探究。这首诗的音乐在提问和回答之间架起了一座悬桥。

这位佚名诗人用亲密而贴切的祷告和直接称呼向我们讲话。然而诗中"我/你"的对位关系不是"我"转向神讲，而是朝向风言说；"基督"（Christ）一词几乎是顺带一提，语气半是祈祷，半是咒骂。诗的第三行在仅有的八个词中召唤了宗教生活、情欲生活以及它们在强烈的人类渴望中的相互关联。紧接着，最后一行诗到来了，它在语气上是"期望"而非"获得"。这行诗维系着诗歌的紧急状态，又以悬而未决的方式——让"again"呼应着"rain"的韵脚，将我们安全地塞进渴盼已久的床上——给出了解决之道。这首诗的喃喃自语使人确信：一个人必定会追随另一个人，尽管头脑理智的人深知他们不必这样做。甚至雨本身既可能下，也可能不下。诗歌通过这种多样性和音乐性，教导人们如何在本质上不可改变的命运和事实中航行。我们将要死去，我们现在活着；我们孤独无依，我们与至爱相连，与天气，（也许）与神相连。我们绝望，我们希望。这四行诗将美与无法解决的事物关联在一起，铸造成一艘坚固无比、足以穿越千年的船，但它也像一缕轻烟般脆弱、易逝且重要。

诗歌就像我们心中被唤醒的情感，它不是可保存的对象，而是鲜活的事件。情感是一种无法从身体中抽取出来的局部经验，它能告知我们当前的状况和需求，然后消失。在莎士比亚的《第十二夜》中，费斯特半是求爱半是警告地唱道："什么是爱情？它不在将来／而是眼前的欢乐，此刻的笑声。"即使我们渴望和抗议记忆中一些事，或对于这些事感到悲伤，我们感受到的也是"这一刻"的渴望、悲伤和愤慨。而在我们不再在乎的"那一刻"，过去的"刺"就会消失。

诗歌的语言能以墨水和声音形式被保存完好，但诗歌本身却不能。诗歌是音乐的乐谱，我们既是演奏它的乐器，又是它的听众，被包含在创作的过程之中。《西风》的"意义"，或者任何一首真正的好诗的"意义"就像某些化学反应：易蒸发、易挥发且难以捉摸。《西风》的诗行在存在与缺席之间摇摆不定，在语法所告知我们的事实与音乐的另一种承诺之间犹豫不决。诗的顿悟散发出一种保护性的迷雾；它流露出对一般性回忆的遗忘。一首诗必须被完全读透或说透，才能完全被理解。为何好的诗歌总是保留着原创性的光辉？我的第一个解释是：难以被记忆的事物将会（重新）以新的形式出现。

词源学告诉我们，令人惊奇的事物总是"无法把握"，即使是作者的头脑似乎也无法留住已经发现的事物：伟大的诗歌超越了它们的创造者。它们更广阔，更变幻莫测，更富有同情心，更具独创性，更巧妙，更奇异，更贪恋美，更喜爱突破界限。作家的生活与时代都不造就艺术，艺术造就艺术。任何真正的创造性发现都是一种飞跃，在没有实现之前，我们根本无法想象，我们将在后面的章节中逐步看到这一点，因为不可思议正是其本质的一部分。

※※※

认知性发现与创造性发现和许多生物的生命一样，都是通过生成性重组来实现。将不同的元素整合在一起，看看它们是否可以成为一个能独立生长和发展的新整体。为了探索这一过程如何发生，我们必须从认知自身的起源开始，从模式的建构和识别开始。用威廉·詹姆斯的话来说，是从婴儿"嗡嗡作响，叽叽喳喳的困惑"（buzzing and blooming confusion）开始，首先通过感知什么是存留的事物，什么是重现的事物，我们构建一个可理解的世界。只有在这些模式就位之后，我们才能开始识别与模板相背离的状况，并了解哪些是全新的组合或哪些可能会产生新的影响。创造性的顿悟与此大同小异：它是一种战胜了老套乏味的思想、情感或语言模式的知识。

那么，惊奇是顿悟的第一种味道。惊奇是一种情感，我们通过它来记录诗歌和生命中知识的转移和转变。好的诗歌能使自我和世界以变形的方式被认知，带领我们进入一种被打开、被增强和被改变的存在状态。从《爱丽丝梦游仙境》到《格列佛游记》，我们在很多故事中都能看到这样的场景：如果你在新的环境中醒来，你一定会大吃一惊。（在卡夫卡的《变形记》中，最让读者不安的是变成甲虫的格里高尔·萨姆沙竟表现出绝对的平静。）而且，惊奇不仅意味着意识到有些事情已经发生改变，而且意识到惊奇本身也是改变的一部分。

一种新关系的飞跃越巨大，它所蕴含的惊奇就越强烈。意义最为深远的发现——那些被描述为革命性的或"震撼世界"的发现——是像哥白尼重新排列太阳和行星的位置那样的发现，它们挑战并取代了我们日常最常见的感知和不容置疑的假设。然而，正如我们所见，在科学领域，这样的惊奇很快就会融入虽与众不同但现在已成定局的模式。在艺术领域，新奇事物不是对象而是过程，不能被固定在头脑之中。

拉丁语动词"cogitare"意为"去思考"，从其根源看是指"通过摇晃将事物整合在一起"；而在神话中以及在世界范围内的社会革命和政治革命中都可以发现"激荡"

（agitation）是创造新事物所必需的思想。"intelligo"的词源也有多种不同的解释：它是一种涉及分类、意图、选择的才智。这不禁让我们回想起契诃夫对天才的定义：区分本质和非本质的能力。创造性活动的认知框架再次变得与众不同：它会提出关于"反事实思维"的重组问题："如果……会怎样？"

"如果……会怎么样？"驻留在一种光谱之中，也同样栖居在科学家创造的离心机和孩子们的"扫帚马"之中，尽管它们之间有所区别。游戏以新的方式重组事物。然而，尽管游戏的结果能寓教于乐，但很少会让人感到震惊。"假装"（make-believe）之所以会在早期生活中扮演着不可或缺的角色，正是因为它不"算数"：游戏是一种不会产生恶果的探索。相比之下，研究人员则希望一个实验结果能真的产生重大影响。

这些区别阐明了为什么有些诗歌极其重要且必不可少，而另一些诗歌尽管表面看起来很有成就、很有趣，却并非不可或缺。深刻的惊奇是一种心灵的自我暗示，暗示着一件被感知或被思考的事将会孕育出结果，一个发现可能真正有用。然而，"惊奇体验"本身——尤其是对一件艺术作品所做出的反应——很可能被视为某种不一样的情绪，一种随之而来的情感；神经科学家说，惊奇最多持续半秒；因此读者可能会注意到一首好诗所带来的悲伤、怜悯或好奇的突涌，却不会注意到它释放出的惊奇。惊奇在生存中扮演着重要角色：人们会如饥似渴地学习和践行最令人惊奇的事物。无论是对于个人还是对于文化而言，我们所弘扬的诗歌是那些深深震撼和打动我们的诗歌，因为正是它们唤起了我们的回忆，激起了我们自身回忆的需要。

◇

为什么仅能持续半秒的事物对艺术和我们的生存都如此重要？震惊体验改变被震惊之人的特殊方式也同样重要。此外，惊奇还能吸引注意力：婴儿听到出乎意料的声音时，会停下来并使劲地盯着看——惊奇经验本身就令人惊奇。惊奇也异常引人注目：一个人受到猛烈惊吓时，心率会瞬间骤降，整个生命都会暂停，以便更好地理解和掌握那里的情况。惊奇也能打开心灵，让我们摆脱成见。惊奇并不以"好"或"坏"来衡量它的对象，尽管这也可能会随之而来。当被问及任何突然的变化时，惊奇所引发的问题很简单："它是什么？"而惊吓则似乎抹去了人们对新事物的认知。根据一位研究者的说法，惊奇时的表情接近于狂喜，接近于婴儿初次醒来时的无限开放与无限可能。查尔斯·达尔文在《人类和动物的表情》一书中将惊奇、惊吓、惊愕和惊讶都归为同一类表情。

在诗歌中，惊奇以同样的方式加深、聚集和净化注意力：停止先入之见，让更敏锐的理解进入。诗学上的惊奇涵盖了词汇、句法、概念、意象和修辞等多个层面，都能带来意想不到的内容。(明显的或微妙的)模式的破坏可以发生在结构、节奏、方法或韵律上。惊奇可以完全停留在诗的表层文本中，也可以只栖居在诗的潜文本中。最不可能之事也许是如何选择观看对象，然而微妙的惊奇能通过注意力的运动和重新聚焦来获得。某些俳句，比如小林一茶的诗句"别担心，蜘蛛——我也只是寄寓一时"，会让那些未被注意的事物重新被人关注，就像你所在的房间的墙壁突然消失，而隔壁的房子（毕竟你知道它就在那里），突然闯入你的视线里，你会发现你的邻居除了蜘蛛，还有你自己的房子。

无论以何种或大或小、或引人注目、或几乎难以察觉的方式，"诗的惊奇"是以一个改变的自我取代了原有的自我。即使是一行诗中细微的惊奇，也是停顿、疑问和对理解的修正；就像双关语或日本诗歌的轴心词，能将两种心灵状态同时召唤出来，相互推挤，彼此激荡。当济慈写下"诗歌应以美妙的盈溢让读者感到惊奇"这句话时，也指出了意义和经验近乎无形的嬗变。诗歌密切关注出现在我们视野中的事物，世界和经验自我因而呈现出过剩的丰饶。这样的诗歌给予我们在口渴时发现泉水一般的愉悦：我们知道，"口渴"会得到毫不吝啬的回应，泉水会以极大的慷慨满足你。

惊奇是确定性的反义词，和拘囿心灵与意志的既定认知截然对立：惊奇是一种被扭转的情感，而非自我创造的情感。虽然婴儿打喷嚏可以明显地让自己感到惊奇，却没有将自己逗乐。我们往往不会因为自己闹出的笑话而发笑，至少在独处时是这样。然而，诗歌写作或者任何一种创造性努力的原因之一，恰恰是为了让你对自己的发现感到惊奇。对于那些不写诗的人而言，诗歌似乎只源于自我。但是，诗的创造者将诗视作一种赐予，是诗人从"个体"与"语言"，"自我"与"无意识"以及"个人联想与观念"与"世界上无法掌控的物质、天气、事件"之间的密切协作中赢回的礼物，这确实让人难以置信。毕加索这样评价自己的画："我不寻找，我发现。"

洞察力的到来仿佛来自自我之外，这种体验不仅被艺术家描绘过，也被生物学家、经济学家和数学家描述过。二十世纪早期的数学天才斯里尼瓦瑟·拉马努金曾声称他的理论来自一个向他低语的女神。如果撇开女神不论，我们会发现这样的描述在数学家的言论中并不罕见：许多全新的命题似乎是在它们第一次出现在数学家的脑海中之后被证明，而非在它们出现的过程中被证明。

我们经常怀疑惊奇，担忧惊奇，但也在不断寻找它。波利尼西亚的越洋探险者们，亚特兰大城的赌徒们，以及睡在悬崖上的登山者们都愿意将自己交给未知。失败的风险放大了成功时的欣喜，即使是坐在办公桌前的人，对这种风险也并不陌生。

正如我们所见，惊奇是新事物（新来者）必须通过的大门。如果一首诗中的某件事让他人感到震惊，那么它首先会让作者感到震惊。罗伯特·洛威尔曾写道："我的海豚，你只是出其不意地为我指路。"罗伯特·弗罗斯特说："作者不惊奇，读者便不惊奇。"

当我开始仔细思考这些问题时，我向一个朋友提出了关于"持久惊奇"的问题。那时我们正在散步，当我们到达一个山脊时，我问道："我们之前已经多次来过这里，但为什么它总是这样新鲜如初？"我自己想到了爱德华·威尔逊的视觉理论和非洲稀树草原，想到了天空、树叶和草地的复杂纹理；甚至想到了云和雾在中国画中的作用。而她回答说："因为那不是我。"

世界之美不断让人感到惊奇，很大程度上是因为它不受自我或自我所知的控制。即使像沙粒或鹅卵石这样平凡朴素之物，经过仔细考虑，也能将我们从认知的束缚中解放出来，松尾芭蕉曾描述过这种自我支配的后果："如果我们掌控了万物，我们会发现它们的生命会在我们的脚下消失得无影无踪。"一个城市也是如此，比如洛尔迦的纽约，惠特曼的整个美国。狭隘视野的解放隐藏在幽默、智力谜题和悲剧性宣泄所带来的惊奇背后——为什么它不应该隐藏在客观世界既永恒又短暂的美背后？因为客观世界之美并非我们所创作，也不为我们的使用而存在。惊奇的另一面是我们对视野中的风景无能为力。

纽约时代广场

※※※

抒情诗的顿悟具有民主精神，与埃斯库罗斯以及单人喜剧维持着同样亲密的关系。如果说诗歌对我们的影响似乎更多地与前者相关，那么诗歌的经济性和意义创造的手段则更接近后者。当被问及诗歌技巧时，E.E.卡明斯回应道："我将引用滑稽表演中永恒的问题和不朽的答案，并用15个英语单词来表达它：'Would you hit a woman with a baby? No, I'd hit her with a brick.'"[1]他继续说，"就像滑稽剧演员一样，我异常喜爱那种创造运动的精准性。"这个玩笑的技巧让人想起了格劳乔·马克斯的一句话："Outside of a dog, a book is a man's best friend; inside a dog, it's too dark to read."[2]这两个例子的生成机制都极为巧妙，都是针对一个词语的不同含义。每一个介词都有两种解释方式：在第一个笑话中，是"with"；第二个笑话中是"outside"。英语介词能让事物之间的关系具体化，在善于屈折变化的语言中，这种关系更加灵活，而刻板总是为喜剧打开大门。但卡明斯引用的小

---

[1] 这句话可以翻译成："你会打一个带着孩子的女人吗？不，我会用砖头打她。"原句中的介词"with"既可以翻译成"带着某物"，也可以翻译成"用某物做某事"，正因为"with"具有双重含义，所以会造成发问和回答上的偏差，这就让这一问一答产生了一种"答非所问"的幽默感。——译者注
[2] 这句话单从字面意思上可以翻译为："在狗之外，书是人类最好的朋友；在狗之内，那太黑了没法读。"事实上，这是格劳乔玩的一个"文字游戏"，用outside和inside这两个相反的词碰撞传达出了一种幽默，这句话可以翻译为：除了狗，书是人类最好的朋友；但你却很难读懂狗的内心。——译者注

笑话主要是针对闹剧所遭受的不正当的攻击；格劳乔·马克斯的"俏皮话"让人联想到孤独和无友，联想到一个仅有一本书和一条狗为伴的夜晚，甚至连书和狗都被剥夺。这样的创造意味深长：左手握着语言的机智，左手托起了约拿和约伯的苦难。[1]

熟悉的笑话继续让我们发笑，就像已知的诗歌继续让我们感动和惊奇。我们总是沉迷于简单而诱人的体验，以至于我们无法拒绝那扇敞开的大门。一首诗或一个笑话的存在都离不开对创造它的心灵运动的重塑。一个笑话的妙语就像一首诗的意义，不在于它的词句，而在于我们对它们的理解以及它们对我们的理解。和诗歌一样，我们几乎完全遗忘了某些笑话；如果它们没有被遗忘，我们有时会笑得更厉害，因为我们像易犯错误的傻瓜一样受制于思维惯性。表演艺术——包括喜剧、诗歌、音乐、舞蹈、魔术和戏剧——不仅要求我们搁置戏剧中众所周知的怀疑，还要求我们暂停先入之见和某些预知。所有人都参与仪式的核心：重现并进入一种可以被触摸与进入但不能被占有的神秘。

好诗越让人惊奇，似乎就越接近喜剧和魔术师的作品，

---

[1] 以色列国的先知约拿逃避上帝的旨意，私自做主不去尼尼微传道，在这过程中遭受了许多苦难，甚至逃到海里，但在上帝的带领下，被大鱼吞进腹中三天三夜带到了尼尼微，传讲了上帝之道。约伯的受苦是因为撒旦的控告与试探，约伯本是义人，撒旦为了试验他的信心，施加给约伯重大的疾病，家人之死亡，财产损失等一切祸患，让约伯痛苦，然而约伯靠着对上帝的信心，最终胜过了撒旦，再次得到上帝的祝福。——译者注

它们重新打开了那些我们认为我们最了解的事物。而在幽默中，正如在艺术和科学中一样，当我们心灵与自然的基本假设和未经检验的假设受到最强烈的震撼时，我们才最受感动。"诙谐"（wit）曾是"知晓"（knowing）的同义词。格劳乔·马克思的话近似诗的语言，因为这样的语言中不仅暗涌着悲伤，而且它们自身就是一股神秘的潜流，它们甚至向那些根深蒂固的先入之见发起挑战。笑话应该有趣，不是吗？然而，一个好笑话之所以好，恰恰是因为它不仅仅是机械地搞笑；它还向我们展示了一些既令人不安又真实的东西。我们孤独无依，在狗和我们的内部，是一片黑暗。

面对重力、无序与丧失，诗创造出了美妙的盈溢和无端之美——诗中的音乐与节奏能让整首诗被铭记；那未被说出的事物能通过"暗示"而显现；形色各异的事物通过"隐喻"被连接在一起；有些诗致力于赞美事物的本来面目。在一幅画中，一缕阳光落在玻璃花瓶的圆肩上，但它不可能抵御时间的流逝而保存下来；莫扎特一段音乐作品中的停顿之所以使人无缘无故停止了心跳，除了它本身，再无其他原因。为了对抗短暂无常，艺术提供了一种见证的耐久力；为了对抗生存的严酷，艺术创造了片刻的嬉戏或选择性的消失。因欲望未被满足而产生的爱情诗也接纳了它自身的渴望。爱的圆满之诗，其中某处一定潜藏着时间和死亡的阴影，尽管它们有时十分微弱。作为进化的生物，我们与目标达成、自我保护以及有用性结成联盟。然而艺术是艺术，不是工具和手段，它几乎完全将我们从实用性中拯救出来，让我们深深陷入那些不切实际的状态：欢笑、沉思、惊奇和眼泪，但我们深感这些状态不可或缺。

※※※

如果要用诗歌来检验这些观点，最让人感兴趣的是桀骜不驯的诗歌。因此，我选择了以下三部作品，而没选择那些更奇异或更自觉的新作品。这三首诗对先入之见的挑战各不相同且难以命名。与其他诗歌一样，卡瓦菲斯的《伊萨卡》(Ithaka)是一个绝佳的起点。虽然这首诗已被反复阅读，但它仍保存着将灵魂从沉睡中剥离的力量。

伊萨卡

当你出发前往伊萨卡，
愿你的道路长又长，
充满冒险，充满发现。
莱斯特律戈涅斯人、独眼巨人、
愤怒的波塞冬——不要害怕他们：
你绝不会在途中遇见这样的事情，
只要你高扬你的思想，
只要还有一种罕见的兴奋

搅动着你的灵魂和身体。

莱斯特律戈涅斯人、独眼巨人、

愤怒的波塞冬——你不会遇上他们,

除非你把他们带进你的灵魂,

除非你的灵魂把它们带到你的面前。

愿你的道路长又长。

愿那里有许多夏日的早晨,

带着无比的欢欣,带着无上的喜悦,

当你进入初次见到的港口;

愿你在腓尼基人的市场停留,

买些精美的物品,

珠母和珊瑚,琥珀和乌木,

每一种性感的香水——

尽可能多的性感的香水;

愿你拜访埃及的一些城市,

向那里的学者请教,并继续你的探究。

要永远想着伊萨卡。

到达那里是你此行的目标。

但请不要匆忙赶路,

最好能持续很多年月,

这样,当你老了时登上那个岛,

你在旅途中已积累了足够的财宝，

而不会指望伊萨卡让你变得富有。

伊萨卡让你有了神奇的旅程。

没有她，你就不会出发。

而现在，她再没有什么可以赐予你，

如果你发现她贫穷，伊萨卡并没有愚弄你。

那时你将变得聪慧，满载经验，

那时你将会领会，伊萨卡对你意味着什么。

——C. P. 卡瓦菲斯

（英译者：Edmund Keeley & Philip Sherrard）

卡瓦菲斯的心灵印记封闭着，但并非一种军事防御。遭遇"伊萨卡"的"我"知道自己已被重新调整——但很难准确地表达出转变之所在。这首诗表面谦逊，轻描淡写，语言朴实无华，即使在谈到奇迹时，诗的语调也不愠不火。尽管有足够多的细节来满足叙述、感官和渴望形象的心灵，尽管这些细节也能唤起回忆与情感，但它们依旧不够详细和充分。夏日清晨，异国风情，珍珠母贝，乌木，香水——这些都是感官世界的信号，灿烂夺目的宝物样品在街角闪闪发光，吸引着人们的目光。初看之下，这首诗似乎充满了抽象和催眠般的重复，而非任何可辨认的顿悟启示。"充满了冒险，充满了发现"，"带着无比的欢欣，带着无上的喜悦"——这种变化微小的对偶句是卡瓦菲斯诗中最常见的结构，它们提供的经验是一种诉说，而非展示。这首诗提到了怪物和冒险，但它们的恐怖却如低语般温和，以至于穿过我们时仍没被觉察。

但是，请再读一遍："当你出发去伊萨卡，愿你的道路长又长。"奥德修斯的旅程的确漫长，但这十年的流浪并非奥德修斯所愿（尽管他曾情不自禁地与巫术女神喀耳刻一起度过了一段漫长的时光）。为了将它变为现实，卡瓦菲斯加入了自己的创造。这句诗如此简单而平静以至于人们几乎没有注意到它表达了怎样的内容，这是全诗唯一完全重复的句子，却与整首诗的主旨背道而驰。漫长的旅程和被耽搁的愿望不仅改变了我们通常对追寻和目标的文化态度，也揭示了我们后生动物本性的基本动力。哺乳动物特有的欲望、独创力和辛劳都是为了去解决问题，而不是为了延长自我的寿命。甚至，这首诗与其标题的关系也体现了诗的核心思想：卡瓦菲斯诗中的城市永远无法抵达。

卡瓦菲斯就像一个魔术师，他在遥远的开阔之地比画着几乎不可能被看到的手势：但每次，它们都能让我们感到惊奇。通过这种隐形的"障眼法"，核心祈使句（central imperative statement）既绕开了令人压抑的说教，也避开了陈旧。然而，一首诗之所以会反复影响我们，是因为读者无法完全记住它的全部含义——如果这一前提正确，那么公开的陈述就不会是《伊萨卡》这首诗所蕴含的力量的唯一来源，而"愿你道路长又长"也不是我回忆这首诗的唯一触发语。虽然还存在其他的反智解读（其中最不可思议的解读是认为诗中所有的怪物都是自己创造的），但这首诗的"铅垂之重"却落在了结尾处。对我而言，这首诗让我反复回忆的是"伊萨卡让你有了神奇的旅程"，然后是"如果你发现她贫穷，伊萨卡并没有愚弄你。/ 那时，你将变得聪慧，满载经验，/ 那时，你将会领会，伊萨卡对你意味着什么。"这些诗句中有小小的残忍，它们将曾经渴望的事物击得粉碎，令人不寒而栗。在我引用的这个英语译本中，女性代词也发挥了重要作用。这些代词提醒我们，佩内洛普[1]被这首诗所摒弃和遗忘，甚至我们人类与家园之间的情感联系也被遗忘。

我们必须以全部身躯去经历和完成一种仪式，而不仅仅只是透过门缝见它。无论一首诗的任何一个音节多么有效，《伊萨卡》也需要为自己辩护，需要完成这段旅程，因此这首诗不可能只有五行或七行。通常我们会认为，重复必定与惊奇或强化相对立——已知事物如何带来新鲜的消息？然而，当一个小丑反复尝试某项任务却总是失败时，虽然每次看起来都更加令人困惑，但观众每次都会笑得更大声。或

---

[1] 佩内洛普（Penelope）是《奥德赛》中奥德修斯的妻子，为了等候丈夫凯旋，坚守贞节20年。——译者注

者，我们可能会想到查理·布朗[1]的故事，他坚信露西总有一天会做好准备让他能一脚踢中橄榄球。他之所以会这样认为，是因为他知道背叛已经发生过很多次。重复允许饱和，重复特定的内容所具有的意义与一件事只说一次或只做一次并不一样。当我们抵达《伊萨卡》的结尾时，重复和典故也加深和拓宽了这首诗的启示，正如桌子与羊毛、蜂蜡长时间摩擦会加深桌子自身的纹理和颜色，并使其发亮。这种认知体验以及仔细观看那些总能被看到的事物的体验，会带给我们无限的惊奇，任何与《伊萨卡》相似的诗歌也会为我们带来同样的惊奇。

在谢默斯·希尼的《牡蛎》中，你会发现另一种惊奇。这首诗充分体现了对经验和语言的密切关注，这种关注随之会引领作者和读者走向一种复杂的解放。

牡蛎

我们的牡蛎壳在餐盘上噼啪作响。
我的舌头是一个充盈的河口，
我的味蕾挂满星光：

---

[1] 查理·布朗（Charlie Brown）是美国漫画家查尔斯·舒尔茨画的漫画《花生漫画》中的人物。在漫画中，他因为总是中露西的圈套，所以一次都没有踢中过露西手中的橄榄球。虽然经常遭遇不幸，查理却屡败屡战。——译者注

当我品味那咸腥的昴宿星
猎户座把脚浸入水中。

活着，被侵犯，
她们躺在冰床上：
双壳牡蛎：分开的鳞茎
和海洋撩拨的叹息。
千百万个她们被劈裂、剥离和抛撒。

我们曾驱车去往那海滨
穿过花丛与石灰岩，
在那里，我们为友谊干杯，
并留下美好的记忆
在阴凉的草屋和陶盘中。

翻越阿尔卑斯，裹在干草和积雪，
古罗马人将牡蛎南运至罗马：
我眼见潮湿的驮篮里涌出
唇状蕨叶、辛辣盐水的
特权者的贡品

我愤怒，我的信赖无法重新安放在
清澈的阳光之中，像诗歌或自由

从海中倾泻而来。我从容不迫地

吃下这日子。它刺鼻的气味

会激发我全部进入动词，纯粹的动词。

——谢默斯·希尼

在这首诗中，我们与一位摇撼万物的大师站在一起：个人与历史，局部与广阔，进食的生命与感知心灵、思维缜密的生命都在诗中被搅动在一起。选择的智慧也显露无遗——这首诗的特殊之处在于它自信地排除了无关紧要之物。由此产生的速度甚至在第一行中就清晰可辨："我们的牡蛎壳在餐盘上噼啪作响。"我们会首先注意到拟声词"噼啪作响"与"餐盘"相对应。这句诗以不那么明显的方式将读者带入了问题的核心：牡蛎已被吞下。牡蛎壳是"我们的"，而且是"空的"。

说明这些细节是为了让某些事物更清晰地显现。对一首诗的理解无须获得意识的批准。我们从线索中推断出谜语的存在，而不仅仅是推断出谜语的答案，这一过程主要发生在意识的表层之下。这本身就让人感到惊奇：在我们知道知识存在之前，知识在哪里？在做什么？诗歌与弗洛伊德意义上的"梦"分享着相同的修辞策略：压缩、位移、隐喻、双关语和巧妙的措辞，只有心智超凡的读者才能理解它们，才能调动思维去想象和填补那些深远的言外之意。就诗歌而言，它依赖于将这种过剩的知识从一个心灵传递给另一个心灵，因此它无须打破表层意识就能发挥作用。

在第二行中，"牡蛎"变成了隐喻，变成了一种以意想不到的并置和下意识地理解为核心的装置。好的隐喻可以更新、打开和扩展我们的认知。"我的舌头是一个充盈的河口"这一句的惊奇之处在于它将人的身体和水的身体连接了起来，而这两者在大小和概念范畴上都相距甚远；而这句诗的恰切性正是源自被浸泡牡蛎的盐水所淹没的舌头与被海洋填满的河口之间的高度相似性。

读一首诗，既要体味它的特殊之处，又要将它视为一个整体。当读到"我的味蕾挂满星光"这个出人意料的"陈述"时，读者需要立即回头看看前面已读过的诗句。我们将充盈的河口抛入黑暗之中，然后看到星光和盐（一种已经存在于口中的盐水，尽管它的名字直到下一行才会明确）所共享的白色。但除此之外，我们还能感觉到这首诗在空间的扩展和时间上的急剧扩张，因为诗中的意象从牡蛎壳、餐盘、舌头和味蕾，转向了如行星般辽阔的海洋、大地、天空和神话。我们进而能获得与普通预期完全相反的体验：身体感官和内在心灵已扩展至河口和群星。不仅是舌头，甚至自我的容纳能力也被改变。

第二节用暴力饮食来交换愉悦，这意味着贪婪成倍增长，不可胜数。对于被生吃的牡蛎来说，"活着，被侵犯"是一个简单的事实，但这种句法不仅支配着牡蛎：它是昴宿星，是猎户座追逐的七姐妹，现在它们像双壳类动物一样躺在冰床上。在一个有生有死的世界里,品味丰裕与承认悲伤之间的距离并不遥远。诗节的音乐也发生了变化:长元音"i"让位于一个包含短元音的出其不意的诗行:"千百万个她们被劈裂、剥离和抛撒。"在这里意合(parataxis)是因痛苦而凝缩的言说。这种描述经由声音和意义完成,也预示着后来"愤怒"的降临。

接下来到来的是花丛、石灰岩、友谊、回忆和祝酒——又是接近伊甸园的一天。陶盘完好无损,茅屋未被烧毁。然而,第四节中出现了类似十四行诗式的转折:转折的加入既能加快思考,又能带来需要回答的问题。20世纪70年代,一位北爱尔兰诗人一谈到帝国暴力,就必然会联想到这个民族更晚近的历史。诗人现在在茅屋下迎接凉爽,这与南运的牡蛎紧裹在雪块和干草中的冰凉相呼应。

随之而来的"公开愤怒"的爆发让我们意识到这首诗的辩证。食用牡蛎是人类对生态的掠夺;一地之友谊交流不能抹除另一地之痛苦;如果有昴宿星,就会有追赶它们的猎户座。然而,我们能做的就是赞同这被给予的世界,但也不仅仅是赞同。希尼曾在一封信中谈及这首诗,他用"我们的使命所要求的某种残暴或撕咬"来回应这一天的"刺鼻气味"。诗中最后一个词的承诺既指向了"动词"的动作,也指向了它的非谓语动词形式:诗是一种警示和见证,诗人不能对他所见之事紧闭双目或保持沉默。

我们可以看到,一首好诗对熟悉感和假定的打破并不一定需要依赖于单一而巨大的对立。《牡蛎》的出人意料之处与其说在于一个可提取的观念（尽管这种观念与道德评价同时清晰地存在于这首诗中），不如说在于心灵和思想的多重运动，它一行一行地、敏捷地朝着不可能预测的方向跃进，朝向一个不易被概括的整体跃进。这首诗的不稳定性存在于一种精确而严苛的平衡之中，我们能在社会和个人的失衡之中立刻发现它，而社会与个人的失衡才是根本的、不可解决的，而且似乎永无止境。

我想在这里引用的最后一首诗是罗伯特·弗罗斯特简短而坚韧的《如金之物难存留》，诗中也充满了惊奇。

> 如金之物难存留[1]
>
> 大自然的第一抹新绿是黄金，
> 也是她最难存留的颜色。
> 她的初叶如一朵花；
> 然而只能持续一小时。
> 随后新叶退化为旧叶。
> 所以伊甸园陷入悲痛，

---

[1] 为了方便读者更直观地了解作者在本文中对原诗音韵的读解，现将全诗原文抄录如下：NOTHING GOLD CAN STAY Nature's first green is gold,/Her hardest hue to hold./Her early leaf's a flower;/But only so an hour./Then leaf subsides to leaf./So Eden sank to grief,/So dawn goes down to day./Nothing gold can stay.——译者注

黎明衰退为白昼。

如金之物难存留。

——罗伯特·弗罗斯特

弗罗斯特的诗和卡瓦菲斯的诗并无二致。这是一首环形诗，诗的结尾和开头（在本例中是标题）看起来一模一样，但是读者从某地到达另一地后，却发现它已完全改变。就像《伊萨卡》一样，基本的"反陈述"一开始就被设定好，如此清晰而安静，以至于很难让人注意到它是一种"反陈述"：我们接受了诗的标题呈现出的表象价值，没有提出异议。然而，神话中的黄金、装饰中的黄金、宗教和文化意义上的黄金，难道不正是现实中不随时间流逝而褪色并保持明亮的典范吗？这首诗的形式结构同样掩盖了它彻底的分解：四行尾停和直韵的对句，大部分是抑扬格三音步，尽管第一行和最后一行都以扬抑格开头。这是一种井然有序、令人安心且反复出现的音乐形式，是一首让任何孩子都能安然入睡的诗。当然，《乖宝贝，快快睡》(Rock-a-bye, baby)也是一首真正具有弗罗斯特诗歌气质的摇篮曲，其欢快的结尾是："宝贝、摇篮、全都会掉落下来。"(Down will come baby, cradle and all.)

《如金之物难存留》具有逻辑三段论式的结构。诗歌的前半部分既有前提和结论，又有数据和证据，可谓确立了诗的真诚。毫无疑问，新叶尚未转绿；苹果树叶子的第一圈螺纹形似绽放的花蕾；但这一切很快就会发生改变。即使这些开篇的诗句也触发了小小的冲击和震惊，这震惊也是一种认知和领悟：已经存在之物能被我们目睹。接着，弗罗斯特开始秘密地修改契约，或者并非秘密地这样做——"随后新叶退化为旧叶"是一种炫目的毁灭。诗的思考起初被限定在语法完整的诗行中，而随后打破定势的停顿预示着押韵词"悲痛"（grief）即将出现："退化"如此强烈地被感受到，但对退化和悲痛的评论没有随后出现。与《牡蛎》类似，这首诗中的意合连接充满痛苦。按照通常的逻辑，这句诗是一句毫无意义的陈述，事实上它却包含了只有贫乏才能传达出的巨大丧失感。根据通常的假设和衡量标准，"退化"（subsides）都是一种令人沮丧的趋势，对于正在生长的叶子而言更是如此。但从作为诗人的弗罗斯特的标准而非农民的标准来看，增加就是丧失。

随后的每一个动词都呼应着"退化"向下的方向。伊甸园可能会沉入悲痛，这貌似合理——这个故事毕竟被称为"堕落"，但"黎明衰退为白昼"再次与任何通常的描述背道而驰。头脑清醒的读者并不会将此视为"倒转"，也不会认为它存在逻辑上的错误；但在情感上和心理上，他或她会深深感受到这就是令人悲伤的"倒转"。"开端即丧失"——这种思想如同异常锋利的刀刃，只有在用过之后才能感受到效果。卡明斯的表述很好地概括了其本质：一种精确的创造性运动。这首诗的语法变化既精确又充满歧义。"伊甸园陷入悲痛"——这一句从对叶子的描绘转变成对苦难的描写，这一切都在逻辑结论、阐释和示例中完成。首先，失乐园是这首诗的焦点；其次，失乐园并不比树叶形式的改变更重要。这个姿态在随后一行诗中被重复。这里的音乐性也值得注意："Eden"（伊甸园）中的长元音"e"在"grief"（悲痛）中复现。而在下一行中，"Eden"中的辅音"d"保持不变，元音"e"发生了变化。长音"e"首先变成了"dawn"和"down"两词中较柔和的、中等长度的元音"a"与"o"，接着又变成了诗中最后一处韵脚，即"day"和"stay"中的长音"a"。

"如金之物难存留"，这一论断以这样的方式被验证：首先是叶子枯萎，颜色转黄，然后是世界的陷落；最后，甚至一天中日光的逐渐增强也被描述为一种失败，所有身披光芒的可能性事物最终都变成了寻常之物。等到标题诗句复现时，诗中所发生的所有丧失早已无法估量。这不仅仅是外部的丧失，还是我们自己最初的光辉和持久的希望被摧毁。我们，而非黄金，才是真正的失去之物。毁灭既美丽又彻底。

◇

弗罗斯特和诗将美留给我们：完全承认真相是第一种美，完全接受丧失也是一种美，它们都为我们带来了意想不到的心灵慰藉。

当诗歌提醒我们有用之物的无用性时，它也提醒我们无用之物的有用性。它提醒我们，存在本身就充分而自足。伟大诗歌的思考和推想超越了理性，因为理性植根于实现目标和它自身的永存，它不能也不会囊括生活或生命的全部。通过一首好诗的眼睛和技艺，我们将看到，世界会从我们希望它做的事情中解放出来。诗的存在既不能确保我们将要抵达的目的地，也不能确保信任和公正，更不能确保这一刻之外的任何一刻。一句老生常谈的话是：唯一可以期望的是，到来的并非你所期望的。如果实用主义的真理消失，我们也将不复存在。诗歌不仅让我们能够忍受生命的短暂无常，也使我们在自我的持续惊奇和不断生成的丰饶中，发现一条从受辱的悲痛通向愉悦的道路。

狗

我开始思考这些问题,并认为诗的超越性知识是一种奇特的人类解放。诗的顿悟将灵魂从有所期望和有目的的追求的牢笼中解脱出来,是一种完全只属于人类的认知能力。我仍然这样认为:如果海豚、乌鸦和大象能创造诗歌,那一定不同于人类的诗歌。但也可能存在"例外状态"——反之亦然,我们被我们所追寻的目标和终极目的牢牢扼住了心灵,这是人类特有的现象,而好的诗歌使我们恢复到一种近乎"动物的快乐"的状态。好的诗歌让我们目睹树叶由金转绿的过程而不感到悲伤,也能让我们在食用牡蛎时既品味到盐的味道,又从中领悟人类的贪婪史。诗歌令人惊奇的无目的的目的,如同荷马时代的希腊,就是为了让我们恢复伊萨卡岛之旅的广阔与生机,即使我们也深知"狗的内心无法读懂"。

※
第八章

何谓美国现代诗歌中的美国性：简要的诗歌入门

文化的声音由言说者的语言和作家的墨水铸造而成。因此，任何在美国创作的诗歌，本身就体现和扩展了"美国诗歌"的定义。这样来看，切斯瓦夫·米沃什、贝托尔特·布莱希特、丹妮斯·莱维托芙、汤姆·冈恩[1]、北岛和W. H. 奥登，他们每个人至少在一定程度上都可以（而且应该）被视为美国诗人。不过，某些声音听起来确实比其他声音更具美国特色，这让人们对美国诗歌的独特景观，以及由语言、经验和文化所塑形的诗歌构造板块和地域土壤有了一定的了解。

民主建立在生命平等和言论自由的基础之上。因此，一种看似恰切的方式是：让美国诗歌为自己辩护，让提喻法在构造整体形态和轮廓时发挥作用。但是，本章的论述中所列举的例证必然不充分且武断，因为这些例证限制了这张诗歌地图的边缘继续向前延伸，挤压了那些无法传达和言说的褶皱。尽管如此，这些诗歌的语言也许能让人感受到美国诗歌的河流、山脉、城市和方言的广度。

---

[1] 汤姆·冈恩（Thom Gunn，1929—2004），英国诗人，1954年移民到美国，曾在斯坦福大学和加州大学伯克利分校教授写作。——译者注

首先是诗人肯尼斯·科赫[1]，他的声音和气质都符合当今美国诗歌的内核。口语化、社交化、善于观察自我与巨大事物之间的关系、无处不在的喜剧性——这些都是科赫的作品以及美国当代诗歌的重要特征。《迁移》这首诗是诗人晚年的作品，写于他参加一次诗人聚会之后。那次聚会在智利南端几英里外的一个小岛上举行，那里波涛汹涌。

迁移

为什么我要冒着生命危险去看几条鱼
还有一些巨大的冰块，
去见几个南美作家？
纵使不来这里，我也能想象出这一切，
也会稍稍增加我存活的机会。
我曾认为我活多久并不重要
但我不知道我看到多少，
能写下多少，遇到多少人有多重要。
现在我不得不再次冒着生命危险返回，
从生命的"低处"返回。
我说"低处"是因为在地图上它就处在低处。

---

[1] 肯尼斯·科赫（Kenneth Koch，1925—2002），美国著名诗人和剧作家，纽约诗派的代表人物。——译者注

> 我去过东部和南部，因为那里有我想见的一切。
>
> 终于，六十岁时我向西走，去了中国。
>
> 那里有我想看却不懂的东西。
>
> 我可以走向那里，以我的存在，
>
> 这就是一切，生命的理由。
>
> ——肯尼斯·科赫

正如我们所见，好的诗歌能够拓展生命和存在：它们从已知和显见之物向未知之物移动。所有的诗人都在游历，无论是亲身体验还是心灵漫游。世界上许多诗人，如奥维德、但丁、白居易、玛琳娜·茨维塔耶娃和塞萨尔·巴列霍[1]，都因流放和被迫迁移而开始长途跋涉。然而，科赫却以幸运的方式穿越这个世界：去看那里的人和物；在新事物面前考验自己；去遇见他者和找寻自我。

这首诗在好奇和邀请中开篇，它提出了一个问题，而这个问题所显露出的自我意识将言说者精确地定格为一种形象：一个非英雄人物，一个单一、随意、独特的人类生命。这里的语言从平淡的对话结构中剥离出来，完全个人化，而不是通常所认为的更华丽的"诗意"形式，诗通过谈话的方式缓缓讲述它所发现的新事物。

这经过了深思熟虑。肯尼思·科赫和约翰·阿什贝利、

---

[1] 塞萨尔·巴列霍（César Vallejo，1892—1938），秘鲁现代诗人，拉丁美洲最伟大的诗歌先驱。——译者注

弗兰克·奥哈拉、芭芭拉·盖斯特[1]以及其他一些人一起创立了著名的"纽约诗派"。一百年前，沃尔特·惠特曼出版了他的第一本诗集，用他所谓的"野蛮的粗喊"更新了美国诗歌的耳朵。一个世纪之后，纽约派的诗人们，就像他们的朋友抽象表现主义画家一样，将艺术创作的思想剥离殆尽，直到他们可以在未涂底漆的画布上创作。他们的诗过滤了心灵的声音，展露生活的本真：未经修饰，不加渲染；日复一日，不断隐秘地自言自语，常常停留在事物的表面。然而，它们也会不可避免地撞上现实的悬崖；无论这首诗表面上看起来多么随意，科赫仍然承认和关心着重要的事情。

这如何发生？这首诗中有一种"天啊"（Gee whiz）的惊叹姿态和一些隐隐的低语："这世界不是很有趣吗？心灵不是很有趣吗？"这一基本立场标志着许多诗人已经显露并继承纽约诗派的基本风格。（通常与这一诗派没有联系的诗人，如迪安·扬、比利·柯林斯、玛丽·豪、托尼·霍格兰、黛西·弗里德和罗伯特·哈斯，在他们的作品中有时也能看到纽约诗派的影响）这与其说是一个主题问题、文学背景问题或朋友圈问题，不如说是一个姿态问题。纽约派诗人们戴着美国式的帽子，穿着美国式的裤子，穿着舒适的鞋子，热爱说话时发出的真实的声音；他们身体稍稍前倾，对这个世界及其运作方式充满好奇，对自己的故事轻描淡写。

---

[1] 芭芭拉·盖斯特（Barbara Guest，1920—2006），第一代纽约派诗歌的核心代表人之一，被誉为"美国诗歌后现代启蒙运动之一的女性奠基人"。——译者注

然而，轻盈并不是这首诗的全部。科赫的《迁移》表面的纯真是为更大的目标服务，像棒球运动员用脚窃走三垒一样窃取了它的读者：这是一种公开却迅速的技巧。科赫的诗在结尾处不经意地、几乎是不被察觉地抛出一种敬畏——那纯粹的令人难以置信的命运，存在于时间、空间和世界中，在一个活的身体里。在这"觉悟"的时刻，诗歌突然变得严肃起来：刚刚过去的困惑是彻头彻尾的奇迹。诗人诱惑你去感受它，同时避免感伤和自负。

美国诗歌中"大声说出想法"（thinking-out-loud）这一派中另一首代表作是罗伯特·克里利[1]的《我认识一个人》，任何一个在世的美国诗歌读者也许都知道这首诗。它完美的音高和排版的转换、自我反讽式的描绘，以及用廉价的手抄网捕捉生死，这些都让这首诗总能保持新颖，并稳居主流。

我认识一个人

当我对我的
朋友说，（因为我
一直说个不停），——约翰，

我说道（那并不是他的

---

[1] 罗伯特·克里利（Robert Creeley，1926—2005），美国黑山派最重要的诗人之一，也是语言派诗歌的先锋。——译者注

名字),黑暗

包围着我们,我们

该怎样反抗它,

要不然,我们,去

买一辆该死的大轿车,

开车吧,他说,

看在上帝的分上,先搞清楚

你要去往哪里。

——罗伯特·克里利

值得注意的是,这位紧张不安的言说者现在不停地对读者说话,就像他在车里不停回头对后座上不是约翰的约翰说话一样,他来到了肯尼斯·科赫曾抵达过的岩基附近。这两首诗提醒你,你还活着,但也许你并没有活着。在《迁移》中,科赫两次明确提到自己握着自己的生命(I take my life in my hands)——这是一个很有趣的比喻,意思是冒着死亡的危险,因为死亡让我们完全脱离了自己的掌控。克里利那辆车的突然转向是一种隐藏的手段,发生在诗歌语言的边缘之外——我们只能从乘客的反应中看出这些。然而,胃却在剧烈地翻腾。

而同样值得注意的是:两位诗人似乎都不太害怕死亡。

他们的诗歌展现了与美国电影中某些标志性主人公相同的生活方式——想想约翰·韦恩、加里·格兰特、哈里森·福特、强尼·戴普、克林特·伊斯特伍德、布鲁斯·威利斯、布拉德·皮特所扮演的无忧无虑的英雄们。（扮演原型角色的女性演员较少，但并非不存在；比如桑德拉·布洛克和西格妮·韦弗，或者《非洲女王号》中的凯瑟琳·赫本）。在西部片、战争片、奇幻冒险片、爱情片以及世界一流的盗窃片或间谍片中，角色们都展现出一种典型的泰然自若——漫不经心只是美国艺术中的一种性格，但它无处不在。闲庭信步和漫无目的的笑话并不意味着他们没有感受到恐惧——只有当真正的危险出现时，保持冷静才有意义。同样值得注意的是，科赫和克里利的诗歌（以及这类电影）都是通过"运动"来揭示特有的气质和性格。死亡的暗门被跳过了，通过敏捷、速度、风格和运动逃离了。在跃起的中途向下俯视，深渊才清晰可见。

正如美国文学中的典型人物哈克贝利·费恩喜欢说的那样，美国文化主要建立在"迁移"和"走遍美国"的叙事上。美国另外两部重要的基础读物《白鲸》和《看不见的人》同样讲述了离开家园的故事。无论是《迁移》还是《我认识一个人》，都承载着朴素的、美国式的、世界性的英雄之旅。通过步行、乘坐马车、汽车、船、飞机或者隐喻而发生的运动，都是关于一个人如何从此处到彼处，从一种生活到另一种生活，诗歌也是如此。弗兰克·奥哈拉曾有过这样一个经典的描述,他认为一首诗应该这样:"你只管大胆去写。如果有人拿着刀在街上追着你,你只管跑,不用回头喊:'放弃吧,我是米尼奥拉预选赛的田径明星。'"

我的意思并不是说纽约派诗人随意的、张口就来的说话方式纯粹是美国人的特点,或是20世纪50年代曼哈顿的一小群作家凭空捏造出来的。类似的音调变化出现在垮掉派诗人和某些古典罗马诗歌中,尤其是那些书信形式的诗歌中。而且,当华兹华斯努力将他那个时代普通的公共语言带入诗歌时,这一点可以被更清晰地听到。如我们所见,用日常语言捕捉日常生活(以及一些更大的猎物)的意图也出现在日本诗人松尾芭蕉的诗作中;俳句和唐宋汉诗的翻译也随之改变了美国诗歌的基本风格。在20世纪的最初十年里,美国诗人们阅读着亚洲诗歌的译文,这是英语读者第一次读到这样的作品,然后诗人们试图沿着他们在这些诗歌中所找到的方向来写作:一首相对不作阐释的诗歌,以意象为中心,其中许多内容亟待读者自己去完成。威廉·卡洛斯·威廉姆斯的《红色手推车》就是一个著名的例子:

红色手推车

这么多事物
要靠

红色
手推车

在雨水中
闪亮

旁边，一些白色
小鸡。

——威廉·卡洛斯·威廉姆斯

要在"美国精神"中写作（就像威廉姆斯后来明确尝试做的那样）而完全抛开自我尤为困难。《红色手推车》第一节虽然简短，但也将作者的思考带入了诗中：他固执己见的个人存在。在意象主义诗学实践中，一个更纯粹的例子是埃兹拉·庞德下面这首诗，其中俳句的影响更为直接：

地铁站里

人群中这些面孔闪现；
湿润的黑色树枝上，花瓣。

——埃兹拉·庞德

这里的意象完全承载了这首诗，却完全没有伪装成美国声音：美国人通常称地铁为"subway"，而非"metro"，这首诗所提炼的事件发生在巴黎。不管怎样，意象派诗人很快就转向了其他的事业。尽管如此，美国诗人有意识地尝试一种更安静、更清晰的诗歌写作。在这种实验中，主观自我隐含其中却并不在场，这为后来的美国诗人埋下了风格的种子，后来的诗人会不断地回到它。而意象派的表现方式和并置技巧也被后来更复杂的诗歌写作如饥似渴地吸收。

※※※

为了充分认识当前美国诗歌的音调，有必要进一步回顾沃尔特·惠特曼。19世纪中叶，惠特曼是一位生活在布鲁克林的报纸印刷工，他开始独力创作一种新型的美国诗歌，他认为这样的诗更适合这个成长和自我认知都像湿黏土一般富有可塑性的国家。不可思议的是，惠特曼竟然获得了成功——或许是因为他的抱负刚好是美国自我创造的产物和反映。为了更直观地了解惠特曼的发现，这里摘录一些他创造的语言，一些来自诗歌，另一些来自散文。如果将它们从上下文中剥离出来，这两种声音常常听上去难以区分。这就告诉我们，惠特曼所追求的是普通语言和诗歌语言之间的无缝衔接。

窗前的一朵牵牛花比书中的形而上学更令我满足。

***

我相信一片草叶不亚于行天的群星。

***

我发现没有比粘在我们自己骨头上更香甜的脂肪。

***

从此刻起,我命令自己摆脱羁绊和想象的限制……

***

现在我洞悉了造就完人的秘密。那就是在露天生长,与大地共餐同眠。

***

我同样不被驯服,我也同样无法翻译,
在世界的屋顶上,震响我野蛮的粗喊。

***

一个诗人最好的凭证就是,他的国家深情地吸纳了他,就像他深情地吸纳了祖国。

***

这是你们应该做的:热爱大地、太阳和动物,鄙视财富,给予任何需要的人以救济,为愚蠢和疯狂的人挺身而出,将你的收入和劳动奉献给别人,憎恨暴君,不为上帝之事争论,对人耐心和宽容,不屈从于已知或未知的事物,也不屈从于任何一个人或很多人,与有力量而未受教育的人、与年轻人、与孩子们的母亲自由交往。在你生命中的每一个季节,在户外阅读这些树叶,重新审视你从学校、教堂或书中所学到的一切，摒弃一切侮辱你灵魂的东西，你的肉体是一首伟大的诗。

***

沃尔特·惠特曼，一个美国人，一个粗人，一个宇宙，

狂乱、肥壮、多欲，能吃、能喝、善于繁殖，

不是感伤主义者，不凌驾于男人和女人之上，或远离他们，

不谦恭也不放肆。

打开大门的锁！
从门框上撬下大门！

谁侮辱别人也就是侮辱我，
所有人的言行最终都归结到我。

灵性汹涌澎湃地通过我奔流，潮流和指标也从我身上通过。

我说出最原始的口令，我发出民主的信号，
上帝啊！如非所有人在同样条件下所能得到的东西，我决不接受。

借助于我，许多长久缄默的人喊出了声音：

世世代代的罪人与奴隶的呼声，

患病者和绝望之人，盗贼和侏儒的呼声，

"准备"和"生长"循环不已的呼声，

连接群星之线、子宫和精子的呼声，

被践踏的人要求权利的呼声，

残疾人、无价值之人、愚人、呆子、被蔑视之人的呼声，

空中的云雾、滚着粪球的甲虫的呼声

***

我自相矛盾吗？很好，我就是自相矛盾；

（我辽阔广大，我包罗万象。）

引用就此打住。即使是在一百五十年后的今天，所有想了解美国现代诗歌的读者依然能从这些引文中找到典型的"美国性"——它的姿态、价值、创造力、性格和来源。"是什么让美国诗歌具有了美国特色？"这一问题最简短的回答就是：沃尔特·惠特曼。

随着惠特曼的出现，诗歌摆脱了自欧洲舶来的思想、节奏、意象、形式和传统，成为植根于人们日常生活的事物，植根于人们的工作、睡觉、吃饭和相爱。随着惠特曼的到来，美国诗歌兼容并包的时代也随之到来——它乐观地主张和肯定所有人民、物体和存在之间的民主，它忠于弱者，热爱城市和荒僻景观，它致力于边界敞开和杂交的活

力。随着惠特曼的出现，美国诗歌找到了它的勇气和怜悯，以及对任何命运和情感毫无保留的肯定。威廉·卡洛斯·威廉姆斯后来写作那首关于医院走廊的玻璃碎片的小诗时，他的注意力首先就转向了惠特曼所开创的方向。惠特曼创造了一种让所有人都能读懂和理解的诗，无论他们是否受过教育，这样的诗赞美一切存在的形式。当艾伦·金斯伯格1956年写下并发表《嚎叫》时，这首史诗般的垮掉之诗重新唤醒了美国人与生俱来的诚实、宽阔和自夸的高贵，他的诗行、广度以及言说的自由在很大程度上都源于惠特曼。

文学中没有什么是完全新生的，惠特曼的写作与发现也有两种源头：美国的建国理想和詹姆斯国王版《圣经》，是它们塑造了惠特曼。从《圣经》中，惠特曼既学会了将自己的诗歌意识视为能接受毫不掩饰的指导的容器，同时又学会了扩大遣词造句的范围。希伯来语、希腊语、苏美尔语、日耳曼语、法语、印欧语和盎格鲁-撒克逊语词汇赋予了17世纪英语《圣经》惊人的广度，惠特曼对"camarado"（同志）、"snivel"（哭诉）、"kelson"（内龙骨）和"kosmos"（宇宙）等词语的使用正与之相呼应；在《圣经》的译文中，他也找到了硕长而粗犷的自由体诗句。惠特曼的民主、几乎无限的忠诚以及他表达这些忠诚的自由，都植根于构成《独立宣言》和《宪法》基础的激进实验与激进精神。现世的狂喜和自我庆祝都是惠特曼自己的，都是从他自己出生其中并参与创建的这个国家的矿井中开采而来。

◇

和惠特曼的诗一样，美国诗歌包含着无限丰富性和大量的矛盾之处。美国诗歌的另一位奠基人是与惠特曼同时代的艾米莉·狄金森（1830—1886）。狄金森与世隔绝，一生几乎从未出版和发表过作品，她以迥异的声音和审美策略创作诗歌，但在新意上同样独树一帜，她的诗与她自己的经验紧密相关，丝毫不亚于惠特曼；而在将美国诗歌推向粗糙、非传统和独特创作道路方面也同样功不可没。狄金森检验并拓展了她那个时代对美的定义。她在自我中找到了思想和语言不可撼动的独立性，对独创性天才怀有同情和坚定的认识，以及深刻的自我渗透。因此她的诗歌虽然短小，却和莎士比亚的戏剧一样，转向了经验的多重面向和维度。狄金森的诗虽然也包含了外部世界——鸟、蛇、海洋和天气、木工工具和一列满载感情的火车，但她的探照灯聚焦于内心世界，照亮了精确而多变的精神、情感和内在生命。惠特曼拥抱广大，热爱罗列；而狄金森则是一位专注于探索奇特经验的解剖学家，在内心深处敏锐而无畏地记录着一切。

狄金森的作品并没有形成一个无缝而紧密的整体——尽管她的音乐性、诗行和拼写法一看便知，但一首诗的内容和态度可能与另一首大相径庭。这里只能举几个简短的例子，但我们至少能从中听出美国诗歌声音的另一个源泉：凝练、隐晦和私密。这些诗忠于感觉经验，总是谈到人类所共享的事物。狄金森的诗不同于惠特曼，它保留了两种传统的由声音驱动的思想引擎:节奏和韵律。它们时而清晰,时而模糊,如此微妙,与其说是依稀可辨的踪迹,不如说是香水的雾气。

  我栖居在可能性中——
  一所比散文更美的房子——
  更多的窗户——
  更雄伟的——门——

  这里的房间犹如雪松——
  目光无法穿透——
  一片永恒的屋顶
  天空的穹窿——
  来客们——都是最完美之人——
  这——就是我的职业——
  我窄小的双手完全张开
  让天堂聚合——

  说出一切真相,但要曲折地说——
  成功之道,在于迂回
  我们脆弱的感官无法承受
  真相恢弘的震惊

就像被闪电惊吓的孩童

要以和蔼温柔的解释安抚

真相必须缓缓显露炫目的光芒

否则每个人都会变盲——

弥合一道缺口

需要插入造就缺口之物——

填补它。

用它物——会让裂缝变得更大——

你无法用空气

焊接深渊。

我从一块木板走向另一块

一路缓慢而谨慎；

我感到头顶群星闪耀

脚下大海广阔。

我并不知道下一步

就是我最后的距离——

它赐予我危险的步伐

有些人称之为阅历。

  陌生之物总是让人疏离。狄金森的诗在她有生之年几乎完全没有出版，纵使在出版之后，仍有许多早期读者抱怨她的作品令人费解、笨拙、篇章短小。她那歪歪斜斜的押韵听起来有点不对劲;她那反常的节奏似乎总是磕磕绊绊。惠特曼自己出版的作品也没有立即被读者广泛接受。许多人认为他的诗可耻、过火、丑陋。他的诗不押韵,随意不羁,长篇大论,讲述身体的每一个动作和部位,颂扬男女爱情。然而,到1892年惠特曼去世时,他已经成为各大报纸热情赞美的"我们伟大的白发诗人",而现在几乎所有小学生都会阅读狄金森的诗。这两种声音都渗透到了美国诗歌的方方面面,解放了说唱、自由诗、解构主义的碎片、摇滚歌词以及十九行诗和十四行诗。

※※※

诗歌的变形时刻通过语言和"声音"来实现——作家对"声音"一词的使用,常常超出了词典所规定的本义。作家的声音最好用类比来定义——声音是一首诗的身体语言,就像一首诗伸手去拿帽子时抬起胳膊肘,在移动的地铁列车上从座位上站起来时双脚站立,睁大眼睛,摆动手臂或臀部,或者不这样做。一位工作人员走过舞台,去更换布景;一个舞者在表演中走过同一个舞台——二者的区别相当于普通言语中的"声音"和诗歌中的"声音"。后者因其自身效果的"施行意识"而被强化。诗歌的声音如一个人的奔跑方式或指纹一样独特,这与我们生理的声音一样。人类说话的声音带有一种地域的口音，一种家族的口音；它被语言所塑造，成长于这种语言之中，并习得这种语言。身体的声音共振是一个人独有的乐器，而非其他人的乐器。诗歌中的声音和诗歌传统的声音也是如此。这些声音、思想、世界观被浇筑成可保存的指纹，因为蘸了墨水，所以更加清晰可见，经久不衰。

迄今为止，什么样的音色、音高和音质可用来标记美国诗歌的声音？开放、好奇、渗透、存在的混杂性和措辞的混杂性，奇异、速度、拥抱矛盾、拥抱辽阔、拥抱他者，因为他者不与自我分离，也不与自我相异。自我被视为整体的一部分，既是对个人经验的强调和突出，也是一种重要的声音和信念。美国诗人都善于从文化、传统和权力的边缘而非中心来言说，这种"外在性"(outsidedness)思维倾向于表现外部事物：惠特曼笔下敞开的门框、道路和河流；狄金森诗中星空下的木板；躁动不安；依赖于运动，并将运动视为解决问题的办法；偏爱舒适的步行鞋胜过各类形式的高级时尚。个人存在和个人风格既居于中心，同时也无关紧要。友善、欢乐、喜爱、透明甚至愤怒常常以某种方式被呈现出来，并渴望一个更大的整体。放弃诗歌语言的约定俗成，转而追求内心的低语、交谈、迂回和"粗喊"。以这样或那样的方式与现实的基石接触。最具美国特色的或许是美国诗人无可否认的健谈，他们通过交谈来找寻自我。

美国艺术的另一个标志是对新事物的探索。艺术总体来说都是如此。当然一位艺术家常常是一个拒绝陈旧事物的人。在美国诗学中，创新以引人注目的频率出现，而且是一种开诚布公的意图——惠特曼、庞德、埃德娜·圣文森特·米莱[1]、垮掉派和20世纪80年代初的实验派诗人莫不如此。这种态度在一个有意追求创造的国家里几乎不可避免，它根植于一种未知感和新生感（也就是说，"新"对于新来的移民来说是未知的，而对于那些被暴力驱赶的原住民来说并非如此）。非洲大陆上无穷无尽的景观；奇特的生物、植被和地质形态；丰富的矿藏和奇异的"资源"——这些陌生之物重新开启了社会契约和心灵的可能性。

◇

让我们回到现在时的诗歌，下面是诗人 W. S. 默温最近的作品。不加标点是默温在20世纪60年代开始的一种新的实践，那时他也刚开始自由诗写作。选择放弃格律诗，转向自由诗写作，这既引人注目，同时也默默无闻。默温的清晰往往是一种扩张的沉默所展现出的清晰，越是静谧，感知就越敏锐。

雨光

很久以来星辰每天都在凝望

---

[1] 埃德娜·圣文森特·米莱（Edna St.Vincent Millay，1892—1950），美国著名诗人，曾获普利策诗歌奖。——译者注

母亲说我现在就要走了

你孤身一人时一切都将安好

无论你现在是否知道你终将会知道

看那座老房子在黎明的雨中

所有的花卉都是水的形状

太阳穿过云层提醒它们

触摸散布在山岭上的拼花布

那来世洗刷出的颜色

它们早在你出生之前就在那里

看它们怎样醒来什么也不问

尽管整个世界都在焚烧

——W. S. 默温

W. S. 默温翻译过许多不同语言和时代的作品，涉猎广泛。作为一个诗人，他很早就有了强烈的环保意识，几十年来，他一直关照着两片从衰竭中带回的土地，一片在美国，一片在法国。几十年来，他也一直是一个安静的、未公开的禅宗修行者，"就这样静坐"于自己的生活和阅历之中，并持续冥想。也许这就是为什么在追忆母亲之死时，这位诗人哪儿也不去，只是更深入地沉浸于这早已存在之地。在《雨光》中，没有跳跃，只有看似平淡的语言和直接的凝视。然而，这首诗有一种"注视的温柔"，呈现并保存了我们人类对所有生命之光辉的忠诚。

美国诗歌可能具有标志性的特质，其中之一是美国诗人不受任何风格、主题或地域口音的限制或界定。初看之下，除了混杂性，很难说出这首诗中的"美国性"究竟是什么——最后一行中的意象让人想起了佛教的核心教义。然而，默温的诗不会被人误认为来自别处。这首诗中的声音如此清晰，犹如护照上盖下的印戳：当一个人以人性的尺度谈论着他周围的一切以及他生命中重要的人和事之时，在某种程度上，这既是一种解析，也是一种放下。甚至在这首诗的精神乐调和沉思乐调中，也回荡着美国诗歌中经常出现的且能被听见的直率的声音：早已消失的母亲的声音与诗人自己的声音，都被直接呈现出来。不易标记的是一个说话者的声音在何处结束，另一个说话者又从何处开始——就像生命本身从一代延续到下一代，声音会与意义呼应且融合。

◇

近几十年来，美国诗歌中刻意回避任何逻辑性和理性的写作风格和模式获得了长足的发展。如果要追寻这种写作模式的实践者，很快就能想到 E. E. 卡明斯以及法国象征主义诗人的美国追随者们（他们也是埃德加·爱伦·坡的继承者）。但当前的写作更具后现代特色，较少探索意义和语言的边界。约翰·阿什贝利是当代风格的开创者之一。当纽约派的其他诗人，尤其是肯尼斯·科赫和弗兰克·奥哈拉，在用日常语言追踪日常生活的运动时，阿什贝利却描绘了心灵非连贯的内心活动。接下来的三首诗是更具实验性的诗歌模式，这些作品的部分意义就在于意义本身被置于一种阈限的、半理解的、半逃避的状态。

下面两首诗的作者是简·瓦伦汀[1]，出生于1934年的她大致可算作默温一代的诗人。在早前讨论松尾芭蕉的诗歌时，我曾间接提到过默温和瓦伦汀，他们都是美国诗歌中"深度意象"运动的创造者。"深度意象"派诗歌流行于20世纪60年代和70年代，与亚洲的意象美学相结合，既表现出西班牙和南美诗歌的超现实主义色彩，又继承了里尔克、荷尔德林和歌德富有想象力的抒情自由。默温将这一运动带向了一个方向，简·瓦伦汀又将其带向了另一个方向。

苍蝇记得我们吗

苍蝇记得我们吗
我们不记得他们
我们说"苍蝇"

说
"女人"
"男人"
你离去

---

[1] 简·瓦伦汀（Jean Valentine，1934—2020）美国著名女诗人，曾获耶鲁青年诗人奖、美国国家图书奖等多种奖项。——译者注

经过我的手

我经过你的

我们的脚印

越过我们

饥渴

——简·瓦伦汀

一次在夜里

一次在夜里

我快步穿过急雪

饮下生命

从一只鞋中

我所思忖的

我的错,你的错

都不是错

　　　　　　现在

黑暗之门在您(thy)名字的铰合处。

——简·瓦伦汀

我们从诗中听到的依旧是一种内心化和个人化的声音,

而非公开或一般的声音；瓦伦汀的诗歌与默温一样，使用了内心语言的修辞，让人感觉像是被人无意中听到，仿佛读者已经被允许进入诗中未被言明的思想。这两首诗所采用的方法尽管简单，但根本上是沉默与显露的聚合与累积。正如罗伯特·克里利的诗一样，瓦伦汀的语言在措辞上也毫不掩饰其混杂性：请注意第二首诗最后一行中那个古旧的"您的"（thy）。

瓦伦汀的诗带有一种隐逸感和私密的氛围。它们极为怪异，啜饮着超现实主义的自由；她的意象往往复杂而令人困惑。"我快步穿过急雪／饮下生命／从一只鞋中。"我们只能凭直觉理解这句诗。这说得通，也说不通；它提供了感觉的入口，却不能提供完整的事实。诗末的"现在"独自浮在书页上，读者会停下来思考，它究竟是属于上一行还是下一行？或者它是否是一个铰链词（双关语），平等地分属上下两行？最后这个两面性的假设，是我在阅读中有意那样去思考的，但我们也必须考虑到，这首诗本身可能就是有意在制造某种混淆或困惑：它并不寻求人与人之间关系的清晰，它的核心就是意义与感情珍珠般的结晶。

在瓦伦汀两首诗的最后几行中我们会发现，这一诗学策略已成为美国诗歌的标志性元素：诗所锻造的美和体验只能存在于语言而非现实世界中。认识到这一点是阅读这类诗歌的关键。在这里，我们看到的是诗歌和语言的自我创造："现在／黑暗之门在您名字的铰合处。"在这行诗中，开放与封闭,逻辑与梦境,亲密与圣礼演讲仪式,都在诗的直觉感知的悬崖上达到某种平衡——这是一个完全由语言自己构建的世界。

美国诗歌中的"悲伤"饱含大量的音乐性,其中一种是"破碎"。20世纪70年代末,"语言学派"和解构主义诗人曾一度对意义进行大规模的暴力解构——这种实验是对"自我之死"的欢呼,各类文化都参与其中,与一个世纪前的"上帝之死"并无二致。诗歌写作从这种极端的非线性风格中获得了富有表现力的、极简主义的、非连续的、高度提炼的诗学风格。稍年轻的诗人凯瑟琳·巴内特[1]也发出了这种"诗的声音",她的一首无题诗写于她年轻的侄女和侄子死于空难之后。

(无题)

C 减去 A 和 B 等于——
没有枝干的树等同于——

悲伤的样子:
生锈的刀插入山羊的侧腹。

---

[1] 凯瑟琳·巴内特(Catherine Barnett, 1960—),美国诗人、教育家。——译者注

不，不。

一枚硬币落入水中

鱼奔游而来。

————凯瑟琳·巴内特

这首诗打破了自我，改变了自我，也自相矛盾，无法找到一个总括性的标题。诗无法解决的问题，它就会扮演，留下一些意象来完成毁灭和闪光的平衡。你可以说，这首诗的速度、简略和未驯服的心灵运动借鉴了纽约诗派；但在正式的、非口语的言说和对呈现细节的依赖方面，它同样借鉴了狄金森和意象派/深度意象派深远的传统。然而，如果没有美国诗歌在20世纪70年代和80年代的非线性实验诗学的广泛传播，这首诗的声音和神韵就不可能来自这两者。

◇

我想讨论的美国诗歌的最后一个特征是它与公众参与之间令人苦恼的关系。惠特曼直接描写过南北战争、奴隶制、修建桥梁和国家建设；狄金森虽然并不完全沉默，但对这些问题却相当冷静——尽管她极端的死亡意识至少在一定程度上源于她对战争的认识，而不仅仅源自她最亲近的朋友和家人的离世。六十年来，人们对"介入之诗"的不安大约每十年会出现一次,关于"诗歌是否应该对社会有用或在更大的文化辩论中具有重要意义"的争论,至少对一些人来说,似乎一直令人不安。

对于美国作家来说,争论的焦点大致如下:那些抵制"参与式诗歌"的人认为,在一个过于实用主义的文化中,我们应该为光荣而无用的艺术保留一个角落,让它免受太过普遍的文化压力的挤压,这种压力要求将实用作为衡量每一个对象的唯一尺度;对另一些人来说,"介入之诗"似乎很糟糕,他们认为这是语言被迫服务于某项事业。正如叶芝这位曾深深卷入爱尔兰独立斗争的诗人曾经说过的:"我们从与他人的争吵中创造雄辩,而从与自己的争吵中创造诗歌。"另一方面,赞同"参与式诗歌"的人认为,历史对个人生活和个人内心的磨损和侵蚀自诗歌存在以来都是诗歌领域的组成部分,任何能影响人的事物都属于诗歌,并且能与其他一切事物相连——情感与智力,个人与社会,公众与私人,自然世界和人工创造;石头的冰冷和人性的温暖;对暴力不公的认识与对抒情超越的渴望,都紧密地联系在一起。

所以,当前美国诗歌声音的最后一个例证,我选择了一首超越了争论界限的诗,一首既有政治警示性又完全非教条的诗。作者尤瑟夫·科蒙亚卡[1]曾是越南战争的服役士兵,

---

[1] 尤瑟夫·科蒙亚卡(Yusef Komunyakaa,1947—),美国当代最杰出的非裔诗人之一,"战后一代"的诗歌代表,以口语爵士诗著称,曾获得普利策诗歌奖和史蒂文森诗歌奖。——译者注

他以自己的切身经验写下的诗让他在诗歌界崭露头角。这首诗虽与越战经历有关，却比较新颖，它源于作者参观"纪念碑"（The Wall）——越战老兵纪念碑的黑色大理石墙，上面刻着在越战中死去的美国人的名字。

面对它

我黑色的脸庞逐渐模糊，

隐入黑色的大理石。

我说了我不！

他妈的：不许哭。

我是石头。我是血肉。

我模糊的倒影盯着我

像一只猛禽盯着猎物，夜的轮廓

向黎明倾斜。我转向

这边——那块石头放我离开。

我转过去，又一次

被刻进越战老兵纪念碑

靠灯光才能看清。

我依次查看58022个名字，

怀着些许期待，寻找我的名字，

它的字母宛如漂浮的轻烟。

我摸到了安德鲁·约翰逊的名字；

我看到讶雷爆炸的刺眼白光。

名字在女人的衬衫上隐隐发光

但当她走开

名字仍然留在石墙上。

笔画闪光,一只红色的鸟

翅膀切开我的凝视。

天空。一架飞机在天空中。

一个白人老兵的影子漂浮

靠近我,他苍白的眼睛

洞穿我的眼。我是一扇窗。

他将右臂

留在石墙内。在黑色镜面里

一个女人正试图抹去一些名字:

不,她只是在轻抚一个男孩的头发。

——尤瑟夫·科蒙亚卡

这首诗的声音介于个人内心的破裂和公开言说之间。它停在了中间态,真切地尊重未来和非确定性——这并非偶然。就像诗人所经历的纪念碑一样,这首诗不仅承认了自身的不完整性,而且将私人和公众重新编织起来,并进一步打开了丰富而多样的体验。这面纪念碑容纳了比现在更多的名字。就像我们看过的每一首诗一样,无论诗的动词时态是什么,阅读它们就是进入当下时刻的行动并被改变——

带着诗人自己的转变意识，石头变为肉体，伤口变为窗户，丧失变为仍可用温柔去触摸的未来和向前迈进，进入一个可想象的别样世界。

科蒙亚卡的诗歌中包含了个体与整体、诗歌内与外的界限、多样性的运动、沉思与隔阂的暂时消解，也提到了美国的种族困境和战争困境。诗将它的主题轻轻放入意象之中，以声音的力量来迎接它们，翻转它们。许多其他的诗歌可能都有助于结束本文的论述——这些诗歌可能同样展示了这里所描绘的混杂品质，但《面对它》对美国所面临的问题进行了复杂、细致、直接的审视，这让我感到我选择它是正确的。

越战老兵纪念碑

※※※

再多的例证也无法展示当代美国诗歌的全貌。有些诗人以高度复杂的巴洛克式语法和句法写作，有些诗人则完全拒绝被读懂。有些诗人将当代的柔韧性融入传统形式，有些诗人写个人自白，有些人用诗体写谴责作品和小说。有些诗人通过声音来言说，从表演性诗歌到嘻哈音乐，再到牛仔音乐，不一而足。有些诗人创作后现代歌剧剧本，也有诗人写作俳句，写中国风格的四行诗，创作格言、蓝调和民谣。有些诗人通过涂抹（erasure）的方式进行创作，将他人作品中的文字涂黑，让诗在光亮中呈现出新的意义。

要谈论美国现代诗歌中的"现代性"，需要另一篇与此文等量的长文来论述和探索。我在这里只想说，这并不是诗歌的原始使命突然消失的问题。当代诗歌保持了艺术与口头记忆的最初联系，始终将艺术的使命与服务于文化和人民的需要联系在一起。当代诗歌保留了传统诗歌的持久优势——生命力、淬炼、变形、见证、协商，以及声音和语言的可记忆性与表达；但它们也发展出了一些新的特征：拉伸、压缩、气雾化、合铸、编结，以及冰与火的质询。可以说，它们拥有了更多的表现方式。它们被遣往形式多样的流放地，突袭了梦幻、散文、纪录片和掷骰子所在的领地，然后以另一种变形的语言被召回。它们从此刻的井里汲取当下之水。在技术领域，现代性伴随工业复制到来。而在艺中，现代性通过个人独创性和个人声音的反压力特质到来，通过有意的和偶然的混杂融合到来；它如同氧气一样来到我们中间，当语言呼吸时，现代性就能被吸入。

我感到，"美国的"并不一定完全是"现代的"。美国艺术的特征其实就是由移民所创造的文化所体现的特征，美国人精神的流动性和身体的流动性创造了这种文化；当你发现自己远离传统的地形、回答和路径时，你所需要的创造性创造了这种文化。此外，美国诗歌会继续反映美国建国之初所设定的个人主义：对一个人或一小群人创造全新事物的能力充满信心。这是一个在革命和背井离乡中建立起来而非通过延续和继承而建立起来的国家留给我们的遗产。此外，还有话语类型的问题，即某些节奏、句子、短语和某些词语已成了随身携带的种子。最后，移民旅行者对求知和归乡的永恒渴望和追寻，使得美国诗人往往能转向本土和光辉的细节，并从中得到喘息和寄托，就像花岗岩石碑上映现的倒影——一位母亲抚摸男孩的头发。当我们感觉这个世界既隐秘又未知，同时还令人惊奇之时，一种心灵的习惯需要形成——正如需要在心灵、语言和头脑的地图上进行第一次标记一样。旅行者不断寻找着前进的路标，也寻找着短暂的歇脚之处，并在停歇之时回味过去的浩瀚，同时畅想前方未来的广袤。

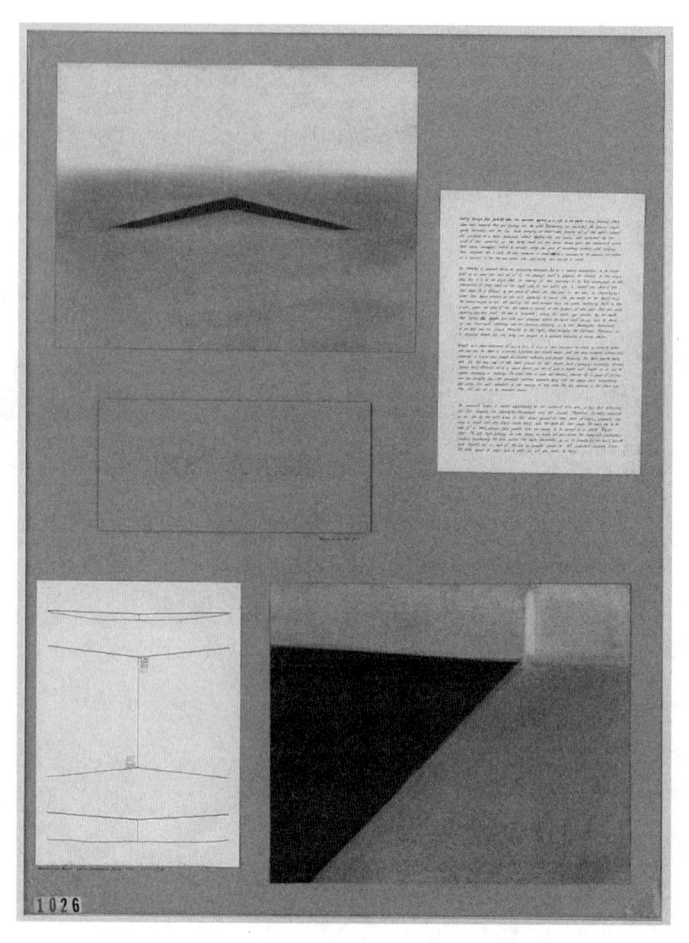

林璎参加"越战老兵纪念碑设计大赛"时提交的原始材料

第九章

诗歌、变形与泪柱

> 你的父亲躺在五英寻下的深渊,
>
> 他的骨骼已化为珊瑚,
>
> 耀眼的珍珠是他的眼睛。
>
> 他通身没一点朽烂,
>
> 只是遭受海水的变幻,
>
> 让它变得富丽又珍奇。
>
> 海中仙女时时为他敲响丧钟:
>
> 叮——咚。
>
> 听!我听到了它们——叮——咚。
>
> ——威廉·莎士比亚《暴风雨》

语言会发生转变。

宣传是一种操纵、强化和愚弄的语言。引诱的语言善于窄化和强化,激发单一的欲望。事实性语言为了心灵的进一步聚合,向我们确证和告知,提供我们所期望的值得信赖的组件。方向性语言能引导我们;祈使性语言会发号施令;解释性语言是为了令人满意,或者不让人满足。

诗歌当然可以转向上述每一种结局。但当这一切真的全都发生时，诗歌就会变成一个发育不良的侏儒，就像植物被限制在花盆里。正如我们所见，甚至在《暴风雨》的这几行诗中我们也会发现：如果"诗的根茎"拥有广阔的生长空间，它就能将我们和它自己从所有可知的结局中解放出来。

事实上，从日常语言的角度看，诗的结局尤为奇特。但正是这种特异性，才让诗歌如此不可或缺——真正的诗歌就像真爱，可以解救我们，让我们远离孤岛。相反，耽于感官与颠覆性的诗歌则避开了我们对表层现实、意图和意志的习惯性忠诚。一首好诗既具综合之能，无所不包，又充满渴求。它将我们拉向那些看不见的事物，拉向变幻无常的、不稳定的、不受保护的、多面性的事物。诗歌在抽屉里翻寻着那些尚未存在但可能存在于这个世界和我们心灵中的事物。诗歌的无穷无尽就是存在本身的无穷无尽，它无时无刻不在从一个新的世界跃向另一个新的世界。一首好诗既像化学试剂，也像穿过石灰岩的水或满怀好奇心的小孩，能揭示真相，进入和离开它所遇到的一切，并让它们发生改变。

当人们深感困惑时（如同中年但丁迷失在黑暗的森林中），或被一些外部事件——无论是爱欲、时间、疾病或死亡的个性化和个人化引导，地震、火灾和洪水肆虐的危机，还是非正义、剥削、战争等人为的文化失败——猛然拉离常轨时，这些变形的力量是人们转向诗歌的原因之一。这样的事件不仅仅只吁求实际的答案和理性的解决方案。当外部状况发生改变时，内部也必须改变自己以适应它，否则我们的内在生命就会陷入混乱，变得支离破碎。一首好诗能翻开新鲜的土壤，满足新鲜的需求。米兰达[1]相信尽管自己没有父亲，但她会继续生活，并坠入爱河。但丁将继续前行，心甘情愿地走进地狱的大门，并在诗歌形式的塑造和帮助下，以他所热爱的意大利母语中的土语和"三行体"（terza rima）形式，描述他所看到的一切。

思维就像奔跑的豆子或攀缘的蔷薇，如果给予其自由活动的空间和格栅，它们就能走得更远。无论是在概念上、句法上还是音乐性上，"形式"能将心灵的口吃变成可理解的语言，将可理解的语言变成诗歌。诗歌反过来又改变命运：它们让冥顽不灵的外部环境变得温顺，变得可供征用。

诗歌与命运的协商能以多种方式展开。有时诗学意义上的"转变"既内在又私人；其他时候，正如在前一章论述尤瑟夫·科蒙亚卡的《面对它》时所看到的那样，私人诗歌也可以扮演更公开的角色。波德莱尔、惠特曼、叶芝、威尔弗雷德·欧文[2]、聂鲁达和兰斯顿·休斯一直处于政治和社会革命的轴心；美国诗人埃德娜·圣文森特·米莱和埃德里

---

[1] 米兰达为莎士比亚戏剧《暴风雨》中的人物。——译者注
[2] 威尔弗雷德·欧文（Wilfred Owen，1893—1918），英国诗人，被视为第一次世界大战中最重要的诗人，以反战诗闻名。代表诗作有《为国捐躯》《守夜》等。——译者注

安娜·里奇[1]、俄罗斯诗人安娜·阿赫玛托娃、日本诗人与谢野晶子[2]等人改变了女性的生活轨迹。无论是在公共领域还是私人领域，语言都是手臂，是眼睛，携带着自己独特的磁场和引力场。正如惠特曼曾说："像骏马一样健壮，多情、傲慢，带着电力／我与这种神秘挺立在这里。//清澈与香甜是我的灵魂，不属于我灵魂的一切也清澈而香甜"——说出这些就是在自我和他者之间创造出一种转变的关系。这样的诗行既优美又反响强烈。

※※※

所有让我们发生改变的诗歌，或多或少都必然是语言学家J.L.奥斯汀[3]所指称的"施行话语"（performative speech）——一种既能召唤行动又能构成行动的语言。当有人打喷嚏时，我们会说："祝福你"，那么她就受到了祝福；或者有人说："此言为证，我娶你为妻"，两人就结为夫妻。"施行话语"与诗歌一样，不能从客观角度判定其真假。在

---

[1] 埃德里安娜·里奇（Adrienne Rich，1929—2012），美国诗人、散文家和女权主义者，被称为"20世纪下半叶最广为人知和最有影响力的诗人之一"，并将对妇女和女同性恋的压迫带到了诗歌话语的最前沿。——译者注
[2] 与谢野晶子（1878—1942），日本诗人、作家、教育家、和平主义者和社会改革家。——译者注
[3] J.L.奥斯汀（John Langshaw Austin，1911—1960），二战后英国著名的分析哲学家，语言学家"牛津派日常语言哲学"公认的领袖之一，在英美哲学界产生过较大的影响。——译者注

奥斯汀生动的描述中，"施行话语"只有在与外部事件的关系中，才被称为"快乐"或"不快乐"、"幸运"或"不幸"。施行式创造，顾名思义，是它们自己制造的现实。正如我们所见，这也是诗歌表达的一种标志性力量。

在《如何以言行事》(*How to Do Things with Words*)中，奥斯汀赋予了诗歌"严肃"话语之外的特殊地位。他认为，日常生活中对他人许下的诺言会产生相应的兑现诺言的义务，但在诗歌或笑话中则无须承担这种日常生活中的责任。奥斯汀所说的这种"豁免"可能最适用于戏剧独白诗。没有人会相信勃朗宁的《我已故的公爵夫人》(*My Last Duchess*)中的叙述者是勃朗宁的"自画像"。然而，正如爱默生在《论诗人》中所说："语言也是行动。"乔治·奥本[1]也曾写道："在一部戏剧中，演员们大声呼喊／但在一首诗中，语言／自身大声呼喊"，如果一种施行式话语被定义为通过言语改变我们与自我、与他者、与世界之间关系的方式，那么毫无疑问，诗歌肯定也是如此。切斯瓦夫·米沃什的《献辞》写于1945年的华沙，是一首献给该市起义中的死难者们的挽歌。该诗显然是一种"施行话语"：它既是诗，又是诗所描述的行动。

---

[1] 乔治·奥本（George Oppen，1908—1984），美国诗人，1930年代放弃诗歌，转而从事政治活动。——译者注

献辞

我没有能够拯救的你
请听我说。
试图理解这简单的话,因为我羞愧于再说其他。
我发誓,我身上没有词语的巫术。
我以沉默对你说话,像一朵云或一棵树。

那使我坚强的,却对你致命。
你混合了一个时代的告别和一个新时代的开始。
混合了憎恨的灵感和抒情之美,
以及盲目的力量和完美的形状。

这里是波兰浅河的河谷。一座巨大的桥
伸进白雾之中:这里是一座破碎的城市
当我和你说话时。
风将海鸥的尖叫抛在你的坟上。

不能拯救国家和人民的
诗歌是什么?
一种对官方谎言的默许,
一支醉汉的歌曲,他的喉咙将在瞬间被割断,
二年级女生的读物。

我需要好诗却不了解它,

后来我发现了它有益的目的,

在这里只有在这里我找到了拯救。

他们过去常在坟上撒下谷子和罂粟种子

喂着伪装成鸟儿到来的死者。

我将这本书放在这里,为曾经活着的你,

这样你就不会再来拜访我们。

华沙,1945年

——切斯瓦夫·米沃什

(英译者:Czesław Miłosz)

这首诗最早出现在1945年出版的一本书中,在我看来,这本书标题的英文译名《拯救》(*Rescue*)也具有明确而直接的"施行式"特征。

米沃什曾见证隔离区被清空,城市被烧毁,国家被占领,文化被摧毁;对他而言,拯救的道德迫切性既私人又紧急。在问世近70年后,《献辞》仍在继续烤灼着紧握它的每一双手。诗的开篇似乎是一场克制的葬礼仪式,一种通过献祭的方式将灵魂从痛苦中解救出来的仪式,它揭示了诗人近乎绝望的方式:这首诗是咒语、致歉、谴责和誓言。"我没能够拯救的你"则预示着:需要救赎的是诗人自己,而不是那些接受献辞的人。这首诗带给死者的与其说是一本躺在坟前的书（读者必须意识到，当米沃什写出这首诗时，这样一本书不可能被出版），不如说是一个承诺：去承担他们不再能承受的重负。

"我以沉默对你说话，像一朵云或一棵树。""这里是波兰浅河的河谷"——这些诗句一直萦绕在我耳边。随着元音字母的发音和停止，这些"词语"在舌头上生出美（米沃什在自己的英语译文中使用了"word"一词），但是它们也抵抗着被消除，因为它们承载着"窗口意识"的道德拓展（moral enlargements of window awareness）。正如之前在亨利·里德的《部件的名称》中所见，白云、树木和河流之所以值得被信任，正是因为它们存在于人类的意图和暴力之外，存在于知识分子对党派观点的敏感之外。米沃什召唤一个可呼吸的、持续的现实世界，让读者在年龄的增长与痛苦的增长中能深呼吸片刻。

这里对窗口的描述也软化了悲痛和艰难。一条因浅而命名的河流在物理上是具体的，因此它的真实性更令人信服，但"浅"这个形容词也唤醒了柔情。一条浅河既不汹涌澎湃也非格外典型，但河中流淌的透明之水却不可替代，它们是珍贵而脆弱的存在。接下来的画面变得越来越不祥，但河谷却让人瞥见了持久的和平，即使这种和平尤为脆弱。在米沃什的一生中，波兰和立陶宛的河流一直是他诗歌中令人心安的支柱，是一个立陶宛人的童年在未经破坏的自然和世界中留下的天堂般的印痕和记忆。正是这种回忆中的伊甸园般的现实，让诗人通过语言的投掷，从可能的领域进入到真实的领域。

《献辞》构造了一种安全行为，把几乎无法承受的痛苦转变成亚里士多德意义上的"净化"所引发的恐惧和怜悯。这样一首诗必定会被视为"施行话语"，被看作一种真实的体验，和其他任何好诗一样真实而重要。正如每个诗人必须做的那样，米沃什在衡量诗歌和诗歌的客观力量时摇摆不定，尤其在他衡量自己的诗歌时，这种犹豫不决更为突出。然而，他一生都信奉祈祷，并声称惠特曼的诗歌是第一次世界大战的幕后推手——欧洲所有的年轻革命者都曾狂热地阅读他的诗歌。对米沃什而言，语言是创伤留下的洞。

◇

虽然一首诗在效果上可能具有"施行性"，但这并不意味着它的作者有意识地去实施某种特定的外在或内在的改变。仪式语言和法律语言也会发生改变，但从定义上来看，它们的目标是一种预先设定和确定的结果。诗歌的磁力作用则不同：它从我们内部汲取我们所不知道的事物。作家写作不是为了成为作家，而是为了写作。正如我们已经看到的，可预测的顿悟并不存在。已知之物不会带来新的事物，更不会留下任何改变。（如果你想知道《献辞》究竟有何惊奇之处，那就想想这首诗结尾的"姿态"吧——这态度不仅是一种解救，也近乎一种驱魔。接受献辞的人通常不会被要求离开房间，但颇具反讽意味的是，在这首诗中他们却被要求"不要再来拜访我们!")

陈述事实虽然行之有效,但它很少能通向我们在好诗中寻求和感受到的转变,原因之一是它缺乏我们需要的持久的"惊奇感"。物理学家尼尔斯·玻尔曾经说过,"事实"(fact)与"真相"(truth)的区别在于:事实一定有真假之分,但两个对立的真相可以同样正确,产生共振,并相互渗透。为了确定事实,我们求助于科学(有时求助于法庭),但作家的工作与使命不是寻找答案,而是寻找正确的问题。这也是契诃夫的思想,它让人想起了前面章节所提到的哈西德派的拉比和他的那一记耳光。好诗不是让事物变得更简单,而是让它变得更清晰。

诗歌不仅仅是通过追求美来寻求变形和转变。自然之美与诗歌的人为之美并不相同。尽管如此,如果要在毫无节制地自由展示语言与尽职尽责侍奉语言之间做出选择,大自然似乎也会选择支持这"看似疯狂的孔雀之尾"。对于艺术或生活而言,在愉悦和目的之间做出选择的想法并不正确,我们可以选择戴上清教徒的帽子,也可以选择将它留在衣帽架上。美学上的发现和演变也许是以无目的和有目的的方式同时进行着:每一种演变都以"发明"和"爱欲"的形式出现,穿着犀牛角和六行诗般的服装到来,在偶然和毫无计划的重新组合中到来。正是愉悦,而非目的,使一种生物或形象与另一种配对,而艺术即使看似无用的愉悦也并非无所事事。它们是一种以意志所无法企及的方式为未来服务的想象力。

科学家认为,在进化中,似乎有时目的性事物可以被更好地解释为一种越来越趋近于现实状况的转变——这同样适用于诗歌。艺术美学和创作中最初看似荒谬而毫无节制的"孔雀之尾"式的变化,将会长期存在,只有当这些变化回应了我们实际生活中的某些压力时(无论这种压力如何隐蔽),它才会从我们生活中显现出来,进化过程同样如此。诗歌回答那些重要的或者很快就被遗忘的问题。甚至捣蛋鬼(Trickster)[1]打破规则的方式,如冒险、亢奋的情欲、恶搞、出丑、毁坏、幽默,等等,都是转变的手段,是为生存服务。

※※※

戏剧的标志是两个"希腊面具",而非一个。[2]艺术既能带来欢乐,也能带来悲伤,否则它就无法吸引我们的注意力。正如我们之前所见,它也会让人停下来。那些让我们停下来的艺术会重新校准我们的灵魂。里尔克的诗作《古老的阿波罗的躯干雕像》(*Archaic Torso of Apollo*)中的绝大多

---

[1] "Trickster"常被译为"捣蛋鬼"或"诡计者",是西方神话、宗教和民间故事中的一个角色,他们通常拥有超常的智力或秘密的智慧,善于用他们的才能实施恶作剧或者打破世俗的规则与传统。——译者注
[2] 两个"希腊面具"指哭脸和笑脸面具(Comedy and Tragedy Mask),它们是戏剧的象征,二者缺一不可。——译者注

数诗句以纯粹的沉思展开，最后一行是著名的震人心魄的命令："你必须改变你的生活。"我们在这首诗中所看到的奇特雕像残缺不全且面目全非，观看者需要通过心灵而非眼睛去想象和填充，才能重现这雕像的宏伟之力。诗人、读者与大理石躯干雕像三者携手合作完成了诗的意义。艺术从来都不自足。任何艺术作品存在的根基都是人的生命、灵魂、心灵、思维以及艺术作品在它们之中所唤醒的转变。

重新校准同样存在于贝托尔特·布莱希特于20世纪30年代的德国所写下的短小而看似简单的"座右铭"中。这首诗全文如下：

> 在这黑暗的时代，
>
> 也会有歌唱吗？
>
> 是的，也有歌唱，
>
> 关于这黑暗的时代。

——贝托尔特·布莱希特

（英译者：John Willett）

回忆一下西奥多·阿多诺的论断："大屠杀之后，诗歌是不可能的。"这一"断言"的意义不言而喻。布莱希特的诗预先回答了阿多诺的问题：《献辞》以及1945年之后的每一首优秀的诗歌都是对阿多诺的反驳。然而，阿多诺的论断并没有完全丧失其深刻的文化意识，这自有其充分的理由：

这种激烈的判断本身就是从令人震惊的沉默向深思熟虑的审美意识的回归。里尔克的"命令"在最初的语境中是心灵对美的诉求作出的回应，但在我们了解人类最邪恶的恐怖能力之前，"转变"同样是灵魂的哭喊。当心灵和思维发现自己遭遇彻底毁灭时，只有两条路可走：一种是找寻新的认知和理解，另一种则是自我麻痹。但后者根本就不是一条路，而仅仅是一种延续。在对死亡集中营难以理解的揭露中，阿多诺搜寻着那些没有被简化、回避或掩饰的回应。在谴责文学的同时，阿多诺也在做着文学的工作：审视那些无法承受的事物，用比最初的言说更持久的语言来做出回应。

然而，只有愤怒才能使愤怒持续和永存。虽然沉默的"净化"和"隔离"可能在一段时间内是必要的，但阿多诺的否定性论断最终被之后出现的诗歌写作所否定，此后他也一直缄口不言。布莱希特和米沃什的诗解放了心灵和思维，从而证实了"断言"和"诗歌"之间的区别。在黑暗的时代，隔离、孤立与静止不动毫无用处；而仅靠气力和意志也无济于事。重新调整并恢复人性的能力就是从中发现我们自己能被轻易而又得体地感动。对此，我们需要诗的歌唱所锻造的联系：词语活在他者能听到的人类声音之中，音乐潜藏在稳定的理性思维之下。二加二总是等于四。十四行诗或弦乐四重奏穿过我们，在我们中间无限延伸。

◇

布莱希特的"箴言"是"歌唱，关于这黑暗的时代"。

在优秀的诗歌中，文献记录不仅仅记录事实，还是"转变"的手段。全面审视，然后公之于众，这会让麻痹的心灵开始行动。凡是已被发现和被承认的事物都可以被保存、观察、研究、理解、朝向和远离。通过公开陈述来解冻时间和心灵，向自我和他者大声说出已发生的一切——这是《伊利亚特》、卢旺达"盖卡卡"法庭[1]、奥古斯特·威尔逊[2]的戏剧、南非与阿根廷的现实真相与和解进程所追寻的共同目标。这就是为什么土耳其一家小型的亚美尼亚报纸的编辑——他的前任前不久刚刚被杀害——会对一小群到访的美国作家说："标签并不重要，'种族屠杀'这个词也并不重要。'种族屠杀'是激怒公牛的红旗。重要的是要把这些故事讲出来，年轻人需要听到并讲述这些故事。一些土耳其和亚美尼亚的年轻人正在一起创作戏剧，这才是最重要的。我们必须让他们继续下去。"

这些文字表明，当我们需要心灵的深刻转变时，文献记录如何无缝地转化为故事和艺术。伊拉克诗人邓亚·米哈伊尔[3]的《战争辛勤工作着》(*The War Works Hard*) 就是一个示范。这首诗几乎完全是通过列举和文献记录的方式来言

---

[1] 卢旺达的盖卡卡法庭与高高在上的常规法庭不同，它最大程度地关注大屠杀的受害者和罪犯，能够弥补传统司法程序在处理种族灭绝和严重违反人道主义的罪行方面的无力和不足。——译者注
[2] 奥古斯特·威尔逊（August Wilson，1905—2005），美国剧作家。——译者注
[3] 邓亚·米哈伊尔（Dunya Mikhail，1965— ），伊拉克裔美籍诗人、翻译家，著有诗集《战争辛勤工作着》等。——译者注

说，它展示了被记录下来的事件卷入诗歌更复杂的意识中时所发生的嬗变。(以下节选中的"它"指的是标题中拟人化的战争。)

> 它激励暴君
>
> 发表长篇演讲，
>
> 授予将军们勋章
>
> 赐给诗人们创作的主题。
>
> 它为假肢行业
>
> 做出贡献，
>
> 为苍蝇提供食物，
>
> 增加了史书的页码，
>
> 实现了凶手与被杀者
>
> 数量的等值，
>
> 教会爱人写信，
>
> 让年轻女性习惯于等待，
>
> 用文章和图片
>
> 填满报纸，
>
> 为孤儿们
>
> 建造新房子，
>
> 让棺材制造者们生意兴隆，
>
> 给掘墓人的背脊
>
> 一个轻拍……

下面是这首诗的最后几行:

战争以空前的勤奋工作着!
但没有人对它
说出一句赞美之词。

——邓亚·米哈伊尔

(英译者:Elizabeth Winslow)

从表面上看,这里的描述似乎脱离现实,令人毛骨悚然;这种表达与前文中辛波斯卡的《有些人》的表达并无不同。米哈伊尔公开的立场是冷静的、下意识的、令人震惊的:我们被要求对这个被诗人赋予人格的战争表示同情,因为任何形式的胜利都将是战争的结束,即使发动战争的人也理所当然地反对这场战争。

这首诗的"冷策略"有三方面:纪实的客观性修辞、反讽和举偶法。一份冗长的清单几乎总是起到举偶的作用(从心灵各部分展开对整体的理解)。因为在这样一份清单中,我们会感到,被列出的事物可能会无限延续下去。这首诗同样如此:米哈伊尔的名单超越了名单自身,延伸到了人类生活和文化的各个部分。诗中的客观性和表面的反讽显而易见。但反讽,顾名思义就是一个假底抽屉,这首诗对作者和读者的影响也开始在另一个层面上被感受到。在诗的陈述中，我们会在情感罗盘的每个刻度都停下来；我们开始感到：如果没有缓冲地带，战争不加选择和肆无忌惮的胃口仍然不会改变；而周围的人，无论是同谋者还是无辜者都会被战争吞没。穿过寒冷，我们又回到了温暖——不仅仅是因为我们拥有了自己的感觉，而是在更深远的意识层面上，我们认识到了自由：一个能想象出"幸福的假肢和棺材制造业"的人是一个没有完全被命运击垮的人。全然以这种方式写作的诗人首先必须与恐怖和悲痛保持一定的距离。这就是艺术从囚禁到自由选择的令人眩晕的飞跃。契诃夫的箴言是：作家必须"从自己的血液中挤出最后一点奴性"。无论外在环境如何，一个写作中的人既不受当权者的掌控，也不受奴性的束缚。

一方面，诗学的转变通过所谓的亲密距离悖论（the paradox of intimate distance）而发生。艺术所固有的立场、态度、方法、形式、语言等方面的自由本身就是一种解放行为。当距离增加时（正如之前在阅读艾米莉·狄金森的《我们渐渐习惯了黑暗——》时一样），我们往往能看见和感受到更多，而非更少，因为我们能够理解整体。而我们也认识到，写诗之人并没有完全被心灵的激流所控制；为了更充分地理解它们，诗人自我的某些部分已经下意识地后退一步。这种距离也让读者获得了全新的视角：他们通过诗人-造物者（poet-maker）所打开的空间而进入诗的体验。

然而，我们只能被那些能触动我们的事物所改变，因此诗歌提供了另一种完全不同的扭转亲密关系的方式，一种能完全瓦解所有距离的方式。这种亲密关系存在于我们理解艺术领域的基本条件中：在艺术的透明修辞中，任何进入意识的事物都是作为自我的一部分和自我的延续而被经历。诗中最桀骜不驯的对象或事实不再被固定在诗的外部，这些事实或对象在身体与记忆中，在内心期待中，在音乐的低吟中，在脉搏和呼吸的加快或减慢中，与读者或作家的自我体验融为一体。那些不能立即从外部被改变的事物仍然可以被带入对话、想象和言说中。

艺术体验发生在肌肤之内和之下。神经科学家发现，当我们说出"橙子"这个词时，我们的味蕾会变大；当我们感到饥饿，味蕾同样也会变大。我们通过内心感受到的静止和坚硬，通过双腿与眼睛对岩石与陡峭的内在化感知，认识了一首诗中的山。故事或戏剧中的人物被赋予我们在生活中所积累的认知和历史，他们就成为我们自己。在艺术王国里，只有通过深刻的同理心，我们才能知道自我与他者之间的区分是否已经消失，除此之外别无他法。在艺术内部，我们是主体而非客体。在诗歌内部，无论是在诗的阅读还是写作中，正如希腊语单词"poïesis"所揭示的：我们不仅是语言的创造者，也是我们自己生活的创造者。这两种亲密关系模式中的每一种都能通过让心灵恢复全新的活力、能动性和紧迫性的联系而发生转变。

※※※

在充满危机的黑暗时代及其之后，诗歌的作用之一是提醒人们，无论看到过和知道了什么，每个生命都要对充沛的情感和广博的知识充满信心。为此，我们需要进入一种不设防的状态。这就是为什么在理解战争所造成的影响时，仅仅只是阅读那些记录文字，就会让人深感震惊以至哽咽。这就是为什么在难以忍受的环境中，自然景观和生物所打开的"窗口"能带来慰藉。走出人类圈子能将自我从狭窄的边界中释放出来。

美解开了痛苦身上的盔甲。如我们所见，出人意料的震惊打开了心灵的壁垒。当我们放下狭隘的个人故事，进入他人的故事和形象时，自我防御的盔甲就会消失。当我们在书页、戏剧或协奏曲中屏住呼吸时，我们就已做好准备允许将要发生的事情发生，而这一契约本身就是正在发生改变的净化之心。被一件艺术品所感动就是与萨拉热窝的大提琴手站在一起，在萨拉热窝被长期围困期间，大提琴手每天都会带着乐器和椅子到狙击手经常杀人的地方演奏，他提醒自己和其他人：即使在那时那地，手无寸铁、脆弱不堪的人也可能被美所感染。在最好和最奇怪的状况下，也许艺术必须居于一个开放的环境中，接受来自四面八方的检视。

任何能感动我们的艺术，其内部某处都蕴藏着关于勇气和眼泪的知识。这些润滑剂般的知识可能隐藏极深，储存在地下洞穴中，就像伊斯坦布尔的巴西利卡蓄水池（Basilica Cistern）。它由皇帝查士丁尼在6世纪建造，以此来维持城市的淡水供应。它的336根地下梁柱是从早期罗马庙宇中抢救而来；其中一根由于其表面雕刻的图案被称为泪柱（Column of Tears），据说触摸它会带来好运。一首诗中蕴藏"眼泪"（lacrimae rerum）的部分可能并不显眼，却尤为重要且不可或缺。它可能是数百种元素中唯一的支撑性元素，可能是声音中的一个音符或是小如逗点的裂隙。但它就在那里，立在隐藏的水中，同时支撑着世界的穹顶，而我们就栖居在这世界之中，并能在其中自由穿行。

这一思想也召唤出了小林一茶的俳句：

> 我们漫游在
> 地狱的屋顶上，
> 挑拣着花朵。[1]

——小林一茶

（英译者：Jane Hirshfield）

撑起一茶诗歌的泪柱是完全克制的。排除了自怜与亲密距离的悖论张力，让他微小的观察承载着巨大的悲痛和同情

---

[1] 小林一茶这首俳句通行的汉语译文是："我们行走在／地狱的屋顶／凝视着花朵。"但在这里，赫斯菲尔德创造性地将其译为：We wander/the roof of hell,/choosing blossoms. 这样的翻译既是作者的选择和需要，也生发出了别样的诗意。——译者注

的重量。即使在地狱中，这首诗也能通过它那混合着荒谬、痛苦和脆弱的卓别林式步态向前推进。"我们漫游在／地狱的屋顶上"——诗的开篇具有强烈的感染力，但正是弯腰挑拣花朵这一意外而柔美姿势的加入，唤起了一种潮润的怜悯，同时将铁环般的陈述转化成了一首可辨认的音乐之诗。在这里，人类的生存状况在笑脸面具和哭脸面具之间达成了平衡。触摸一茶的思想也是一种幸运，因为任何与现实所达成的协议都是幸运的：它获得了自由。

诗歌无须扭转悲伤，也无须推翻或重铸历史；诗歌只需去感动和改变。有时我们只是设想某种解决方案，然而这样的想法已经冒犯了生活真实，冒犯了生活不可复原的真相。承认和默许存在之物，足以在问题无法解决之时改变我们。下面这首诗运用了亲密的第一人称，目不转睛地凝视着无法解决的问题：

我的梦，我的作品，必须等到地狱之后

我拥有蜂蜜，我储存面包
在我意志的小罐子和橱柜里。
我清楚地标注每一个门闩和盖子，
我争取，我坚定，直到我从地狱归来。
我饥肠辘辘。我并不完整。
没人知道我什么时候能再用餐。

> 没有人能给我任何消息，除了等待，
> 那微弱的光。我一直盯着它；
> 希望：当我疼痛的魔鬼般的日子
> 拖出他们最后的渣滓，我会重新站起
> 以这样的双腿，以这样一颗心
> 我能做到，记得回家，
> 我的味觉不会变得迟钝
> 对蜂蜜、面包和古老的淳朴仍满怀热爱。
>
> ——格温多林·布鲁克斯

与小林一茶的俳句一样，格温多林·布鲁克斯[1]对绝境坦白，直面其锋，目光如炬，容不得自我怜悯。诗人没有为我们提供答案。从表面看，她的用词毫无变化——对于彼时彼地正在写作此诗的黑人女性布鲁克斯而言，转变在某些时候一定看起来遥不可及。然而，在诗中，布鲁克斯决心找出解决问题的方案。诗人治愈痛苦的良药就是承认更深远的痛苦和希望的脆弱，以及被封锁和被鞭打的灵魂的贫瘠。她希望自我感觉中的一部分能够幸存下来，而这希望是看似坚固的墙壁上一扇明亮的、破裂的门的轮廓；她意识到这扇门可能并不存在，而这意识也是诗的表象之下所发出的窒息的嚎叫。

---

[1] 格温多林·布鲁克斯（Gwendolyn Brooks，1917—2000），美国著名黑人女性诗人，曾获普利策诗歌奖。——译者注

"毫无防备"是一个缺口，一个可想象的别样的未来，从缺口进入这首诗。"古老的淳朴"，用这温柔而屈从的名字呼唤记忆中的生命，去回忆它所渴望的被锁住的蜂蜜和面包——这是诗行之下的泪柱，虽被悲伤封冻，但并不绝望。

诗中的另一个撕裂之处出现在两个相邻的并列语句中："我饥肠辘辘。我并不完整。"身体饥饿与精神饥饿的并置直截了当且深不可测，而它们平淡的名字本身却削减了自己的锋芒。正如米沃什在《献辞》一诗中所说，强迫简化了言说。痛苦在最尖锐之处抹掉一切装饰物。然而同样真实的是：正是形式、意象和隐喻让作家从阿多诺所谓的"沉默"中走出来，开始言说。

这里有一个结，一种平衡张力的相遇，华莱士·史蒂文斯意义上的暴力从内部保护我们免受外部暴力的摧毁。但人们常常不大记得史蒂文斯这句话的上下文语境：他试图描述一种近乎难以言喻的"高贵"，他发现大多数现代诗歌几乎完全缺乏这种高贵。在这种高贵中，想象力既充分存在，又深刻地忠实于现实。史蒂文斯在同一篇文章中写道："诗是通过词语表达的词语启示录"。同时，他还赞扬莎士比亚十四行诗第65首中的一行："美怎能与死亡的狂怒相对抗？"在我看来，格温多林·布鲁克斯的诗，无论美丑，都与这个问题相关，都是高贵的。

你可能已经注意到，这首诗也自有其模式：这是一首莎士比亚式的十四行诗。正如俳句和十九行诗（villanelle），十四行诗在其结构的 DNA 中也带有变形的弧线。第八行之后的"转折"(volta)要求一种深化的和转变的理解。这首十四行诗的押韵方案是与未加标记的罐子的打开相协调的音乐。我们会注意到,正是在布鲁克斯诗歌的结尾部分的开头处,"希望"一词出现了。然而,这首诗与其主题相一致,也是一首无声的十四行诗。没有一首诗的押韵完美无瑕。"伤"向"心"倾斜是源自诗人生命与写作技艺的真相,其中也包蕴着古老而又埋藏已久的泪柱。无论它是否被有意识地觉察到,它都能被我们感受到。

※※※

诗歌和文学的定义似乎无穷无尽,而且总是不充分,但我们乐于继续探索它们。人们会想到:诗歌是一杯已经溢出杯沿的语言,它所承载的意义已经超出了它自身可测量的能力。在本书所引用的每首诗中都能看到这种不可遏制的神秘的盈余,当我们谈到运动员的投掷、动物的跳跃以及能让我们加深或停止呼吸的风景时,我们也会发现它们是"纯粹之诗"。诗歌由超越语言自身界限的语言铸造而成,因为语言的无限并不在诗中,而在我们心灵内部被打开的事物中。

我们也一直在探索另一种定义:一首好诗是一段贯穿始终的文字,这些词语会让诗人、读者以及语言自身发生不可磨灭的转变。读完一首好诗之后,握着书本的人就和以前不一样了。诗歌本质的重要标志——经过提炼的盈余和存在的变化——却恰好与诗歌的外在结构相反。然而，即使是"诗"(verse)这个词也支持这样一种观点：诗重在变形，"变形"(transformation)一词的词根就有"转向"(turning)之意。在最初的用法中，它指牛犁地时方向发生改变，这种模式后来被用来命名诗歌写作中的换行。动物在移动时会自然生出动觉与视觉，犁铧翻出的肥沃土壤会散发出芳香的气息，这些仍然是诗的重要标志。

变形在诗歌中以多种方式发生，但在很多层面上我们还没有开始探索它们。更值得一提的是，诗歌中纯粹由声音造就的转变——这些词在日常语言中仅具有实用意义，但在诗歌中它们就变成了乐器，辅音与辅音相互摩擦，元音对元音的微弱或明亮的呼唤，韵律的多重鸣奏如潮起潮落。通过将客体转换成诗歌意象，眼睛和耳朵所聚焦的事物都会被推进更宏大的意义中，而正如我们所见，这是松尾芭蕉俳句的中心模式。转喻、隐喻和明喻层面的变形有时处于外围，有时则位居中心。在这样的变形中，可感知的外部世界成为主观和想象的容器。在叙述中，故事带来变化；在戏剧独白中，人物展开；在颂歌或玄学抒情诗中，主题被转换和压缩，直到它释放出蒸馏和膨胀的芳香。此外，也存在着隐藏的变形。在这样的变形中，未被说出但又在场的思想成为改变了的理解力所聚焦的中心。这些"施行式转变"的诸多不同的面向并非相互孤立。诗歌的效果既是管弦乐队式的，又是分形（fractal）[1]式的，并通过部分与整体之间的相互联系而发挥作用。每一个逗号、分行、重音、动词、连词、介词和名词都是一首诗的情感、心灵和理解的触角发生转变的一部分。

◇

我们在这里所关注的并非诗歌主题自身的变形，而是任何一首诗中所包含的转变———旦我们第一次读到它，我们就有理由再次回到它。我们寄望于特定或一般的艺术作品来更新和改变我们的生活。转变———一种被改变了的存在状态，一种改变了的感觉和认知状态——是我们精心建造的艺术橱柜所要储藏的事物。我们内心的某些部分想要并且显然需要这样，因为没有艺术，就没有人类文化。我们心中也会冒出一个疑问：为什么会这样？

生物学家爱德华·威尔逊认为，人类拥有一种与生俱来的生物本能：对像我们一样活着的事物充满热爱。这种爱的体验既有情感上的愉悦，也有审美上的愉悦。但威尔逊将其根源归结于人类进化史上最基本的压力：一种生命需要另一种生命，它需要活下去。在我看来，由于我们对任何改变和移动都充满警觉与同情，所以我们必须对这种改变和移动承担更多的责任，这与生俱来。万花筒没有实际用途，

---

[1] 分形（fractal）是几何学术语，由数学家本华·曼德博最先提出，意指"一个粗糙或零碎的几何形状，可以分成数个部分，且每一部分都是（至少近似）整体缩小后的形状"。——译者注

但它的色彩和图案能使一个不安分的孩子沉默半小时，处于一种暂时的敬畏状态。

也许，对生命的热爱与对移动之物的热爱并没有太大的不同——"活着"（alive）的一个同义词是"快"（quick）。每一种变化都需要从一种状态进入另一种状态的某种运动，移动的事物被视为生命共同体的一部分。这种活力让我们疯狂地痴迷于皮影戏、电子游戏和动画，也许，一条布满岩石的溪流正是拥有了对生命活动性热爱的无限延伸，才令人着迷，就像飞机穿过布满星星的夜空，机翼上的灯光孤独地闪烁也令人神往。"激情"（emotion）这个词本身就内含着"运动"（motion）一词。

不过，我想，"意识到变化无处不在"肯定是更根本的魅力所在。移动的事物也许可食用，或者我们可以反过来成为它的美餐，但无生命的变化同样生死攸关。一块将要坠落的岩石，甚至是一条小路的边缘，它们此次的运动都比上一次移动时更加向坠落和坍塌靠近，这是危险的信号。温度的上升或下降会让我们体验到舒适与痛苦之间的差别。在古代，日食和彗星会带来恐惧。对于任何哺乳动物而言，拥有"变化的意识"才能生存下来。我们之所以知道变化如此重要，是因为我们能敏锐地感知到变化在我们内心引起的情感和审美反应：任何在时间和空间中移动的事物也会在我们的愉悦、厌恶和热爱中移动。我们的眼睛意识到闪光的事物不可抗拒，是因为对于那些永远"口渴"的生物而言，这些事物都携带着"水"的承诺和光亮。

最能吸引人类注意力的事物存在于音乐、欲望、激情和时间之中。任何机械的重复很快就会让我们感到厌烦，并且很快不再引人注意；任何完全随意或混乱的事物也同样如此。大峡谷的变化之慢几乎令人难以想象。峡谷的石壁重新校准了人类的时间感和尺度感，这造成了一种情感认知上的眩晕，与任何物理深度所引发的眩晕一样意义深远。石壁的岩层让人感觉既美丽又亲切，它经受着上升与下降的力量，经受着侵蚀、擦除、区分和灭绝之力，岩架的狭窄和颜色的命运都在我们的脉搏上跳动，并被我们感知到。

◇

令人惊奇的是，许多令人难忘的诗歌都与岩石有关，也与我们从石头中获得的意义和感受到的生命相关——这也许是因为环境的反差如此剧烈，以至于它总会在某种潜意识层面上为我们带来惊喜。普通的石头质地坚硬、不动声色、毫无活力；然而，诗中的石头却能做一些奇怪的、不寻常的事情。查尔斯·西米克的《石头》(*Stone*)相当直接地勾勒出了这种差异。

石头

进入一块石头，
那将是我的选择。

让别人成为一只鸽子

或以老虎的牙齿磨咬。

我乐于成为一块石头。

从外面看,石头是一个谜语:

没人知道怎样解答它。

而在内里,它一定凉爽而安静

哪怕整头牛踩在它身上,

哪怕孩子将它扔进河中,

石头沉下去,缓慢地,平静地,

触到河底

鱼儿都游过来,敲敲它

并且聆听。

当两块石头擦身而过

我曾看到火花飞溅,

所以它的内部也许并不黑暗;

也许有一轮明月闪耀

从某个地方,仿佛从一座小山后面——

光线刚好足够去辨认

这奇怪的文字,刻在内壁上的

星图。

——查尔斯·西米克

在整个过程中,借助于谜语思维和荣格的"原型"理论,这首诗对石头的理解从一种滑进了另一种。

巴西诗人卡洛斯·德拉蒙德·德·安德拉德的一首诗也改变了我们对石头的看法,他在诗中多次重复了这句简单的话:"路中间有一块石头。"并有一些细微的变动。诗行间闪过一句誓言:"我绝不会忘记这件事/在我视网膜已疲竭的一生中。/我绝不会忘记路中间/有一块石头……"因此,看见一块完整的石头,就意味着知道了一些值得永生携带的东西。这里的改变根本就没有以富有想象力的方式被置于石头上,而是被放在了言说者和读者身上。

诗歌变形的最后一个例证是松尾芭蕉的一首与石头有关的俳句:

孤寂——
蝉的哭泣
让石头变暗。

——松尾芭蕉

(英译者:Jane Hirshfield & Mariko Aratani)

这首诗中的动词有多种译法——有时可理解成蝉鸣"刺"入石头,有时可翻译成蝉鸣"渗"入石头,有时则可理解成它"钻"进石头。而这个词的字面意思最接近布料染色时所发生的一切,即一种物质不仅进入另一种物质,而且改变另一种物质。我的翻译中所选择的动词携带着石头变暗的湿润感。人类情感、昆虫和岩石之间的交流；声音与物质、表面与内里、瞬间与永恒之间的相互渗透；蝉泪释放出潮湿——这些都是刻在这首俳句"内壁"上的文字。我们可能还会注意到：这首诗中发生转变的事物（也就是石头）在外部客观世界中并没有真正发生变化。然而，将富有同情的反应注入无生命的岩石中，会反过来冲刷哭泣的昆虫和默默聆听与注视的人类。这就是芭蕉并不英勇且几乎不可察觉的拯救行动。在事物与事物相互触摸的世界里，我们不再那么孤独。

诗的跳跃、意象、叙事和隐喻都是可能性所呼吸的氧气。俳句之所以令人着迷，正是因为诗中寥寥无几的意象并没有提供任何解释、观点和引导。尽管如此，芭蕉的诗仍然承载着一个未被说出、不可言喻的承诺：即使在一个完全由孤独、石头和蝉组成的世界里，也能发现变形和联系。诗歌究竟如何感动和改变我们？在我看来，在诗的直接言说抵达极限之前，诗中已传达出来的转喻意义几乎就是我们所能说出的一切。这样的诗歌带来希望，带来了共同体，将我们对联系的渴望铭刻进诗所特有的饱含怜悯的契约之中，铭刻进我们自己的生命、他者的生命以及所有存在之间不可分割的关联之中。它们既带来了眼泪，也这样承诺：如果我们能透过哪怕是最简短的诗之眼去观看和感受，它们就允许我们加入这盛宴并且享用。

*
第十章

奇异的延伸、不可能性和隐秘的巨大抽屉:诗歌与悖论

艺术最神秘的礼物之一是它不断增长的延展能力。最寂静的诗不是沉默，但它的词句可以拓展周围的沉默。而最阴郁的诗歌也会发出微弱的光芒，照亮它自身的黑暗。幸运之诗承载着失败的知识；如果一首失败之诗是一首好诗，那么它就会藏匿自己的语言，正如克里特岛人宣称的那样："我所说的一切都是谎言。""leaf"这个词在诗中的意思是"叶子"，但也有其他的含义——它不仅指涉碧绿或干枯的树叶，象征着生命或死亡，而且与更大的树枝相连或分离。事物自身完整自足，当然绝非局限于此。一本诗集或一幅画往往体积很小，位于自我之外，可被轻易拿起——语言没有任何重量，犹如难以辨认的尘埃，颜料是磨碎的矿物和油脂，可以涂抹在坚硬的画布上。然而，正如我们所言，它们内部的能量会进入一个人的身体，变得"如生命般广大"；此时你会真切地感到：为了容纳它们，生命的腰带突然需要松动。将不可能的事物、不可言说的事物和悖论都囊括进来，是"扩展的艺术"（the enlargement art）对我们的馈赠。

人类的工作就是不断创造虚幻。关于神之愚昧与愤怒的叙述、童话、民间故事、捣蛋鬼的故事、寓言以及超级英雄的故事遍布世界各地。熊取了维尼的名字,并开口说话;蛤蟆先生会开车。如果想象力的探险不是人类生活之必需,我们就不会如此频繁地以梦为马。想象力拥有我们渴望得到却无法在现实世界尽情享受的一切——那样的美妙只可能出现在睡眠、白日梦、童年游戏以及艺术中。在那一刻,歌唱自由的奴隶和囚犯可能会感到自由。

我们对可能性的渴求无法被满足,也永远不能被满足。这在科幻电影的情节主线和原型神话的人物形象中体现得淋漓尽致。然而,这种渴求似乎无所不在,潜藏于更隐秘之处,存在于如此微妙且被视为理所当然的表达手段中,以至于它们的不可能性会被有意掩盖。然而正是在这些被忽视的不可能的前提和承诺的内部,诗歌的拓展艺术得以完成。

下面是埃兹拉·庞德的一首早期诗歌,看似简单,但无限的存在从简洁和贫乏中释放出来,仿佛玩偶盒中传神的玩偶从弹簧中被松开。

白昼还不够充实[1]

白昼还不够充实

---

[1] 为了方便读者更直观地理解作者在本文中对原诗音韵的读解,现将全诗原文抄录如下:AND THE DAYS ARE NOT FULL ENOUGH And the days are not full enough/And the nights are not full enough/And life slips by like afield mouse/Not shaking the grass.——译者注

> 夜晚还不够丰满
>
> 生命像一只野鼠滑过，
>
> 未惊动一根草叶。
>
> ——埃兹拉·庞德

这似乎是一首最浅白的诗：两句陈述和一个作出回应的意象。但在我看来，这四行诗几乎是一个无底洞。它们既立下誓约，达成一致，又引发了"反对阐释"的深度爆破。这些诗句不仅激起了痛苦，也激起了一些如鼠毛或草叶般柔软的突涌的温情。这温情欣然拥抱老鼠、草和诗人庞德，也让读者充分感知那段他们未曾活过的时光，并注意到更多的渴望在所有生灵间传递和流淌。这非常奇怪。这首诗描绘了通向丰盈和辽阔时所遭遇的失败和绝望，完全沉浸在它自身的感觉之中，最后变成了它自己的逆转和解药——这世界的辽阔和丰饶静静地生长和递增。

这如何发生？它一定与老鼠有关——读者既看着它溜走，又跟随它向前——也与它经过的那片未被惊动的草地有关。诗中隐藏着一个巨大的商数，意象以平凡而又细微的方式，将所有表象之下的知识——那些看不见的、未显豁的、未说出的，却又存在着的知识——都一一呈现出来。老鼠也是一个"窗口"意象：在它小小的身体里，人类所关心的重量可以悄悄溜走。

感情的转变也必然与诗歌的句法结构相关。意象在意义生成的过程中和它们在语言中被缝合在一起同样重要，它们以语言的形式精准地出现在我们脑海中。这首诗以"and"开篇，然后不断重复"and"，这让我们感到世界是附加之物。之所以说"还不够"（not full enough），是因为艺术总是包罗万象，并以它特有的悖论语义将心灵唤醒，让我们意识到事物的丰盈。未被惊动的草可以颤动，读者自己也会随之颤动起来。一首诗中所提及的任何事物都会引起人们的注意，即使诗人没有叙述它，它也依然在场。

如果这看起来很奇怪，难以理解，那正是关键所在。悖论是缠绕在诗歌与人的心灵之中的秘密，它的挤压释放出一个巨大的隐藏抽屉，许多真正的工作在这抽屉中得以完成。夸张、神话、隐喻以及虚构的意象——当这些不可能之物进入心灵，思想的承载能力就会增长。本文所要传达的是，通过大量与众不同的帽子、外套、自行车、渡轮和马车，不可能之物似乎确实频繁地进入诗歌之中。这就是为什么在读好的诗歌时，我们有时会觉得自己既置身于人类最普遍的事实领域，又置身于闪光亮片与烟雾之中，置身于围巾戏法、纸牌戏法和镜像领域，它们既能揭示真相也能隐藏事实。

在阅读庞德的诗时，另一个奇怪的抽屉为我打开了——鉴于这首诗表面的陈述和主题，有些事情也许并非不可能，但肯定遥不可及。也就是说，这首诗通过对共同经历的确证来消解孤独。在我看来，在阅读任何一首好诗时，这种情况都会发生，尽管只有当一首诗与痛苦相关时，人们才会注意到它或需要它。痛苦在其最麻木之处将自我与他人分割开来。它栖居在我们的皮囊之下，牵引着我们活跃的意识。然而，在阅读这首诗的过程中，一种对痛苦的原始渴望在作者之手和读者之手间传递，就像一枚通用钱币通过这种交易被改变。一个人独自扛着的东西突然变成了两个人或许多人一起扛。这里的刺痛是一种如此深入内心、如此具体的丧失之感，除了重复庞德的语言之外，几乎无法命名它。当你阅读这首诗，你会深切地感到，这种刺痛也会被他人辨认出来，被他人体验和感知到。"象征"（symbol）的概念可以追溯到这样一种共享：这个词的起源是一枚硬币被打碎成两半，再重新组合成统一的整体。当一个人的苦难与他者的苦难相遇，并在对方的内部发现自己的面影，苦难也会变成一个新的整体。一种共同的命运变得更加广大，也被更多的手所托起。

◇

诗歌言说最基本的表达方式就是它们自身，它们在秘密的隔室，在不为人注意的地方仔细观察，那里存蓄着悖论的拓展能力。意象、隐喻、明喻、典故、偏离节拍器节奏的音乐、反讽、夸张、省略、透视、扭曲、压缩、破坏、跳跃，甚至列举——正如我们所见，每一种方式都在某种程度上摆脱了与世界狭隘而乏味的缺乏想象力的关系。这些看似各异的胡迪尼式的"自由"大体上有一个共同的特点：它们既创造也需要双重心灵，并能同时进行双重思考。这种能力来得如此自然，我们几乎看不到它。然而这几乎不可能：一个事物如何能既言说和表达它自身，又言说和表达其他的事物？

为了探究双重思维如何打开和扩展意义，我选择从意象开始，它是诗歌中最简洁的表现手法。为了做到这一点，让我们以俳句为例。下面这首俳句是日本诗人小林一茶所写：

顺流漂下，

在树枝上，

一只蟋蟀唱歌。

——小林一茶

（英译者：Jane Hirshfield）

进入这首诗，心灵能做什么？我们可能会认为它只是抓住它被给予的东西，聚拢树枝、河流、运动、蟋蟀和歌，进而聚合一些——对应的、镜像式的内在感知。是的，这确实发生了，如果这些内容能在诗中被直接观察到，生活中也会发生同样的事情；无论是在文学中，还是在生活中，

十扇窗：伟大的诗歌如何改变世界

最先映入眼帘的是意象，视网膜的神经放电让它变得"有意义"。但在文学作品中，也会有另外的事情发生。正如我们所知，理解如同感知，是主动发生，而非被动。从一开始，这就是我们心灵的运作方式——诗歌的听众不仅记录每一个词的到来，而且还提出并试图回答不断出现的、驳杂的、潜意识问题："谁在与谁讲话？在什么语境下说？为什么而说？"或者，更简单地说："这些语言对我有何意义？"

这种潜意识的不断提问与回答，就是我们展开所有语言（不仅仅是诗歌语言）的方式，也是为了更精准地理解语言。然而，在进入一首诗之时，我们已经意识到语言想要从我们这里获得与众不同的事物。一件作品之所以成为艺术，部分原因在于它得到了人们的认可：我们知道它已经被创造出来，而且是为了艺术而被创造出来。因此，当一个人进入一首诗时，至少会同时进入两种修辞心境。一种是特定诗歌特定的言说心境；另一种是诗歌自身更玄奥的情境，它让我们意识到背景知识已经发生转变：这些词语就是一首诗，诗的创作者在诗的形式和意图中对诗的听众讲话。那么，从第一个音节开始，我们就在寻找这些形式和意图：寻找既歌唱又言说的词，寻找既倾听又言说的词，寻找不畏惧深度和复杂性的思想与情感，寻找强化、暗示和嬉戏，寻找我们必须投注额外的关注才能获得的言外之意——我们称之为意义、愉悦、美与温柔，有时甚至称之为恐怖。在这样的倾听中，一茶的蟋蟀既是蟋蟀又是意象。

当我们进入艺术领域时，修辞为我们提供了一个改变了的契约：它提供了自由。实用性摧毁了它设在艺术边界上的防御工事，怀疑论取代了渗透和狂喜。弗兰克·奥哈拉在《午餐诗歌》中写到了皮埃尔·勒韦迪[1]："我喜欢勒韦迪说'是的'，尽管我不相信它。"科学或逻辑上的不可能之事在诗歌里却如面包般常见。就像刘易斯·卡罗尔[2]笔下的"白皇后"，一首好诗在早餐前会思考六件不可能之事。

在戏剧中，这种心灵状态被称为"自愿搁置怀疑"（the willing suspension of disbelief）。鲜有人意识到的是，所有的艺术形式都需要这一法则。也许是因为戏剧看起来更像我们的日常生活，演员与真人一般大小，在与我们共享的空间中表演和讲话，与我们同呼吸。所以在某种程度上，我们似乎需要更迫切地认识到，舞台上发生的事完全虚构——人们必须知道，舞台上的刀剑并非真实，观众也不必急于救火。（这虚构的契约迷人非凡，一开始就强有力地将我们拽入其中，这就是为什么戏剧中"打破第四面墙"永远不会丧失魅力：我们脚下的修辞地毯正在被拉出来。）然而，我们在这里试图探究的是一些更微妙的东西。某些语言如何

---

[1] 皮埃尔·勒韦迪（Pierre Reverdy，1889—1960），二十世纪初期法国著名诗人，超现实主义诗歌先驱之一。——译者注
[2] 刘易斯·卡罗尔（Lewis Carroll，1832—1898），英国数学家、逻辑学家和童话作家，代表作有童话《爱丽丝漫游奇境》与《爱丽丝镜中奇游记》等。——译者注

大规模地、无意识地放弃我们习惯的怀疑主义。在艺术中，我们寻求的是其他事物：如何打开可能性，并大幅度增加它摆动的范围。

一些哲学家、语言学家和批评家已经开始使用"可能世界理论""虚构的世界"和"虚构性"等术语来研究文学的元认知条件。[最先读到的可能是托马斯·帕维尔（Thomas G. Pavel）的《虚构的世界》(*Fictional Worlds*)。]这个领域与量子物理学中更为熟悉的"可能世界"之间的关联并不太大，包含着与科幻小说中"可能世界"完全不同的内容。它更多的是运用本体语言和具备"变形意识"的语言而非修辞的语言来分析文学中的"可能世界"。然而，它们的工作所展现的延展性的动力学却深刻反映了修辞学的原理。

写作（将思想转化为客观符号的能力）的存在是为了挫败时间。写作将思想和信息设定为一种客观稳定的形式，安全地置于个人的、人性脆弱的、利己的记忆之外。文学与众不同。它的存在是为了找到并保存那些无法通过其他方式找到或保留的东西。诗歌拓展的另一种方式是：诗歌地图的绘制越过了实体书页的边缘。

这样的定位解释了为什么诗歌看起来总是既关注最核心的事物，又关注情感、观念、经济、政治、伦理和精神方面最边缘的事物。人类学家报告说，在某些古老文化中，重要的不是"真实"和"虚构"之间的界限，而是无关紧要和令人难忘之间的边界。在诗歌中,无关紧要往往令人难忘,这种区别一点也不过时——这是为数不多的重要区别之一。

这种思想让我们最终回到了一茶的小树枝和小蟋蟀,这是一首让人记忆了两百多年的俳句。

> 顺流漂下
> 在树枝上,
> 一只蟋蟀唱歌。

当我们带着艺术特有的双重追问意识,进入小林一茶的诗歌意象,我们仍会发现蟋蟀是蟋蟀,树枝是树枝,漂浮是漂浮,河流是河流。这场景是消失已久且无关紧要的一瞥,但水流中却蓄满了某种直接而强烈的能量。这种重要性的对比本身就是俳句意义的一部分:俳句简短的诗歌形式旨在重新校准我们的注意力,让我们重新聚焦。鉴于一茶的诗,我们可能还会想到威廉·卡洛斯·威廉姆斯的观点:"不要概念,只在事物中"(no ideas but in things,这是威廉姆斯在阅读了20世纪早期的中日诗歌译文后形成的美学立场)。这句被广为引用的宣言其矛盾之处在于,它并没有指向毫无概念或情感的诗歌(或自我)。它确实表明,事物与意象值得信赖,能够承担心灵和思想所做的工作。风筝需要线的牵引才能飞翔，概念依赖于原始世界。当我们全身心地去观看一件事物之时，概念和情感就会出现；当我们发现自己被概念和情感所捕获时，我们通常会用客体的语言和意象的语言将概念和情感清晰地传达给他者。这是意象在心灵之中的工作原理，也是意象有时极富柔韧性以致令人费解的关键之所在：不同的读者怀着不同的心情，从这首俳句中体验到的情感也会大不相同。

在梦境和艺术中，河流是象征时间、旅程和生命历程的原型意象。大多数情况下，我们会认为蟋蟀微不足道却值得注意，是一种微小、不重要、声音嘈杂、短命的存在。树上的树枝会开花结果，伸展着，长出叶子，可用来建造房屋或成为梁柱……但是河中的树枝是什么呢？这很难说，但肯定与"不合时宜"的事物有关：这首俳句中的树枝和蟋蟀都不在它们原本该在的地方。在自然界中，歌唱是最常见的安全信号。求爱和自我宣告都发生在没有危险之地和之时。在诗歌中，歌曲通常是欢乐、安逸、赞美和愉悦的信号。因此，在这首诗中，在一个高度不稳定的生存状态中，一些生命短暂且不重要的生物出现了——它在歌唱。当你被河水冲走时，放声唱歌可能看起来很勇敢，也可能很愚蠢。当泰坦尼克号沉没时，管弦乐队成员继续演奏的行为看起来格格不入，并引起了不同的反应。或许加缪在其著名的文章《西西弗神话》中所做的结论可以为这种状态提供另一种可能性的解释:"人们必须想象西西弗是快乐的。"

一茶的俳句可以看作是任何时刻任何生命转瞬即逝和敏感脆弱的意象。那短暂的一瞬完全表达了自身的丰盈,精准地呈现出它的不顾危险、脆弱和短暂无常。阅读这首俳句,有时能体味到苦涩,而另一些时候,我们则能从中品味到愉悦。

这些解释没有哪一个正确,也没有哪一个错误,所有的解释都是可能的,所有的解释都是在注视的那一刻注视者的自我写照。这种千变万化的可能性是诗歌与意义及其自由之间复杂关系的另一个特点。线、方位与视角的多样性就是一幅画光影交错的复杂性。经验并非伴随着阐释而来。对这三句诗如此丰富的阐释颇具启示性,也揭示出一个悖论:一首看起来特别、短小而具体的诗,为何能获得如此广泛的回应?

◇

要想验证这种丰盈与不可能性之间联系的假设是否成立,让我们来看一首诗,伊丽莎白·毕肖普的《地图》几乎在每个维度上都与我们目前所看到的两首诗不同,这是她第一本诗集中的第一首诗。

地图[1]

陆地躺在水中,阴影般的绿色。

阴影,或者它们是浅滩吗,在它的边缘

展现出一排长长的海草丛生的礁石之轮廓,

在那里,海草从绿色绕缠成淡蓝。

或许是陆地俯身从海底托起大海

再平静地拉回来,环绕着自己?

沿着美丽的褐色的砂石大陆架

是陆地正从水下用力拖拽着大海吗?

纽芬兰的影子躺着,平坦而宁静。

黄色的拉布拉多,在那里恍惚的因纽特人

---

[1] 为了方便读者能够更直观地理解作者在本文中对原诗音韵的读解,现将全诗原文抄录如下:Land lies in water; it is shadowed green./Shadows, or are they shallows, at its edges/showing the line of long sea-weeded ledges/where weeds hang to the simple blue from green./Or does the land lean down to lift the sea from under,/drawing it unperturbed around itself?/Along the fine tan sandy shelf/is the land tugging at the sea from under?//The shadow of Newfoundland lies flat and still./Labrador's yellow,where the moony Eskimo/has oiled it. We can stroke these lovely bays,/under a glass as if they were expected to blossom,/or as if to provide a clean cage for invisible fish./The names of seashore towns run out to sea,/the names of cities cross the neighboring mountains/——the printer here experiencing the same excitement/as when emotion too far exceeds its cause./These peninsulas take the water between thumb and finger/like women feeling for the smoothness of yard-goods.//Mapped waters are more quiet than the land is,/lending the land their waves'own conformation:and Norway's hare runs south in agitation,/profiles investigate the sea, where land is./Are they assigned, or can the countries pick their colors?/——What suits the character or the native waters best./Topography displays no favorites; North's as near as West./More delicate than the historians' are the map-makers'colors.——译者注

为它涂上油。我们能够抚摸这些迷人的海湾，

玻璃镜下，仿佛它们能如花绽放，

或者好像是为看不见的鱼准备干净的笼子。

海滨城镇的名字都奔向大海，

城市的名字越过邻近的山脉

——这里的印刷工也经历了同样的兴奋，

当情感超过了它的动因。

这些半岛从拇指和食指间提取海水

犹如女人触摸院子里丝滑的织物。

地图上的水域比陆地更安静，

将海浪自身的形状借给了陆地：

挪威这只野兔激动地奔向南方

剖面图测量着海洋，陆地就在那里。

国家的颜色早已被分配好，还是能自己选择？

——哪种颜色最适合其性格，或最适合当地水域？

地理学从不偏爱，北方和西方离得一样近

地图绘制者的着色比历史学家更精细。

——伊丽莎白·毕肖普

这首诗中"延展的炼金术"与庞德、一茶的诗歌完全不同。《地图》当然篇幅更长、更复杂。然而更核心的区别是，观念中的地形并非纯图像的地形。这首诗中充满了引人注目

芦笋静物画

的意象，但诗人以象征和转喻的方式使用意象，正如在认知地图本身时所采用的策略一样。这首诗思考了抽象，以及抽象在心灵与现实之间的位置，但它并没有抽象地思考这个问题。诗行以现实为中心，如勃鲁盖尔的画，或者更准确地说，如博斯的画一般充满生命。因为毕肖普既观察仔细，又能平衡现实主义。

诗歌与现实、与镜像、与地图式的缩略图以及与其他类型的复杂性和单一性，都保持着奇怪的关系。逻辑学、数学和应用物理学为实用目的而简化。对这些领域的人而言，他们的模型优雅而美丽，不受情绪的影响，也不受天气的影响：它们剥离了细节、特异性、微妙与情感的阴影。

艺术常常也简化和挑选，但从不减少；它凝聚注意力以便更全面、更深入地观察。我们在诗歌中强烈地感到这一点，正如我们在某些绘画中所感受到的一样——例如，当我们透过安德里亚·柯尔特[1]的眼睛和手看到四个小杏子或一捆白芦笋时。

《地图》的第一行："陆地躺在水中，阴影般的绿色"，这句诗可能就是在描绘事实，是诗人仔细观察之后对一幅地图的准确描述；如果我们忽略诗的标题，它也可以看作对风景本身的描述。它看起来像一幅画，但它是一首诗，与即时所见蕴藏着的和引申出的愉悦协调一致。例如，习惯于对诗歌意象进行荣格式分析的读者，可能会感到我们的意识正在被更深层的无意识所包围和改变。对诗歌音乐性敏感的耳朵可能会听到，"land lies"的头韵"l"可能会跟随元音"a"在"land""water"和"shadow"间移动；随着地图的逐渐展开，认知也发生了转变，如此一来我们也能理解"green"中的元音"e"的重音为何如此悠长而缓慢。与这种转变相协调的意识可能会停下来，深吸一口气，然后好奇地问道：接下来会怎样？而接下来的事一定不会让你失望——毕肖普询问道："阴影，或者它们是浅滩吗？"这个问题同时诞生于思想和声音之中，存在于客观和主观的因素中。我们可能会问，这是心灵在发问，还是文字感知在提问？它们之间

---

[1] 安德里亚·柯尔特（Adriaen Coorte，约1660—1707），荷兰静物画家，画作以深色布景呈现果蔬和花鸟等静物，赋予简单事物优雅诗意。——译者注

有区别吗？

《地图》中的每一行诗几乎都携带着明显的双重意识。（或者更准确地说，是三重意识。此外，我们对"诗性本质"的根本性意识会邀约更广阔而深奥的内容加入诗中）这首诗既思考了实际的地图，也思考了作为艺术导航的地图。它关注地形学的记录，关注主观经验以及记录行为本身。毕肖普惯于提问和反复审查思想和感知，这些策略不禁召唤出读者敏锐的警觉。读她的诗，就进入了一种近乎卡巴拉教的境界。当语言既能充当存储室又能引起注意时，我们就会变得更加微妙、精确和生动。简而言之：好诗让我们变得更聪明。

《地图》篇幅较长，太奇绝，也太精细，以至于我们无法在此穷尽其所有奥秘，却又让人欲罢不能，不能不继续翻找，继续探索。例如，可以在诗的形式结构中找到"瓶中信"。第一节和第三节构成了自成一体的独特模式，这两节中的八行诗有时采用常见的押韵方式，有时则通过精确地重复一个词来勾勒和描绘。这种重复在乌尔都语中深受好评，但在英语中常常让人蹙额。毕肖普使用语言的方式让读者立刻认识到：我们正面对着一位既遵守规则又桀骜不驯、既深思熟虑又不甘顺从的作家。《地图》是毕肖普第一本诗集中的第一首诗，她随心所欲地遵循或抛弃写作惯例，全凭自己的美学喜好来创作属于自己的作品。

第一和第三节诗井然有序，而中心诗节的结构则较为松散。因此，这首诗的结构与普通地图的结构相呼应，地图中最重要的信息往往被安放在边界和边缘处。诗的第二节在这里是中间诗节，就像地图上两条线之间的地方是人类栖居之地。这里杂乱无序，挤满了城镇、国家、人造玻璃镜、笼子、油料、庭院用品以及去购物的女人们。这也是全诗唯一一次出现第一人称代词和视角的地方。"我们"（we）在这里极为明确，可能真实地活在印刷工人之中，也可以是诗人所使用的占位符（placeholder）。我不禁好奇，诗人心灵之中的某些保护性情感是否未能将他们全部包围起来，放任他们在形式严谨的诗行之间自由游荡。当既定的习俗被打破时，值得追问的是，对于一个我们可以信任的诗人而言，为什么任何决定都经过了深思熟虑？

这一切看起来是不是非常微妙？它是，也不是。

接下来，我们可能会注意到毕肖普不动声色的极端拟人化——这也是我选择这首诗的主要原因。每一行都展示了不可能之物在诗中的漫步是多么轻松和随意，几乎无人注意到它们——陆地将海聚集在它周围，就像一个人拉上披肩；环绕半岛的水形似手指，仿佛女人在检查布料的质量；墨迹斑斑的轮廓如兔子般奔走。这些隐喻意象与其说是名词，不如说是动词，提醒我们"vivid"的词根是"alive"。我们阅读着它们，会感到一种从未见过的新鲜事物的乐趣。然而，如果仔细观察就会发现，从这个词最初的含义来看，所有的事都荒诞不经，它们都在做着不可能之事。

最后，想想这首诗的最后一行："地图绘制者的着色比历史学家更精细。"如此平静的一句诗也蕴藏着双重含义。精细之物不仅微妙而且脆弱，易受环境的影响，易被改变。这句诗提醒我们，我们活在人工制造和提炼的世界（历史学家不用"颜色"工作），活在由智慧和判断构成的世界，活在选择的世界里，而这选择很难做出，或许永远也无法做出。暂时性、自我发问、认知重构以及水的印记自始至终都贯穿于毕肖普的诗歌。她的诗行记录了一种手工制作的权威，记录了艺术家用几乎可被擦除的木炭而非墨水绘制的一副图画。这种不断修正的推断是毕肖普最独特的、向边界之外移动的技艺。通过提问和回答，她几乎能说出一切——"恍惚的爱斯基摩人""为看不见的鱼准备的干净笼子"。诗的音量和音调都尤为节制，我们几乎没有注意到它全部的华丽，也从未抗议过它。这种结合让人想起詹姆斯·梅里尔[1]对毕肖普本人的描述："（她）终生都本能而谦逊地模仿普通女性。"

※※※

好的诗歌以多种看似自相矛盾的方式在另一个维度上拓展世界：它们自身的纯粹增殖。无论有多少首诗存在，似乎

---

[1] 詹姆斯·梅里尔（James Merrill，1926—1995），美国诗人，曾获普利策诗歌奖，代表作有《神曲》等。——译者注

总有空间为另一首诗而准备——另一种样式、形式、措辞、主题和视野。诗歌让语言与情感获得了全新的延伸，就像进化创造了新的马蹄、新的膀胱、新的脚踝、新的尾巴和新的气息。正如我们所见，如果我们能持续读诗和写诗，总是出于相同的原因：它们既有用也必须。艺术的桌子可以无限扩展——任何一首好诗都可以为自己标出一个全新的位置。这样看来，诗歌就像生活本身，是一个无限可能的世界，一种任何事情都有可能发生的领域。

艺术的领域里，一切皆有可能。正如巴西诗人曼努埃尔·德·巴罗斯在其《自画像》(*Self-Portrait*)中对非凡创造力的描述："我创造非客体……/让我列出最破旧的一些：一把奶制剪刀，/一个黎明的开关，一个锁扣/用来扣紧沉默，一个有裂纹的大头钉，/一个丝绒螺丝钉，等等。我承认：/我写出的东西百分之九十/是发明；只有百分之十是谎言。"在优秀的小说、戏剧、绘画、音乐和诗歌中都能找到这种对无限可能性的忠实。艺术创造是开放的箱子，而非封闭的箱子。而正如我们所见，艺术一直在继续着一场无法听到结尾的演说。艺术的目标不是求解出数学公式的最终答案，也不是最终完成的化学反应，而是让我们带上一个永远无法完全收好和封存的盒子。

通常，这种"永不终结的结尾"的悖论无限敞开。伊丽莎白·毕肖普的《鱼》(*The Fish*)中著名的结尾是："而我放走了鱼。"这句诗之后，两条生命延续着，但再也没有消息和记录。奥登的《某晚当我外出散步》(*As I Walked Out One Evening*) 是另一个未被封闭的例子，诗中充满了悖论、夸张、拟人和不可能的断言。

某晚当我外出散步

某晚当我外出散步，
　　走在布里斯托尔大街上，
人行道上人群涌动
　　宛如麦子收获时的田野。

沿着满溢的河流向下，
　　我听见恋人歌唱
在铁路拱桥之下：
　　"爱没有终点。

"我将爱你，亲爱的，我将爱你
　　直到中国和非洲相遇
直到河流跃过高山
　　直到鲑鱼在街上唱歌，

"我将永远爱你，直到大海
　　被折叠起来晒干，

直到北斗七星高声尖叫，

　　像鹅向着天空。

"岁月会如兔子般奔跑，

　　因为在我的臂弯里我拥着

无数世纪的花束，

　　和这世界最初的爱。"

"但是城里所有的钟

　　开始嗡嗡奏响：

"哦，不要让时间欺骗你，

　　你无法征服时间。

"在噩梦的洞穴里

　　正义赤身裸体，

时间在阴影里注视着，

　　在你亲吻时，他会轻声咳嗽。

"在头痛和焦虑中，

　　生命悄悄地溜走。

而时间自有幻想，

　　无论明日或今天。

"那吓人的雪

　　飘进了青山翠谷；
时间打破了绚烂的舞蹈

　　和跳水者优美的身姿。

"哦，把你的手浸入水中，

　　一直伸到手腕处，
盯着，盯着盆底，

　　领悟你已失去的一切。

"冰川在碗橱里敲击，

　　荒漠在床头叹息，
而茶杯上的裂缝会开启

　　一条通往死亡之地的小径。

"在那里乞丐们抽彩赢钱，

　　巨人迷上杰克，
纯洁男孩是一个咆哮者，

　　吉尔仰面摔倒在地。

"哦，看吧，看着镜子，

　　哦，凝视着你的不幸；
生活保留了一点祝福

虽然你已不能祈祷。

"哦，站着，站在窗前

　　当灼烫的眼泪涌出眼眶；

你该爱上你驼背的邻居

　　以你那颗扭曲之心。"

天色已晚，夜幕已深，

　　恋人们早已离去；

时钟停止了它们的奏鸣，

　　而深沉的河流继续奔涌向前。

——W.H. 奥登

　　既无须言明，也无须感受诗的拓展相互碰撞的效果，我们就能直观地看到这首诗中的诸多"不可能"。这首诗的碗橱中冰川的数量保守地说至少有二十七座。奥登在交叉使用语调和口吻的过程中，也召唤出了另一种美学上而非概念上的悖论：成人的复杂性既包含了童话般的措辞，又包含了童谣般的安详。诗中的荒凉因其实质与表象间的矛盾而更加令人不寒而栗。但是，如果有机会再说一遍，谁会去分析或解释奥登的诗呢？我只会回忆起为什么这首诗会出现在这里：去关注诗的结尾如何没有完全关闭。这条冰冷、深邃、奔腾不息的河流既是抵在人类爱情咽喉上的利刃，也是这把利刃之上闪过的最微茫的一线生机。

◇

埃兹拉·庞德的四行诗在未完成性和未经历之事方面让人头疼；奥登的诗在时间主题上也同样悲观；一茶和毕肖普以不同的方式完全摆脱了时间的压力。年过九旬的波兰诗人朱莉娅·哈特维格[1]的一首四行诗在未完成性中（也许是在不可完成性中）发现了财富。对于哈特维格来说，未完成之事就如一扇敞开的门一样广迎四方宾客：它是一个缺口，任何事物都可能从中穿过。哈特维格将此诗收入了一本诗集，而诗集的标题"赞美未完成的事物"则更简洁地体现了这首诗的主题。

感受的方式

最美的事物是那尚未完成的事物

一个天文学家从未描绘过的星空

一幅莱昂纳多的素描一首因情感而中断的歌曲

一支悬停在空中的铅笔和画笔

——朱莉娅·哈特维格

（英译者：John & Bogdana Carpenter）

---

[1] 朱莉娅·哈特维格（Julia Hartwig，1921— ），波兰著名女诗人、翻译家和散文家，出版诗集《自由之手》《没有答案》《赞美未完成的事物》等，她的诗在波兰和辛波斯卡的作品一样广受欢迎。——译者注

一个抽象陈述之后紧接着四个快速的示例意象，每个意象都在精简和浓缩。未绘出的星空，悬停的铅笔和画笔——这些都是诗的转喻，指向未完成之事的无限可能性。这首诗没有标点，形成了一个敞开的边缘，代替了通常亟须完成的缝合。哈特维格所召唤的莱昂纳多素描是一个穿行于多个方向和维度的概念。就莱昂纳多·达·芬奇的例子而言，我自己首先认为这是一个被抛弃的概念，这位天才如此高产以至于后世对他的领悟都留给了笔记本和未来，这无疑是对丰饶的比喻。但这也暗示了暗示本身——达·芬奇用快速的线条画出仰首的战马，直升机[1]以及一位母亲对孩子的爱。

为什么在纸上画几道线条就能唤起现实世界与真实的心灵？这是艺术创作另一个根本的谜之悖论：为什么在艺术中少即是多？哈特维格的"因情感而中断的歌曲"也与此相关——沉默返回那听不见的声音中，并使沉默进一步加剧。另一个需要思考的悖论是：蕴藏着压倒性力量和断裂的事物会比任何巧妙完成的事物承载更多的感情力量。这种满溢让哈特维格诗的速度不断加快，最后几近消失。诗之思像一只

---

[1] 达·芬奇的许多想象都远远超越他自己的时代，他的素描笔记本里留有类似直升机和飞机的素描作品，参见达·芬奇著《达·芬奇笔记》，杜莉编译，金城出版社2011年版，第283—284页。——译者注

聪明而紧张的小鸟，轻轻落在地上，旋即飞走。然而，这首诗最大的悖论远未显豁：哈特维格将突然中止视为可能性的隐喻而非死亡的比喻。

许多作家都曾描述过语言留白的深度和必要性。瑞士小说家马克斯·弗里施写道："重要的是未能说出的部分和字里行间的空白。"捷克诗人米罗斯拉夫·赫鲁伯在《巴黎评论》的一次采访中说："从更广泛的意义上说，所有的诗歌都是旨在追寻语言之间和之后的沉默……诗歌应该用最少的词来构筑最大限度的沉默。"艾米莉·狄金森的诗也曾这样写道："我栖居在可能性中——/ 一所比散文更美的房子——/ 更多的窗户——/ 更雄伟的——门——"

这样看来，未完成和未说出并非失败，而是建造了一所能容纳更多事物的房子。好的诗歌拥有一种不可思议的包容未完成和未说出的能力，而哈特维格的语言正好反映了这二者所描述的一切。好的诗歌几乎只是一幅素描，但能使那些攥紧的手指无法抓住的事物（它们周围的广阔和丰饶）变得清晰可见、触手可及。

为了结束这段与诗歌的延展、悖论相关的旅程，让我们来看看下面两位诗人，他们处于一种相对不寻常的状态，至少在他们的诗歌中是这样：他们幸福快乐。少有优秀的诗能将快乐赋形于纸张，正如很少有诗歌能将完全没有烦恼的爱情写在纸上一样，（有吗？）更容易入诗的是悲伤。在下面两首诗中,"美的世界"和"诱惑的世界"这两个词提供了平衡的压舱石:如果我们仍在呼吸和说话,那就是想要活下去的证据。幸福的写作需要它自己的反牵引力——诗歌的某些部分必须怀疑自身的言说是否能够持久。

首先是弗兰克·奥哈拉的一首早期诗歌。

今天

哦!袋鼠,小亮片,巧克力苏打!

你们真美!珍珠,

口琴,枣,阿司匹林!所有

他们经常谈论的事物

仍然使一首诗成为一个惊奇!

这些事物每天与我们在一起

甚至在滩头阵地和停尸架上。它们

确实有意义。它们像岩石一样强壮。

——弗兰克·奥哈拉

接下来是雷蒙德·卡佛生前未发表的一首诗:

苏打饼干[1]

你苏打饼干！我记得

当我冒雨到达这里，

行色匆匆又孤独。

我们如何分享

这所房子的孤独和宁静。

还有那疑惑从指尖

到脚趾都紧攥着我，

当我从玻璃包装纸中

拿出你，

并且吃着你，陷入沉思，

在餐桌旁，

那最初的晚上，就着奶酪，

和蘑菇汤。现在，

一个月后的今天，

我们重要的一部分

仍在这里。我很好。

而你——我也为你感到骄傲。

广告中的你甚至被许多人

评论！每一块苏打饼

---

[1] 此诗的翻译参考了舒丹丹译文，参见《我们所有人：雷蒙德·卡佛诗全集（第2卷）》，舒丹丹译，译林出版社2013年版，第322页。

都应该这么幸运。

我们已经为自己

做得很好。听我说。

我从没想过

我可以继续拥有

苏打饼干这样的运气。

但是我告诉你

那清澈晴朗的日子

终于来到这里。

——雷蒙德·卡佛

　　这两首诗都以非常不同的方式包蕴着一些隐微的战栗和向后倾斜；在这两首诗中，幸福都从它们的肩部稍稍向后回望。在弗兰克·奥哈拉的诗中，第一个暗示出现在标题中。如果这是"今天"，那其他的日子怎么办？一旦今天过去，明天怎么办？一段时间越明确，我们就越觉得它脆弱，转瞬即逝。不过，诗中潜藏着更有力的证据，涌动着暗流，消除了人们对这首诗的怀疑：这首诗提到了停尸架和滩头阵地。奥哈拉参加过第二次世界大战，而战争留下的坟墓和大屠杀遗址都被诗的语言所铭记。在最后一行中，这种体验再次出现且愈发微妙。袋鼠、枣、阿司匹林和亮片"像岩石一样强壮"是什么意思？对于驱逐舰的声呐操作员（就像奥哈拉一样）而言，岩石是难以应付的危险。而对任何其他人而言，岩石冰冷、静止、没有生命，是亮片和阿司匹林顽固的对立面。这句诗将小饰物和未成年人放在死亡的旁边，衡量两者，赞美两者，平等看待两者——这确实是对任何一天的意义所能给予的最慷慨的认可。

雷蒙德·卡佛对苏打饼干的公开赞美也让人难以置信。苏打饼干普普通通，陈列在最小的橱柜之中，却奇怪地出现在一首著名的颂诗里。聂鲁达曾为袜子、滴答作响的手表和市场上的死鱼写下过激情澎湃的颂诗，然而自那之后，无论我们多么习惯于这种意料之外的赞美，熟悉感也并不能阻挡最初的惊奇：非凡与微不足道之间的耦合总被视为怪异。苏打饼干被当作直接谈论的对象时，就更显奇怪。我曾向雷蒙德·卡佛的遗孀苔丝·加拉格尔询问这首诗，想知道饼干在他生命的尽头是否具有一些特殊意义。她回答说："没有，"接着又补充道，"我认为苏打饼干只是工薪阶层家庭维持生存的食物，所以你很可能在贫穷的地方找到它们，饼干确保你不会挨饿，是'救命的'食物。我们这一代人吃着苏打饼干，就着辣椒和汤，长大成人。"

当收到加拉格尔的回信时，我已经意识到无论她说什么，这首诗的意义都不会改变。"我们重要的一部分仍在这里。我很好"——无论怎样，这句诗都是一个深渊。当"我很好"这样的宣言出现在一首诗中，它很可能是在暗示着："我也许并不好"，就像"我告诉你，那清澈晴朗的日子终于来到了这里"这句诗所告诉我们的：卡佛深知持久并非日子的存在方式。["清澈晴朗的"("sunshiny"),多么可疑的一个形容词![1]]谎言才需要高声宣称,真相自现其理。

这两首诗都为辽阔和丰盈的形成提供了充足的空间,都对自我欺骗免疫。雷蒙德·卡佛真心感到幸福,尽管他深知这幸福不会持续太久。弗兰克·奥哈拉既忠实于岩石,又忠实于愉悦。一个能将两种知识融入一个有趣、人为、笨拙的词语里的人,也能以敏感、热情、愉悦的方式接纳人类最不可能回答的问题:当我们知道每一件钟爱的未竟之事在没有我们的情况下终会完成,我们究竟该如何继续活下去?这是一种不可能的沉思,我们每天都会思考它们,有时是通过饼干来思考。

---

[1] 在赫斯菲尔德看来,"sunshiny"是一个英文中并不存在的词,按照她的说法,她从未在别处见过它,所以这个词本身就是可疑的。从构词法来讲,这是诗人卡佛将"sunshine"(阳光)结尾的字母"e"改为"y",从而创造出来的新形容词,因而它并非一个"稳定的"词,这种词的"非稳定性"也进一步验证了"日子并不会持久"这一论断。——译者注。

致　谢

我要诚挚地感谢一些杂志的编辑们，因为这些杂志曾刊载过这本书的部分内容，它们是：《美国诗歌评论》(*American Poetry Review*)、《作家编年史》(*Associated Writing Programs Chronicle*)、《猎户座》(*Orion*) 和《今日世界文学》(*World Literature Today*)。本书第三章《通过语言观看：论松尾芭蕉、俳句及意象之柔韧》最初在亚马逊上以 Kindle 电子书的形式发行，题名为：《俳句之心》(*The Heart of Haiku*)。本书中的另外三章内容最初是为纽卡斯尔大学的"血斧诗歌讲座"(*Bloodaxe Poetry Lectures*) 精心准备的讲稿，后来作为该讲座的系列图书之一种公开发行，书名为：《隐藏、不确定性与惊奇：诗歌的三种原动力》(*Hiddenness*, *Uncertainty*, *Surprise*: *Three Generative Energies of Poetry*)。

这本书中的许多思想和观点都源于过去二十年里受邀公开谈论诗歌。感谢"面包山作家会议"(Bread Loaf Writers Conference)，纳帕谷作家会议 (Napa Valley Writers Conference)，西礁岛文学研讨会 (Key West Literary Seminars)，本宁顿学院写作学硕士研讨会 (Bennington College's MFA

Writing Seminars），南京邮电大学和纽约理工学院在南京联合主办的"跨域——全球化时代下的教与学"研讨会；感谢复旦大学（上海）和独协大学（东京）；感谢诗人之家（Poets House）和美国诗歌学会（Poetry Society of America）共同主办的公共图书馆巡回讲座的子项目，它让我曾有幸和大家一起分享松尾芭蕉的诗歌。

我还要感谢黛博拉·加里森（Deborah Garrison）、安妮·埃格斯（Annie Eggers），所有在克诺夫出版社（Knopf）工作的人，以及一些这里未曾提及的其他人，你们曾为这本书付出了大量的心血，而现在它就握在你们手中。

译后记

> 翻译的核心在于将词从原文中拯救出来,并对原文中的词报以深深地热爱。真正的翻译,并非解析意义,而是会迎来某个时刻,那时,所有关于一首诗的先验知识全部化解;那时,旧词被脱掉,犹如蛇蜕掉外皮,新词就获得了自己全新的生命。
>
> ——简·赫斯菲尔德《世界广大,满是噪音:论翻译》

我从未设想过自己与诗人简·赫斯菲尔德的相遇会以这样的方式发生。现在,当译稿画上最后一个句号,我意识到"翻译的相遇"已经真切地刻入了我的生命。能够想象的是,在以后漫长的时间里,这本书将会在汉语世界里缓缓生长,并接受注视、批评和检验。这让人充满期待,同时也打开了一个未知的空间,因为"来世之生命"已然发生,向我们走来的将是无限之可能。

这是一本令人眼花缭乱的杰作,每一个篇章都是一个小小的宇宙,蕴含着无穷的能量。赫斯菲尔德向我们展示了伟大的诗歌如何运作,以及如何转化和改变世界。诗人从不自命不凡和高高在上,她只是打开窗户,让光照进来,让新鲜的空气渗进来。她以非凡的睿智、洞见和优雅将那些伟大的诗人推向我们,让切斯瓦夫·米沃什、艾米莉·狄金森、谢默斯·希尼、松尾芭蕉、辛波斯卡、卡瓦菲斯和毕肖普重新复活,并通过赫斯菲尔德之口向我们讲出"另一种语言",而这样的语言散发出耀眼的光辉,也揭示出词语的炼金术以及诗歌塑造世界的精彩过程。

翻译本书一年多的时间里,我与赫斯菲尔德频繁地通信,她热情洋溢地向我讲述她对诗与语言的理解,我则不断地向她发问,试图通过与原作者的持续沟通,去抵达翻译的精确性。她曾多次向我表示,她所使用的是一种缠结的、杂合的、非标准的英语,甚至对于美国读者而言,她的英语也充满了挑战。因而,从触摸本书的第一个词开始,我就深深地感到,我所面对的是一门真正驳杂而繁难的"外语",我不仅要直面打破常规的英语词法与句法,甚至还要在作者自造词汇与自造句法的迷宫中将意义打捞起来。因而我必须使尽浑身解数去回应它,去解开这语言的种种谜团。然而,更困难的是,赫斯菲尔德不仅是一位批评家,更是一位杰出的诗人和散文家,因此这本书并非通常意义上学者式的诗学论文,而是一本流光溢彩、生机勃勃的"诗人散文",她将这些散文当作诗(而非当作论文)来细细经营,写出这些文字也就是编织一首首精美而华丽的诗篇。那灵动的音乐,押韵的词语,张弛有度的节奏,句法的起承转合,篇章的内在气韵，都渗透着大师般的语言功力。对于译者而言，问题在于，怎样才能让作者这些"暗功夫"在汉语中显形，怎样才能将"散文中的诗"翻译出来？这几乎是不可能完成的任务！它不禁让我想到赫斯菲尔曾写下过的诗句："那不可译的思想必是那最精准的。"（《长久沉默之后》）那么，就该止步于此吗？不！我想，只有去翻译才能体验到那临渊一跃的时刻，才能接近他者的心灵，才能创造出我们共同的命运。

因此，翻译本书于我而言是一段神奇的旅程，让我领悟到翻译本身就是一种修行，是对心智的磨炼与考验。赫斯菲尔德的诗句依然会为翻译带来启示："然而词语不是思想的尽头，它们是源头。"（《长久沉默之后》）循着词语的源头顺流而下，在语言的河流中寻找、翻检、匹配，甚至锻打，有时或能摸到几块色彩奇异的贝壳；有时或能一把攫住水波中跃起的鱼儿；若运气好，有时还能遇见曼德尔施塔姆所说的"瓶中信"，那自然是诗递过来的礼物，是语言对我们的馈赠。而在翻译的过程中，我也时常在怀疑，寻求与原文之间的"绝对对等"是否就是一种幻觉，或是一种盲目的自信？或许我们永远也无法抵达原文那个"唯一性的时刻"，只能在不断地变形、协商与重构中无限接近它，就像赫斯菲尔德在本书中解读卡瓦菲斯的诗作《伊萨卡》时所指出的那样："卡瓦菲斯诗中的城市永远无法抵达。"但这并不会妨碍我们在通向"伊萨卡"的旅途中享受风景，收获成长，变得睿智，最终满载经验而归。

更为神奇的是，翻译本书时，我正在美国康奈尔大学访学，而这所世界顶级名校恰好位于一个叫作伊萨卡（Ithaca）的小镇，这里风景如画，景色秀丽，每天都仿佛置身于方外仙境。身处"伊萨卡"，又在翻译中不断地朝向"伊萨卡"，这种神奇的体验让我在异国他乡重新获得了与母语之间的亲近感，也在艰难的日子里领受另一种形式的心灵疗救。

现在有必要交代一下本书翻译上的一些细节，全书基本采用直译的方式逐句译出，试图寻找汉语句式与英语句式的基本对等，竭力保存原文的行文风格。书中所涉及的诸多诗歌译作，除特别注明参考或采用现有译本以外，其余均为自译。当然，译者本人也是阅读着前辈翻译家的译诗成长起来的，他们精美的译文都曾让我受益良多，例如，黄灿然译的卡瓦菲斯，张曙光译的米沃什，陈黎译的辛波斯卡，等等，都是我的精神食粮。如果说翻译也是一种接力的事业，我不过是一个晚来的学童，尝试着站在前辈译者的肩膀上，去伸手触摸原文那似有若无的珠光。

感谢我的博士生导师、诗人王家新先生，是他为这本译著撰写了推荐序言，也是他对译文进行了全面校对和审读，对文中有些诗作甚至进行了重译，他的精益求精和严格要求让译文变得更精确。感谢我的妻子李晓静女士，她是译文的第一个读者，时常为我找出错误和不准确之处，是她的支持和鼓励让我有了继续前进的动力。感谢吕进先生、熊辉教授、刘丹老师、刘波教授以及曾给予过我帮助的师友们,你们的爱会在我的翻译和人生中永放光芒。

由于译者能力有限,翻译中难免会出现这样或那样的错误,如果因此而损伤了原作之风采,那自然全是译者之责,也恳请各位读者不吝赐教,每一种有益的意见都是为了让下一次变得更好。

译者于美国康奈尔大学

2020 年 8 月 11 日